Rita Falk

Rehragout-Rendezvous

Zefix! Daheim hockt der Leopold und jammert, weil seine Familie in Thailand festsitzt wegen so einem depperten Virus. Im Rathaus herrscht Zickenkrieg, seit der Bürgermeister sich die Hax'n gebrochen hat, weil die Susi, die macht jetzt einen auf Möchtegern-Bürgermeisterin. Die Oma tritt in den Kochstreik, und der Steckenbiller Lenz bleibt ums Verrecken verschwunden. Als dann auf dem Steckenbiller-Acker ein Goldzahn auftaucht, heuert der hyperaktive Rudi den pensionierten Leichenspürhund Wilhelm an. Und vorbei ist's mit der Ruhe für den Franz. Denn der Goldzahn war nur der Anfang …

Rita Falk wurde 1964 in Oberammergau geboren. Ihrer bayrischen Heimat ist sie bis heute treu geblieben. Mit ihren Provinzkrimis um den Dorfpolizisten Franz Eberhofer und ihren Romanen ›Hannes‹ und ›Funkenflieger‹ hat sie sich in die Herzen ihrer Leserinnen und Leser geschrieben – weit über die Grenzen Bayerns hinaus.

Rita Falk

Rehragout-Rendezvous

Ein Provinzkrimi

dtv

Von Rita Falk
sind bei dtv außerdem erschienen:
Hannes
Funkenflieger
Eberhofer, Zefix!

MIX
Papier | Fördert
gute Waldnutzung
FSC® C083411

Ungekürzte Ausgabe 2023

Umschlaggestaltung: dtv nach einem Entwurf von
Lisa Höfner | buxdesign, München
Umschlagmotive: shutterstock.com; istockphoto.com; Getty Images
Aufkleber: © Constantin Film Verleih GmbH / Mike Kraus
Satz: Greiner & Reichel, Köln
Gesetzt aus der Stempel Garamond Pro
Druck und Bindung: CPI books GmbH, Leck
Printed in Germany · ISBN 978-3-423-21880-1

Kapitel 1

»Es wird schon bald dumpa, es wird schon bald Nacht«, singen wir. Alle.

Nicht, dass wir anderen da so scharf drauf wären. Das nicht. Aber die Susi will es so. Bei ihr daheim, da hätten sie auch immer gemeinsam gesungen am Heiligen Abend. Was ganz bestimmt ganz großartig gewesen ist, immer vorausgesetzt freilich, dass ihre Verwandtschaft auch so schön gesungen hat, wie es die Susi jetzt tut. Bei uns Eberhofers ist das aber leider anders. Weil da kann keiner singen. Nicht die Bohne. Und ich schon gleich gar nicht. Also so was wie AC/DC ›Highway to hell‹ oder ›TNT‹, das freilich schon. Grad so mit zwei oder drei Halben intus. Aber halt keine Weihnachtslieder. Noch nicht mal mit Alkohol. Ganz im Gegenteil. Was wir hier so von uns geben, das erinnert viel eher an einen Walgesang oder so was in der Art. An einen Walgesang von sterbenden Walen freilich.

Die Susi freut sich trotzdem. Die Oma freut sich auch, was aber weiter kein Wunder ist. Weil sie die schiefen Töne ja gar nicht erst hören kann, die nun aus unseren Kehlen kommen. Ja, offenbar hat es durchaus seine Vorteile, wenn einem die Lauscher rein altersbedingt den Dienst quittieren. Im Grunde aber glaub ich eh, dass sie sich gar nicht so wegen der ganzen Singerei freut, die Oma. Sondern viel eher wegen der aktuellen, kollektiven Gemütlichkeit und dem ganzen weihnachtlichen Brimborium. Und weil halt auch fast jeder da ist, der ihr so am Herzen liegt.

Ganz offensichtlich freut sich auch der Papa, der jedoch wohl weniger wegen der kollektiven Gemütlichkeit oder dem ganzen Singsang, sondern viel eher wegen dem Joint, den er zuvor noch gemütlich im Hof draußen durchgezogen hat. Also praktisch da, wo er auf das Christkind gewartet hat. Oder vielleicht eher so: Wie die anderen in der Küche auf das Christkind gewartet und Plätzchen gefuttert haben und der Papa, der Leopold und ich die zahllosen Geschenke von meinem Saustall aus rüber ins Wohnzimmer geschleppt und dort schließlich unter den Christbaum gelegt haben. Topsecret-Aktion sozusagen. Ja, da muss man neuerdings vorsichtig sein. Unsere Kinder, die sind nämlich schlau. Und schon beim vorigen Weihnachtsfest war eine große Diskussion darüber entbrannt, also über das Christkind praktisch. Weil meine Nichte, die Sushi, unserem kleinen Paulchen weismachen wollte, dass es gar kein Christkind gibt. Stattdessen würden Eltern, Großeltern und der Rest der Sippschaft in der Vorweihnachtszeit durch die Geschäfte hetzen und irgendwelche sinnlosen Geschenke kaufen, die zuvor arme Kinder in unterentwickelten Ländern und unter fürchterlichen Umständen für ein paar Cent pro Tag herstellen mussten. So hat sie das erzählt, die Sushi, und war dabei deutlich ausführlicher, als ich es nun bin. Hinterher war er dann todtraurig, der kleine Paul, und hat sich nicht im Geringsten über den elektrischen Bulldog mit Schaltgetriebe, Handbremse und Schneepflug gefreut. Zumindest am Anfang nicht. Erst am nächsten Tag, wie es dann zu schneien angefangen hat, da hat er dann stundenlang und mit feuerroten Backen unseren ganzen

Hof gepflügt. So lange, bis nicht das kleinste Funzelchen vom Schnee mehr übrig war. Und auch kein Kies. Aber wurst. Vermutlich ist es auch gar nicht so schlimm, wenn die Kinder nicht mehr ans Christkind glauben, sondern wissen, woher die ganzen Sachen in Wirklichkeit kommen. Wenn ich da nur an den Leopold denk! Was ist der doch enttäuscht gewesen, wo er im Firmunterricht, also erst mit fuchzehn Jahren, überhaupt davon erfahren hat.

Apropos Leopold. Der ist so gar nicht entspannt heut. Nicht beim Singen zuvor und auch nicht jetzt beim Abendessen. Die Oma hat uns ein Ganserl gebraten mit Knödel und Blaukraut, so wie sie es jedes Jahr tut, und der Duft hat sich längst in alle Ritzen der Räume verteilt. Erwartungsgemäß schmeckt es einfach göttlich und dementsprechend hau ich auch rein. Und weil mir der Leopold praktisch direkt visavis hockt, fällt mir freilich auf, wie lustlos er in seinem Teller rumstochert. Vielleicht liegt's ja daran, dass er seine Frau, die Panida, mitsamt den gemeinsamen zwei Kindern heute Vormittag zum Flughafen nach München hat bringen müssen. München–Bangkok, quasi. Weil halt auch seine Schwiegereltern ein Anrecht darauf haben, einmal im Jahr ihre Enkel zu sehen. Kann man doch auch irgendwie verstehen, oder etwa nicht? Dass es ausgerechnet an Weihnachten sein muss, das ist halt scheiße. Liegt aber daran, dass diese Reise wegen Schulpflicht nur in den Ferien möglich ist und die Panida die ganzen letzten Ferien dazu genutzt hat, ihr neues Haus einzurichten. Drum eben Weihnachten und drum eben wohl auch ein trauriger Leopold.

»Mensch, Leopold, die kommen doch wieder«, sag ich ein bisschen aufmunternd und schieb mir ein Stück Knödel in den Mund. Die Soße ist einfach der Wahnsinn.

»Du hast gut reden, Bruderherz«, antwortet er mürrisch. »Immerhin sind deine Susi und dein Paul ja hier.« Dabei betont er das »dein« jedes Mal so theatralisch, dass es mir fast den Knödel hochwürgt. Der Papa legt seine Hand auf den Arm vom Leopold. Jetzt würgt's mich tatsächlich.

»Ich bin auch traurig, dass die Sushi nicht da ist«, murmelt nun der Paul in seinen Teller.

»Ja«, pflichtet die Susi jetzt bei und schnauft ganz tief durch. »Wir sind alle traurig, Spatzilein.«

»Was für ein schöner Abend«, sagt dann die Oma, klatscht in die Hände und strahlt begeistert in die Runde. »Jetzt machen wir gleich die Geschenke auf, gell, Paulchen?«

»Haben die Geschenke denn wieder die armen Kinder aus China machen müssen?«, fragt der Paul und spitzt seine Ohren.

»Nein«, sag ich und schenk mir ein Bier nach. »Auf keinen Fall die armen Kinder aus China. Indonesien oder Indien, oder so was vielleicht. Aber definitiv nicht die armen Kinder aus China.«

Die Susi verdreht die Augen.

»Du solltest dich darüber nicht lustig machen, Franz«, brummt der Leopold aus seiner Depression heraus. »Der Paul hat ein Recht auf die Wahrheit, selbst wenn sie vielleicht nicht so angenehm ist und auch nicht so gut zu Weihnachten passt. Doch ich denke, man kann gar nicht früh genug damit anfangen, den Kindern die Wahrheit zu sagen. Auch, wie ich finde, über den Zerfall unseres Planeten. Denn schließlich und endlich ist es ihre Zukunft, die wir hier grad zerstören.«

»Alles klar, Greta«, brumm ich retour. »Allerdings ist es nicht meine Familie, die grad durch Tausende von Flugkilometern düst und unsere Umwelt verpestet, sondern die deine.«

Hinterher, wie wir dann die Geschenke auspacken, da ist die Stimmung aber schon wieder ziemlich entspannt, wofür möglicherweise auch das eine oder andere Verdauungsschnapserl verantwortlich sein mag. Und eigentlich muss ich sagen, dass ich heuer ziemlich gut abgesahnt hab. So rein geschenktechnisch. Beispielsweise hab ich selbst gestrickte Socken gekriegt von der Oma. Einen Gutschein für die Metzgerei meines Vertrauens von der Susi. Und, ganz astrein, ein Tragerl Augustiner vom Papa. Was eigentlich nur ein halbes ist, weil er die andere Hälfte mit an Sicherheit grenzender Wahrscheinlichkeit selber säuft. Aber einem geschenkten Gaul schaut man nicht ins Maul. Selbst wenn es nur ein halber ist.

Irgendwann schläft der Paul inmitten seiner sich hüfthoch stapelnden und pädagogisch völlig sinnlosen Weihnachtsgeschenke ein, und die Susi klaubt ihn vom Boden auf, um ihn ins Bett zu bringen. Ich glaube, sie torkelt ein wenig. Durch die Ruhe, die nun einkehrt, merk ich, wie mir die Regensburger Domspatzen mit ihren schmalzigen Weihnachtsliedern tierisch auf die Eier gehen. Diese Schallplatte, die haben wir, seit ich denken kann. Und wir hören sie jedes Weihnachtsfest wieder und wieder und wieder – und immer wieder aufs Neue. Einer dieser Knaben singt ein Solo und er singt es so hoch, dass es dir durch Mark und Bein geht und du dir nichts sehnlicher wünschst, als möge er doch endlich in den Stimmbruch kommen. Und ich frag mich im jährlichen Rhythmus, ob ich denn der Einzige bin, der diese Platte hasst. Wahrscheinlich hab ich sie schon damals gehasst, als ich selbst noch ein Kind war. Damals, wie der Leopold und ich ganz klein waren, noch echte Kerzen am Baum gebrannt haben und jeder von uns nur ein einziges Geschenk abgekriegt hat. Und der Leopold immer viel lieber das meinige wollte. Dann hat er einen Nervenzusammenbruch gekriegt, der kleine Trottel. Jedes und jedes Jahr wieder. Und ich hab mich gefreut. Also nicht so offensichtlich logischerweise, mehr so in mich rein.

In einem Jahr beispielsweise, ich weiß es wirklich noch wie heute, da haben wir beide nagelneue Rollschuhe bekommen. Mit Sicherheit waren wir damals ohnehin die Allerersten im ganzen Dorf, die überhaupt welche hatten. Aber wurst. Meine jedenfalls waren marsgrün mit neongelben Schuhbändern und somit unheimlich cool. Dem Leopold seine waren irgendwie hellblau, und vermutlich war schon allein die Farbe für einen weiteren seiner berühmten Weinkrämpfe verantwortlich. Plötzlich und wie aus heiterem Himmel heraus hat er mir dann einen davon mit so einer Wucht an den Schädel geworfen, dass das Blut gespritzt ist. Wir haben dann auch gleich ins Krankenhaus müssen, und dort bin ich mit sieben Stichen genäht worden. Geweint hab ich nicht, obwohl es echt tierisch wehgetan hat. Keine einzige Träne. Aber die ganze Zeit über hab ich den Leopold beobachtet, wie er mich beobachtet. Am Ende, da hat mir der Herr Doktor eine Urkunde in die Hand gedrückt. »Für den tapfersten Patienten auf der ganzen Welt« ist da draufgestanden. Der Leopold, der hat auch unbedingt eine haben wollen, hat aber freilich keine gekriegt. Wie auf Kommando sind ihm wieder die Tränen in die Augen geschossen. Die Oma hat gesagt, er soll sich zusammenreißen und sich ein Beispiel an dem armen Franz nehmen. Aber er hat weiter geheult und ich hab mich weiter gefreut. Natürlich nur innerlich. Wenn ich so nachdenk, dann hab ich mich wahrscheinlich bei unseren Weihnachtsgeschenken sowieso immer viel mehr über dem Leopold seine Enttäuschung gefreut als über mein eigentliches Geschenk. Und wer weiß, vielleicht waren es ja ausgerechnet diese Tränen, die mir die Regensburger Domspatzen über viele Jahre hinweg überhaupt irgendwie erträglich gemacht haben.

»Auf geht's, Bub«, ruft plötzlich die Oma und reißt mich aus meinen Gedanken heraus. »Drei viertel zwölf ist es. Wir müssen zur Metten.«

Stimmt. Christmette. Da war doch was. Die Oma und ich. Same procedure as every year, sozusagen. Ich hock gemütlich im Lehnstuhl und schau auf den Christbaum. Das Bier und die Wärme da herinnen haben mich müde und schwer gemacht. Und die furchtbare Stelle mit dem singenden Kastraten ist inzwischen auch vorbei. Aber es hilft alles nix. Christmette ist Christmette und praktisch genauso unvermeidbar, wie es die Meisterschaft für die Bayern ist. Und so machen wir uns auf den Weg.

Es ist schon fast eins, wie mich irgendwer plötzlich am Ärmel schüttelt und somit aufweckt. Ich blinzele ein paar Mal ins kalte Kirchenschiff und merk, dass auch die Oma selig an meiner Schulter schlummert. Voll Inbrunst ist der Chor gerade dabei, unsere Gottesgemeinde mit ›Stille Nacht, heilige Nacht‹ durchs Kirchenportal hindurch und ins Freie hinaus zu orgeln. Offensichtlich sind wir zwei Hübschen wohl wieder mal die Letzten, die noch in den Bänken verweilen. Ein raumhoher Christbaum vorne im Altarraum ist aktuell die einzige Lichtquelle hier, und irgendwie ist das echt schön. Weniger schön ist das Gesicht, in das ich dann blicke. Es ist das von der Mooshammer Liesl, die sich nun tief über mich beugt, und dabei dampft ihr Atem nebelig aus Mund und Nase. Gruselig, wenn man's genau nimmt.

»Hallo, Herrschaften! Aufwachen, miteinander«, raunt sie. »Der Spuk ist vorbei.«

Ja, du musst es ja wissen, denk ich mir so und reib mir die Augen.

»Aufwachen, Oma«, sag ich gähnend, streck mich kurz durch und schau dann der Oma beim Aufwachen zu.

»Schön war's wieder, gell«, entgegnet sie prompt und gähnt ebenfalls. Dann erheben wir uns mit müden und durchgefrorenen Gliedern und zünden für die Mama noch ein Kerzerl an, bevor wir Richtung Kirchenpforte gehen. Draußen stehen sie noch, die Niederkaltenkirchner, zumindest wohl die meisten davon. Stehen beieinander, wünschen sich frohe Festtage, einen guten Rutsch oder richten einfach nur einen der Mitbürger aus. Es ist eine ganz ungewöhnlich milde und diesige Nacht heute und nicht ein einziger Stern ist am Himmel zu sehen.

»Franz, hör zu. Der Steckenbiller Lenz, der ist ja nun immer noch weg«, sagt die Mooshammerin, während sie sich zu mir herdreht, und schaut mir sehr eindringlich ins Gesicht.

Nicht schon wieder! Liesl! Bitte! Mit dieser irrwitzigen Geschichte nervt sie mich jetzt echt schon seit Wochen.

»Nicht schon wieder, Liesl«, sag ich und will mich auch gleich auf den Rückzug machen, weil ich aus dem Augenwinkel heraus den Simmerl ausgemacht hab. Der steht da nämlich nur ein paar Schritte weiter im Kreise seiner Lieben, und die Stimmung dort drüben erscheint mir außerordentlich fröhlich zu sein, was zumindest eine verlockende Alternative zu meiner derzeitigen Gesprächsrunde wäre.

»Franz, bleib gefälligst da, wenn ich mit dir red«, faucht mir prompt die Liesl her und stellt sich mir direkt in den Weg. »Immerhin bist du ein Polizist und somit auch mein Freund und Helfer!«

Ja, das hat mir grade noch gefehlt.

»Also?«, frag ich trotzdem und schnauf einmal tief durch.

»Es ist Weihnachten, verstehst. Ich kenn den Steckenbiller Lenz jetzt seit siebenundvierzig Jahren. Und seit siebenundvierzig Jahren verbringt der Lenz jedes Weihnachtsfest daheim. Jedes. Das weiß ich so gut wie niemand sonst. Und seit sechsundvierzig Jahren, da krieg ich immer ein Reh vom Lenz. Und zwar jedes verdammte einzelne Jahr. Verstehst? Und zwar für mein Rehragout. Das ist nämlich mein traditionelles Weihnachtsgericht. Seit sechs…«

»Ja, versteh schon. Seit sechsundvierzig Jahren«, muss ich sie hier unterbrechen. »Aber nochmals, Liesl. Und du kannst es dir auch gerne aufschreiben, wenn du es dir nicht merken kannst. Der Steckenbiller Lenz, der ist erwachsen. Er verbringt seine Zeit gerne in Südafrika, wie wir ja alle wissen. Erst recht, seitdem er Witwer ist und sein Sohn den Hof führt. Und – pass auf, das ist wichtig – es gibt keine Vermisstenanzeige. Und wenn es keine Vermisstenanzeige gibt, ja, dann wird er halt auch nicht vermisst.«

»Ich vermisse ihn!«, bricht es nun aus ihr heraus, und schon haben wir das Geglotze auf unserer Seite. »Und jetzt möchte ich gefälligst eine Vermisstenanzeige aufgeben.«

»Ja, wen tätst jetzt du vermissen, Liesl?«, können wir nun den Simmerl vernehmen, der plötzlich und wie aus dem Boden gewachsen neben uns steht und über sein ganzes breites Gesicht hinweg grinst. »Also wenn's jemand aus deiner dubiosen WG ist, dann solltest dir mal Gedanken machen, ob's vielleicht einfach eine Flucht war.«

»Metzgerdepp, blöder«, knurrt sie retour. »An meiner WG, da ist nix dubios, verstehst. Rein gar nix. Und außerdem fehlt da auch keiner. Depp!«

»Ja, sag einmal, geht's noch«, mischt sich nun die Gisela ein. Ihres Zeichens Metzgergattin und rein augenscheinlich ein wenig betrunken. »Wie redest denn du mit meinem Alten, du Dorfratschn, du elendige!«

»Hey, hey, hey«, muss ich jetzt kurzerhand zwischen die Weiber treten, die grad im Begriff sind, aufeinander loszugehen. »Heut ist Weihnachten, Mädels. Friedlich, besinnlich und alle haben sich lieb. Und drum beruhigen wir uns jetzt wieder und machen uns schön auf den Heimweg, gell. Und zwar hurtig.« Eher mürrisch drehen sich die zwei Weiber nun ab, keifen jedoch noch relativ Unverständliches über ihre Schultern hinweg.

Und während ich selber einmal tief durchschnauf, versuch ich, irgendwo in der Menge die Oma ausfindig zu machen. Bei meiner Suche stoß ich auf eine Handvoll Jugendliche, ebenfalls leicht angesoffen, und jeder von ihnen hat so ein buntes Papphütchen auf dem Kopf.

»Habts ihr die Oma zufällig gesehen?«, ruf ich mal so in die Runde.

»Ja, ja, die steht schon ein ganzes Weilchen da hinten an der Mauer und redet mit dem Pfarrer«, ruft einer zurück und seine Zahnspange funkelt nur so im Licht der Straßenlaterne.

»Merci«, bedank ich mich artig. »Ihr wisst aber schon, dass heute nicht Silvester ist, gell? Oder gar Fasching?«, frag ich noch so beim Vorbeigehen.

»Nein, schon klar. Aber die Leonie, die hat doch heute Geburtstag. Ist achtzehn geworden«, klärt mich die Zahnspange kurzerhand auf.

»Achtzehn? Soso. Ja, dann hau rein, Leonie, und alles Gute!«

»Danke«, kann ich jetzt eine Mädchenstimme vernehmen. »Die guten Wünsche kann ich grad wirklich brauchen. Führerscheinprüfung komplett vermasselt, mein Freund oder Ex-Freund hat mich mit meiner allerbesten Freundin beschissen und die Geburtstagsgeschenke, die ich gekriegt hab, das sind gleichzeitig auch meine Weihnachtsgeschenke. Wie immer halt. Ich hab drei Geschwister und alle drei haben im Sommer Geburtstag. So ein beschissener Fuck!«

Ja, das Leben ist kein Wunschkonzert. Auch nicht bei der katholischen Kirche. Da kann sich unser Pfarrer just in diesem Moment noch so arg wünschen, dass die Oma doch öfters in den Gottesdienst kommen möge. Und nicht nur an Ostern und Weihnachten oder wenn halt wieder eine Beerdigung ansteht. Da steht er so umeinand' mit der Oma und redet auf sie ein, wie wenn er ihr den Beelzebub austreiben möchte.

»Mei, schauns, Pfarrer«, sag ich und hake deshalb vorsichtshalber schon mal die Oma unter. »Die Oma, die hat doch gar keine Zeit. Die muss sich ja schließlich um die ganze Familie kümmern. Also kochen und waschen und bügeln und backen und das Paulchen hüten. Also lauter echt mordswichtiges Zeug. Wann soll sie denn da bitte noch in die Kirch gehen?«

»Aber eure Oma, die sollte doch vielleicht auch mal was für sich selber tun, Franz. Einfach etwas, das sie entspannt.

Was ihr Freude bereitet. Vielleicht an einer kleinen und selbstverständlich geführten Wallfahrt mit dem Bus teilnehmen. Oder meinetwegen an einem netten Tanz in den Nachmittag in Bad Griesbach. Oder wenigstens Kaffee und Kuchen im Pfarrheim.«

»Tanzen? Also nix für ungut, Hochwürden. Aber, nein. Wissens, die Oma mag nicht tanzen. Ganz bestimmt nicht. Und einen Kaffee, den kann sie sich auch ganz prima bei uns daheim kochen. Gell, Oma?«, sag ich noch so.

Ein bisschen enttäuscht ist er jetzt schon, der Herr Pfarrer. Trotzdem erteilt er uns noch seinen Segen. Doch vermutlich wären wir auch ohne den ganz prima bis nach Hause gekommen.

Erwartungsgemäß ist die Oma dann auch gleich müd und verabschiedet sich schon im Treppenhaus zur Nacht von mir. Drüben im Wohnzimmer treff ich dann auf den Rest unserer Sippe. Will heißen, auf den Papa, die Susi und den Leopold. Letzterer weint aufgrund familiärer Defizite, während seine zwei Zimmergenossen offenbar aufopferungsvoll versuchen, ihm Trost zu spenden. Ein Jammertal, wohin mein Auge streift, im wahrsten Sinne. Neben zahllosen verrotzten Tempos, einigen runtergebrannten Kerzenstummeln und ein paar Gläsern befinden sich vier leere Flaschen Rotwein auf dem Wohnzimmertisch und eine mit keinem Gin mehr darin. Und als wär dieses Elend nicht schon genug, laufen im Hintergrund auch noch die Beatles. Doch bevor mich auch nur einer von dieser Selbsthilfegruppe in seinem desolaten Zustand entdecken kann, zieh ich den Stecker vom Plattenspieler, dann die Wohnzimmertür wieder leise hinter mir zu und geh in meinen Saustall rüber. Gut, einen klitzekleinen Zwischenstopp mach ich schon noch in der Küche und öffne die Speis. Da stehen sie nämlich, die heiligen Plätzchendosen von der Oma. Ich schnapp mir die, wo die Spitzbuben drin sind. Also die mit dem Johannisbeergelee. Genauer, dem Johannisbeergelee, das die Oma selber gemacht hat. Noch genauer, mit den Johannisbeeren aus unserem Garten, die der Paul so gern naschen tät, aber nicht darf, weil's sonst keine Spitzbuben geben würde an Weihnachten. Und das wär ja ein Jammer.

Mit den Plätzchen hau ich mich dann aufs Kanapee, schmeiß mir eine Wolldecke drüber und schau mir ›Kevin allein zu Haus‹ an. Eigentlich wollte ich das mit dem Paulchen gemeinsam anschauen. Aber irgendwann hat er Angst bekommen. Vor den zwei bösen Männern. Und auch den Kevin kann er irgendwie nicht richtig leiden. Außerdem findet er es nicht schön, wenn Eltern ihre Kinder zuhause vergessen. Noch dazu an Weihnachten. In diesem Punkt kommt er so gar nicht nach mir. Weil ich ... ich könnte mich jedes Mal wieder aufs Neue wegschmeißen bei diesem Film. Und jetzt ist's doch noch ein schöner Heiligabend.

Kapitel 2

Am nächsten Vormittag wandere ich zielstrebig durch den Hof hindurch in Richtung Küche. Es muss sich ganz schön abgekühlt haben über Nacht, und ich zurre den Gürtel von meinem Morgenmantel etwas enger. Vermutlich hat mich die Hoffnung auf einen schönen Frühstückstisch relativ zeitig aus den Federn geholt. Doch diese Hoffnung wird schlagartig zunichtegemacht, kaum, dass ich die Küche betrete. Von der Oma ist weit und breit nichts zu sehen, ebenso wenig wie von etwaigen morgendlichen Gaumenfreuden. Stattdessen stinkt das ganze Haus erbärmlich nach Alkohol, und wenn mich mein kriminalistisches Näschen nicht komplett im Stich lässt, dann stinkt es obendrein auch noch nach Hasch.

Ich begeb mich mal ins Wohnzimmer rüber, welches eindeutig in einem ganz ähnlichen Zustand ist, wie ich es von gestern her noch in Erinnerung hab. Zwei der nächtlichen drei Suffköpfe befinden sich noch immer am selben Platz, allerdings schlafen sie jetzt. Oder sind sie ohnmächtig? Das lässt sich auf den ersten Blick nicht glasklar erkennen. Jedenfalls lümmelt der Leopold dort in seinem Sessel, der Kopf ist schwer nach hinten gefallen, sein Mund offen, mit einem breiten Rotweinrand auf seiner Oberlippe, und er schnarcht sich die Seele aus dem Leib. Kein nüchterner

Schläfer würde es jemals neben ihm aushalten. Dem Papa scheint das nichts auszumachen, Kunststück, war ja mindestens genauso besoffen. Jetzt liegt er nämlich auf dem Sofa, zusammengekauert wie ein Embryo und vor seiner Brust hält er ein Kissen mit beiden Armen fest umklammert.

Ich muss erst mal sämtliche Fenster aufreißen, irgendwie muss dieser Gestank ja aus den Räumen, und erwartungsgemäß ist es im Nullkommanix eiszapfenkalt.

»Bist du deppert, oder was?«, brummt der Papa schon, da hat er noch nicht mal die Augen geöffnet. »Mach gefälligst sofort wieder zu. Oder willst du, dass ich mir eine Lungenentzündung hole?«

»Was geräuchert ist, entzündet sich nicht. Ich muss lüften, es stinkt hier nach Hölle«, entgegne ich wenig beeindruckt.

»Das ist mir scheißegal. Mach sofort wieder zu. Mich friert's, 'zefix«, knurrt er, setzt sich auf und reibt sich die Oberschenkel.

»Ja, den Säufer und den Hurenbock, den friert es auch im dicksten Rock«, murmel ich noch so und mach mich auf den Rückweg zur Küche.

Und grad wie ich dabei bin, das Kaffeewasser aufzusetzen, da erscheint plötzlich die Oma im Türstock. Allerdings schaut sie heut ganz anders aus, als sie es sonst immer tut. Zumindest um diese Uhrzeit. Sie ist nicht in ihrem geblümten Morgenmantel und den Filzpantoffeln und trägt auch keine Lockenwickler. Stattdessen ist sie vom Kopf bis zur Sohle ausgehfein.

»Ja, Oma! Was ist denn hier los?«, frag ich nach einem morgendlichen Gruß und deute auf ihr Outfit. »Steht was an? Wo geht's denn hin?«

»Ich komm grad von der Kirche«, sagt sie, während sie ihren Mantel auszieht und auf einen Kleiderbügel hängt. Einige Male streicht sie ein bisschen nachdenklich über den dunklen Stoff, bevor sie ihn an die Garderobe hängt.

»Aha«, sag ich ein bisschen verwirrt, gieß den Kaffee auf und hol zwei Tassen aus dem Küchenbüfett. »Aber da bist doch gestern erst gewesen, oder? Nicht, dass uns das jetzt zu einer Art Hobby wird, Oma.«

Aber das, glaub ich, hört sie gar nicht. Sie kommt zurück, hat die Schuhe inzwischen gegen ihre Pantoffeln getauscht und lässt sich auf der Eckbank nieder. Ich schenk Kaffee in zwei Haferl und gesell mich dann dazu. Irgendwie macht sie einen ganz besonders zufriedenen Eindruck heute, die Oma. Greift nach ihrer Tasse, nimmt einen großen Schluck und schaut mich dann an.

»Ist irgendwas?«, frag ich, weil die Situation grad irgendwie sonderbar ist.

»Ja«, sagt sie fast feierlich und legt ihre Hand auf die meine. »Es ist was, Bub. Und weißt was? Ich mag nimmer.«

»Wie, du magst nimmer? Was magst denn nimmer?«, antworte ich ein bisschen verwirrt und fahr mir durch die Haare.

»Gar nix mag ich mehr. Nicht mehr kochen, zum Beispiel. Oder putzen. Den ganzen Schmarren halt. Ich mag nämlich jetzt nur noch faulenzen, verstehst?«

»Nein«, sag ich, weil ich's wirklich nicht tu.

»Weißt, Bub«, sagt sie weiter, tätschelt ein paar Mal meinen Arm und schnauft ganz tief durch. »Ich geh jetzt auf die neunzig zu. Und da kann es fei schon sein, dass es von heute auf morgen einfach vorbei ist mit mir.«

»Also Oma, so ein Blöds…«

»Franz, bitte. Jetzt sei so gut und hör mir zu«, unterbricht sie mich prompt und äußerst resolut. »Schau, im Grunde meines Herzens wissen wir doch beide, dass ich uns allen eigentlich einen Gefallen damit tu, wenn ich mich jetzt allmählich einfach zurückzieh. Zum einen habt ihr dann alle miteinander die Gelegenheit, schon einmal zu üben, wie es dann später ohne mich ist. Zum anderen ... Ja, zum anderen, da tut mir so ein bisschen Zeit zum Durchschnaufen schon auch noch selber ganz gut, bevor's halt dann schließlich dem Ende zu geht.«

Dem Ende zu geht? Von was redet sie denn?

»Diesen Floh hat dir doch unser depperter Pfaff ins Ohr gesetzt«, ruf ich und steh auf. »Was ... was soll das, Oma? Du weißt doch haargenau, dass ohne dich hier gar nix läuft. Wir sind doch alle miteinander aufgeschmissen ohne dich.«

»Ja, Bub, leider Gottes, das weiß ich. Und genau deshalb muss sich auch was ändern. Und zwar sofort. Wenn du so willst, Franz, dann ist es mein guter Vorsatz fürs nächste Jahr, dass ich einfach nix mehr tun will, und aus. Ich hab mich immer um jeden Einzelnen von euch gekümmert und bin immer für alle da gewesen. Mein ganzes Leben lang hab ich meine eigenen Wünsche und Träume immer hinten angestellt.«

»Aber du ... du hast doch gar keine eigenen Wünsche und Träume«, sag ich nun fast ein bisschen verstört, weil mir ein Leben ohne die Oma nicht im Geringsten vorstellbar ist und ich es mir im Grunde auch gar nicht vorstellen möchte.

Jetzt geht die Tür auf und der Papa kommt rein. Er starrt auf den Küchentisch, während er sich am Sack kratzt, und irgendwie schaut er echt fürchterlich aus.

»Was gibt's zum Essen?«, fragt er brummig und schenkt sich den restlichen Kaffee ein. Er stinkt wie ein Iltis.

»Nix«, sag ich, zuck mit den Schultern und setz mich wieder nieder. »Die Oma kocht nämlich nicht mehr.«

»Aha. Warum nicht?«, will er wissen und so erklär ich ihm halt kurz den aktuellen Sachverhalt.

»Hast du eine Meise, oder was? Ich hab einen Mordshunger. Also, was ist jetzt?«, fragt der Papa daraufhin die Oma. Die grinst nur frech und ihre Augen funkeln.

»Eigentlich wollte ich ja erst im Januar damit anfangen. Aber ich hab's mir grad anders überlegt. Es sind zwanzig Kalbsschnitzel im Kühlschrank und die Kartoffeln sind da, wo sie immer sind. Das gibt's heut zum Mittagessen. So, dann viel Spaß, meine Herrschaften«, sagt sie knapp, trinkt ihren Kaffee aus und will grad aus der Küche gehen, da packt sie der Papa am Arm.

»Oma, vergiss es!«, ruft er und versucht krampfhaft einen heiteren Tonfall in seine Stimme zu legen. »Spinn jetzt nicht rum. Mensch, es ist Weihnachten. Du kannst uns doch nicht ausgerechnet heut so auflaufen lassen.«

»Aber genau das ist es doch, weil immer irgendwas ist, Bub. Geburtstage, Taufen, Hochzeiten, Gartenfeste, Beerdigungen oder meinetwegen auch Weihnachten. Immer ist irgendwas und immer hat irgendwer Hunger oder dreckige Wäsche. Ich hab mir neulich mal ausgerechnet, dass ich in meinem Leben allein über fünftausend Kuchen und Torten gebacken hab. Das nur so zum Beispiel.«

»Ja, so ist das Leben, Oma. Jeder hat sein Aufgabengebiet, gell. Aber schau, jetzt kochst uns einfach erst mal was Feines, dann essen wir schön, du beruhigst dich wieder und dann reden wir drüber«, versucht er es noch mal.

»Ich bin ganz ruhig, und reden müssen wir da gar nimmer drüber. Außer du willst mir erklären, was genau dein Aufgabengebiet ist. Wennst mich vielleicht wieder loslassen tätst?«

»Nein, verdammt noch eins! Jetzt mach doch hier keinen Kasperl, Oma«, entgegnet der Papa und wird langsam wütend.

»Loslassen!«

»Nein!«

»Lass die Oma los. Sofort«, muss ich mich nun einmischen.

»Ja, du Klugscheißer! Weißt du zufällig, wie man zwanzig Schnitzel paniert und nebenbei einen Kartoffelsalat macht«, knurrt mir der Papa her und hält derweil die Oma noch immer am Ärmel.

»Ich schmier dir eine, wennst die Oma nicht gleich loslässt«, sag ich und prompt lässt er los. Die Oma zwinkert mir noch kurz über die Schulter, ehe sie dann in der Diele verschwindet. Wie von der Tarantel gestochen saust ihr der Papa hinterher. Auch von dort draußen kann man die beiden noch prima verstehen, selbst wenn seine Stimme längst nicht mehr so fordernd ist. Mehr flehend vielleicht. Helfen tut es ihm aber trotzdem nix. Weil Augenblicke später die Kleiderbügel an der Garderobe klirren, danach die Haustür ins Schloss fällt und die Oma durch unseren Hof hindurchsaust. Und zwar in einem Tempo, dass man fast meinen könnte, der Kies fliegt.

Und ich steh am Fenster und schau ihr hinterher, bis sie die Straße erreicht und ich sie nicht mehr sehen kann. Im Grund kann ich sie ja sogar irgendwie verstehen, die Oma. Dass sie jetzt auf ihre echt ältesten Tage schlicht und ergreifend die Nase voll hat von der schier endlosen Arbeit und einfach nix mehr machen mag. Für nix und niemanden von uns. Denn was, bitteschön, hat sie denn schon groß gehabt von ihrem Leben? Für sich selber ist da wohl nicht allzu viel dabei herausgesprungen. Sie hat ja immer nur geschaut, dass es uns anderen allen gut geht. Und hat dabei ihre eigenen Belange stets ganz hinten angestellt. Belange, von denen wir offenbar noch nicht einmal geahnt haben, dass es sie überhaupt gibt. Weil es für uns alle einfach selbstverständlich war, dass sie funktioniert, unsere Oma. So wie beispielsweise ein Kühlschrank funktioniert. Oder ein Plattenspieler meinetwegen. Immer vorausgesetzt, es schießt keiner drauf ...

Ich weiß wirklich nicht, wie, aber gemeinsam schaffen wir es tatsächlich, ein ansatzweise genießbares Mittagessen auf den Tisch zu bekommen. Zwar schneidet sich der Papa beim Kartoffelschälen zweimal in den Finger und wir können beim besten Willen im ganzen Haus kein Pflaster finden. Aber der Leopold zeigt sich als äußerst geschickt im Panieren, und die Susi, so verkatert sie auch sein mag, schafft es sogar mehrmals, die Schnitzel aus der Pfanne zu holen, noch bevor sie kohlrabenschwarz und brettlhart sind. Gut, der Kartoffelsalat ist natürlich und erwartungsgemäß meilenweit entfernt von dem, womit wir ansonsten verwöhnt worden sind. Aber es hilft ja alles nix. Der Hunger treibt's rein. Das anschließende Tischgespräch dreht sich – wie könnte es auch anders sein – um die eigensinnigen Zukunftspläne unserer Familienältesten. Und dabei fällt mir auf, dass je weniger Verständnis meine Mitesser dafür aufbringen, desto mehr tu ich es.

»Ich wüsste ja nur allzu gern, was in sie gefahren ist«, sagt die Susi, während sie hektisch dem Paulchen das Fleisch klein schneidet, obwohl er das längst selber könnte.

»Herrgott, was soll denn in sie gefahren sein?«, frag ich und schau die Susi über den Tisch hinweg an.

»Na ja, sie kann doch nicht einfach so mir nix, dir nix und von einer Sekunde auf die andere das Handtuch schmeißen und uns alle hier auflaufen lassen«, antwortet sie ein bisschen arg bockig.

»Ja, das seh ich genauso«, muss prompt der Papa beipflichten. »Und ohne jede Vorwarnung, unglaublich. Wenn du mich fragst, dann ist das der volle Egotrip, und ich würde zu gerne wissen, wer ihr diesen Floh ins Ohr gesetzt hat. Von alleine ist sie da nämlich mit Sicherheit nicht draufgekommen.«

»Vermutlich ist das nur so eine Art von ... was weiß ich ... von Weihnachtsdepression oder ein Anflug von Altersstarrsinn. So was vielleicht«, muss nun auch noch der Leopold seinen fragwürdigen Senf dazu beitragen. »Aber das wird nicht lange dauern, jede Wette. Das würde sie doch selber gar nicht aushalten, die Oma. Ihr werdet schon sehen, in ein, zwei Tagen, da muss sie einfach wieder zurück an den Herd, und dann ist sie auch sicherlich wieder ganz die Alte.«

»Dein Wort in Gottes Lauschlappen«, sagt der Papa mürrisch, wischt sich über den Mund, legt sein Besteck ab und steht auf.

»Das mag schon sein, aber bis dahin müssen wir das Geschirr noch selber abwaschen«, sag ich und deute mit dem Kinn auf seinen Teller.

»Aber ich hab doch schon die ganzen Kartoffeln geschält«, brummt er retour.

»Ja, und ich hab die Zwiebeln geschnitten, bis ich geflennt hab, und außerdem noch zwanzig Schnitzel geklopft. Trotzdem befürchte ich, dass die Küche nicht von allein sauber wird. Also Frage: abwaschen, abtrocknen oder wegräumen?«

Eine Stunde später ist alles wieder blitzeblank und sauber, doch ehrlich gesagt sind wir alle vier ziemlich k. o. Kaum zu glauben, was so ein Mittagessen doch für eine arbeitsaufwendige Angelegenheit ist. Und wenn man vielleicht am Nachmittag noch einen feinen Kaffee haben möchte und ein paar Plätzchen dazu und später obendrein ein Abendbrot, dann ist das ja sozusagen fast schon so was wie ein Fulltimejob, und man kommt praktisch gar nicht mehr raus aus der Küche. Selbst wenn man wie wir hier zu viert zugange ist. Einige Vorteile allerdings hat die ganze Aktion dennoch gebracht. Weder der Papa noch die Susi noch der Leopold haben auch nur ein einziges Wort über ihren Kater verloren. Und Letzterer scheint sogar seinen ganzen Herzschmerz von wegen Familie und Pipapo völlig vergessen zu haben.

Erst gegen acht, grad wie ich das Paulchen ins Bett gebracht hab, da kommt dann endlich die Oma nach Hause. Sie hat ganz rote Backen und funkelnde Augen und erzählt, dass sie bei der Mooshammer Liesl war, und zwar den ganzen lieben langen Tag lang. Und so schön wär's gewesen. Zuerst, da hätten sie stundenlang Karten gespielt, dann einen netten Film angeschaut und anschließend wären sie noch ein bisschen spazieren gegangen. Auch die anderen Mitbewohner von der Liesl sind alle da gewesen, erzählt sie mir weiter, während sie ihre Sachen ablegt. Nette Leut übrigens, und so lustig. Und am Ende, da haben sie nun alle miteinander schön zu Abend gegessen, und zwar so viel, dass sie vermutlich gleich platzt.

»Und, stell dir vor, Bub. Keinen einzigen Finger hab ich rühren müssen dort, kannst du das glauben? Weil halt einfach ein jeder ein bisschen mit hergelangt hat, und bis ich geschaut hab, war auch schon alles passiert. Ja, die haben mich regelrecht verwöhnt heut.«

Ich nicke. Und ich schau sie an. Irgendwie wirkt sie äußerst entspannt und zufrieden.

»Schön«, sag ich und muss grad dran denken, wie viele unzählige Male ich der Oma beim Abwasch geholfen hab.

»Apropos Liesl. Du, bei unserem Spaziergang heut, da ist was Komisches gewesen, Franz. Das hat die Liesl übrigens auch gesagt. Pass auf, der Steckenbiller Simon, also praktisch der Sohn vom Steckenbiller Lenz …«

»Ja?«, frag ich und verdreh innerlich schon mal die Augen. Die Liesl mit ihrer depperten Steckenbiller-Neurose.

»Stell dir vor, der ist heut mit dem Auto von seinem Vater unterwegs gewesen. Diesem dicken, fetten Mercedes, du weißt schon.«

»Was ja nicht verboten ist, vorausgesetzt, den Alten stört das nicht.«

»Aber genau das ist doch der Punkt, Franz. Jeder weiß es. Alle wissen es. Ja, das ganze Dorf weiß doch haargenau, dass niemand diesen sündteuren Karren fahren darf.«

Ich weiß es nicht.

»Aha«, sag ich deswegen.

»Eben. Der Lenz, der würd doch niemandem erlauben, mit diesem Auto zu fahren. Und am allerwenigsten seinem eigenen Sohn.«

»Jetzt komm einmal runter, Ms. Marple. Und lass dich von der Liesl nicht narrisch machen. Die hat doch eh nix anderes im Kopf als die Leut auszurichten. Viel wichtiger ist doch, dass du einen schönen Tag gehabt hast und dich ein bisschen ausruhen hast können. Stimmt's?«

»Ja, stimmt.«

»Siehst.«

»Und ... und wie war's bei euch so? Seids zurechtgekommen«, fragt sie abschließend, und mir ist grad so, als könnt ich da einen Hauch von schlechtem Gewissen raushören.

»Ja, mei, der Kartoffelsalat war halt so la la und die Schnitzel vielleicht ein kleines bisserl härter als sonst und etwas trocken. Und ein Pflaster haben wir auch keins finden können«, antworte ich und muss grinsen.

»Pflaster sind dort, wo sie schon seit jeher sind. Nämlich im Medizinkastl im Bad. Das weiß ein jeder, der hier wohnt. Man muss halt auch mal ein bisschen nachdenken, gell. Nur wenn man halt sein Hirn ständig gleich an der Garderobe vorn ablegt, dann muss man sich auch nicht wundern, gell. Aber im Laufe der Zeit, da wird sich das sicherlich alles finden, wirst schon sehen«, lächelt sie und schlenzt mir die Wange. »So, und jetzt gute Nacht, Bub. Ich muss mich niederlegen, ich bin zum Umfallen müd.«

»Bei uns, da warst nie zum Umfallen müd«, sag ich noch so, wo sie schon die ersten Stufen emporschlurft.

»Bei euch, da war ich immer zum Umfallen müd. Bloß hat's nie einer gemerkt«, kann ich sie grade noch hören, dann fällt ihre Tür ins Schloss.

So sitz ich noch ein ganzes Weilchen lang allein in der Küche und denk so über die Oma nach, wie plötzlich die Tür aufgeht und die Susi reinschaut. Sie steht dort im Türspalt und ist offensichtlich bereits in Schlafanzug und Bademantel geschlüpft.

»Kommst heim heut oder schläfst wieder im Saustall?«, fragt sie mit schiefem Kopf und macht dabei einen Schmollmund.

»Nein, ich komm gleich«, antworte ich, geh zum Kühlschrank und hol mir ein Bier. »Gib mir noch zehn Minuten.«

»Versprochen?«

»Versprochen!«

»Soll ich dann vielleicht was anderes anziehen als den alten Flanell hier?«, fragt sie und zupft neckisch an ihrem Pyjama.

»Alles ist besser als der alte Flanell, Susimaus«, grins ich, während ich die Flasche öffne.

»Dann musst du dich aber schicken, sonst wird's mir kalt«, sagt sie noch und huscht in die Diele hinaus.

Kaum bin ich wieder allein, da läutet mein Telefon. Dran ist ein besorgter Mitbürger, der wohl gerade von seinem Abendspaziergang zurück nach Hause gekommen ist und nun steif und fest behauptet, es würde jemand in unserem Christbaum hocken. Also nicht in dem, der bei uns im Wohnzimmer drüben steht, logischerweise. Weil das hätte ich ja wohl selber gemerkt. Sondern in dem vor unserem Rathaus. Und ich soll da jetzt bitteschön hinfahren und nachsehen. Immerhin wär das ja meine Pflicht, so rein dienstlich gesehen. Und nein, sagt er weiter, das könne wohl nicht bis nach den Feiertagen warten.

Na bravo.

Also schnauf ich einmal tief durch, trink mein Bier auf ex, schnapp mir den Autoschlüssel und mach mich auf den Weg.

Freilich kann ich unseren Christbaum schon von aller

Weite aus sehen. Er ist zwar nicht der größte im ganzen Landkreis, der steht nämlich wie jedes Jahr in Frontenhausen drüben. Und zwar allein aus dem einfachen Grund heraus, weil die einen größeren Marktplatz haben als wir in Niederkaltenkirchen. Dafür aber ist unserer der hellste weit und breit. Ja, das ist unserem Bürgermeister unheimlich wichtig. Wenn er schon nicht den größten hat, sagt er immer und immer wieder, dann will er zumindest den hellsten. Und den hat er. Jede Wette. Er ist so hell, dass wir quasi in der Weihnachtszeit alle Straßenlaternen im Umkreis von drei Kilometern ausgemacht haben. Die eine Hälfte unserer Mitbürger findet das prima, und die andere macht wochenlang ihre Rollos nicht mehr auf. Aber so ist das nun mal. Schließlich kann man es nicht allen recht machen, gell.

Wie ich kurz darauf eben vor genau diesem grellen Nadelholz stehe, da kann ich zunächst überhaupt nix erkennen. Nicht das Geringste. Ich halte mir die Hand vor die Augen und blinzele hinauf. Aber nix.

»Hallo-ho?«, ruf ich in die nadelige Höhe empor.

»Hallo-ho?«, kommt es prompt retour. Irgendwie unheimlich, wirklich. Als ob da tatsächlich jemand in den weihnachtlichen Ästen hockt.

»Wer ist da oben?«, will ich deswegen zunächst einmal wissen.

»Wer ist da unten?«, kommt es retour. Es scheint sich um einen Witzbold zu handeln.

»Hier unten ist der Eberhofer Franz. Also?«

»Franz!«, kann ich nun vernehmen, und ja, es klingt durchaus erleichtert. »Gut du bist kommen. Vielleicht du kannst helfen mich unten.«

»Buengo?«, frag ich wieder nach oben. Einfach, weil mir diese Möglichkeit schon aus rein grammatikalischen Aspekten heraus am plausibelsten erscheint.

»Ja, warum fragst?«

»Weil ich dich nicht sehen kann. Wo bist du denn, und was zum Teufel treibst du da oben?«

Und während ich nun in diesem grellen Lichtermeer unseren afrikanischen Fußballgott vom Rot-Weiß-Niederkaltenkirchen irgendwie visuell ausfindig zu machen versuche, da fängt er an, einigermaßen verständlich und nachvollziehbar zu erzählen, wie er überhaupt in diese desaströse Situation reingekommen ist. Somit erfahr ich, dass er wohl wie jeden Abend zu seiner obligatorischen Joggingrunde aufgebrochen ist. Und exakt, wie er dabei unseren Christbaum umrundet, kriegt er mit, dass eine Katze miaut. Ganz fürchterlich laut und genau aus den Ästen heraus, sagt er weiter. Und weil er halt ein Tierfreund ist, unser Buengo, da hat er kurzerhand beschlossen, seine Fitness hintanzustellen und sich stattdessen um das Wohl dieser Katze zu kümmern. Zunächst, da hat er ja noch probiert, sie durch Rufen und Rascheln irgendwie herunterzulocken. Was aber wohl nicht funktioniert hat. Also hat er sich auf den Weg gemacht und ist ein paar Äste hinaufgeklettert, immer brav die Katze im Visier, so gut das bei dieser Beleuchtung halt überhaupt möglich war. Doch je weiter er selber hinaufgekraxelt ist, desto weiter ist auch dieses dämliche Vieh hinaufgekraxelt. Irgendwann, wie er dann so ziemlich an der Baumkrone angelangt war, da ist dieses Miststück einfach über ihn hinweg nach unten und zurück auf den Gehweg gesprungen. Da hat er erst mal geflucht, was sein afrikanisches Repertoire nur so hergegeben hat, und schließlich selber den Rückweg angetreten. Bei dieser Rückzugsaktion aber, da hat er sich in unzähligen Lichterketten verfangen, sodass er jetzt wie ein Indianer am Marterpfahl gefesselt in der Tanne hockt.

Es graut schon der Morgen, wie die Feuerwehrler endlich fertig sind und den armen Buengo befreit haben. Und weil er ja aus rein sporttechnischen Gründen heraus nur eine kurze Hose und ein Sweatshirt trägt, ist er auch ziemlich durchgefroren, das muss man schon sagen. Er zittert ja praktisch an Händen und Füßen und schafft es trotzdem noch, eine herumstreunende Katze mit dem Fuß auf den gegenüberliegenden Bordstein zu kicken. Irgendwie ist schon was dran, wenn die Leute immer über ihn sagen: Jeder Schuss ein Treffer …

Kurz darauf, wie ich endlich ins Schlafzimmer komm, da trägt die Susi zwar einen ziemlich heißen Fummel, aber offenbar schläft sie bereits den Schlaf der Gerechten. Was aber ohnehin keine Rolle spielt, weil auf meiner Bettseite nämlich der Paul liegt. Und neben ihm liegt die Lotta mit einer Pfote auf seiner Brust, und alle drei schlummern tief und fest. Gut, das Bett ist somit belegt. Man könnte ja beinahe schon von Überbevölkerung reden. Da bleibt mir quasi gar nichts anderes übrig, als in meinen Saustall zu gehen.

Dort ist es unerwartet kalt und obendrein klamm. Nachdem ich sämtliche Heizkörper voll aufgedreht hab, schlüpf ich unter alle Wolldecken, die ich finden kann. Ich lieg wohl nicht falsch, wenn ich sag, dass die Susi die Heizung hier abgestellt hat. Um nur ja ganz sicherzustellen, dass ich auch brav in ihr warmes Bett komm. In unser trautes Heim sozusagen.

Ja, unser Heim. Unser Neubau. Unser Haus. Oder unser halbes Haus. Weil die andere Hälfte, die gehört ja dem Leopold. Seit ein paar Monaten ist es nun fertig, dieses Haus. Und es ist alles neu, was ja das Wort »Neubau« schon irgendwie vermuten lässt. Aber es ist nicht nur das Haus, wo neu ist. Es sind auch die Möbel. Und das ist komisch. Das Sofa zum Beispiel. Das Sofa ist neu und modern und bequem. Das zumindest behaupten die anderen. Für mich aber ist es nicht bequem. Nicht im Geringsten. Weil es weder die Abdrücke von meinen Arschbacken hat, wenn ich draufsitz. Noch die Dellen von meinem restlichen Körper, wenn ich liege. Es hat überhaupt keine Abdrücke oder Dellen. Es hat ja noch nicht mal einen winzigen Schmutzfleck. Denn Flecken, die der Paul oder ich gedankenlos und aus reinem Versehen heraus manchmal machen, die schrubbt meine Susi gleich wieder raus. Rigoros. Keine Delle, kein Abdruck, kein Fleck.

Und da steht es nun also, das Sofa ohne Geschichte in einem Zimmer ohne Geschichte in einem Haus ohne Geschichte. Alles ist praktisch stumm. Also, ich rede hier nicht von Tönen. Nein, im Gegenteil. Ich mag's sogar gerne, wenn's still ist und friedlich. Ich meine viel eher, dass ich dort drüben im Neubau nix fühl. Gar nix, verstehst? Die Wände und Möbel, die reden nicht mit mir. Die schweigen mich nur an. Fast vorwurfsvoll. Und gelegentlich ertapp ich mich sogar dabei, wie ich mir dort fremd vorkomm. So, als gehöre ich gar nicht dahin, und irgendwie fühl ich mich beinah so wie ein Eindringling. Hier in meinem Saustall dagegen, da ist alles ganz anders. Da ist alles vertraut. Da herinnen, da gibt's Geschichten zum Saufüttern quasi. Dort zum Beispiel, dort ist mein Ludwig immer gelegen. Und zwar bis zum allerletzten Tag, bis zu dem sein kleines Hundeherz geschlagen hat. Hier auf diesen alten Kacheln, da hat das Paulchen das Krabbeln und Laufen gelernt.

Und auf diesem Kanapee, da hab ich seine Mama so oft und heiß und wild flachgelegt, das kann man gar nicht erzählen. Doch selbst unser Sex ist jetzt irgendwie anders, dort drüben im Neubau. Grad so, als hätten wir ihn mit all den neuen Möbeln mitgeliefert bekommen. Als hätte dieser nervtötende, schleimige Verkäufer am Ende noch gesagt: »Also, wenn Sie acht statt sechs Esszimmerstühle nehmen, dann legen wir den Sex noch gratis obendrauf. Da haben Sie dann ein Jahr Garantie, und er ist äußerst pflegeleicht. Einmal in der Woche ein bisschen polieren und Sie werden lange Freude dran haben. Leider ist es nicht der beste Sex aller Zeiten, aber was erwarten Sie bei einem Gratisangebot? Ich würde Ihnen raten, nehmen Sie ihn trotzdem. Denn kein so guter Sex ist immer noch besser als gar keiner.«

Und wir haben ihn genommen.

Kapitel 3

Ich weiß nicht, ob ich überhaupt ein Auge zugemacht hab oder ob mein Telefon schon geläutet hat, bevor das Sandmännchen seine Nase zur Tür reingestreckt hat. Jedenfalls bin ich zum Umfallen müde, wie ich jetzt abheb. Es ist unser Bürgermeister, der dran ist, und ich kann mich des Eindrucks nicht erwehren, dass er schlechte Laune hat. Er kriegt Anrufe im Minutentakt, sagt er. Und zwar von ziemlich aufgebrachten Mitbürgern, die ihn fragen, was denn bitteschön mit unserem Christbaum passiert ist. Warum der jetzt sozusagen komplett zerfleddert auf dem Rathausplatz liegt, kaum ein Ast mehr dranhängt, von einer Lichterkette gar nicht zu reden. Er spricht ohne Punkt und Komma und holt noch nicht mal Luft zwischen den einzelnen Sätzen. Wobei er mich dabei mindestens dreimal auffordert, die Sachlage zu erklären, und ich frage mich, wie, wenn er mich gar nicht erst zu Wort kommen lässt. Ob es denn nicht möglich wäre, dass er einmal für eine kurze Woche in den Skiurlaub fährt, will er wissen. Und zwar ohne dass daheim gleich alles zusammenfällt wie ein Kartenhaus. Irgendwie dramatisiert er diese Lappalie von gestern hoch, als würde nicht nur der Weihnachts-, sondern gleich der ganze Weltfrieden davon abhängen.

Doch nachdem er sich final ausgekotzt hat, ist es mir dann doch möglich, die Erklärung für unseren desolaten

Christbaum abzugeben. Und da ich freilich weiß, dass unser Ortsvorstand ja quasi der erste Vorsitzende vom Buengo-Fanclub ist, da lieg ich nicht ganz falsch mit meiner Annahme, dass ihn meine Ausführungen doch umgehend versöhnlich stimmen.

»Großer Gott«, kann ich ihn nun erwartungsgemäß vernehmen, und es klingt aufrichtig besorgt. »Ihm wird doch hoffentlich nichts passiert sein, unserem armen Bengo?«

»Bu-engo«, korrigier ich ihn. Wie immer. »Nein, wie ich ihn hernach zur Mooshammerin heimgefahren hab, da war er jedenfalls quietschfidel und auf dem besten Wege aufzutauen.«

In diesem Moment geht die Tür auf und die Susi kommt rein. Sie bleibt im Türrahmen stehen und schaut mich an.

»Aha«, sagt sie, dreht sich ab und verschwindet auch schon wieder.

»Gut, Bürgermeister, wenn's weiter nix gibt, dann Ski heil, Hals- und Beinbruch und genießens den Urlaub«, sag ich noch so. Dann häng ich ein.

»Susi!«, ruf ich und winde mich aus meinen Wolldecken heraus. Inzwischen dürfte es im Saustall an die hundert Grad warm sein.

Nix.

»Suuuuuuusi!«

Nix.

»Susimaus!«

Jetzt fliegt die Tür auf.

»Was?«, schreit sie mich an.

»Du, Susi«, sag ich und versuch einen heiter-versöhnlichen Tonfall hinzukriegen. »Ich wär schon sehr gern in unser Schlafzimmer gekommen gestern Nacht. Aber ausgerechnet auf meiner Bettseite, da ist der Paul drin gelegen und auch die Lotta.«

»Du, Franz«, äfft sie mich jetzt nach. »Ich hab eine ganze Stunde lang auf dich gewartet. Dann bin ich in die Küche rüber. Aber die war leer. Um drei bin ich noch mal rüber. Da warst du immer noch nicht da. Und jetzt … jetzt finde ich dich natürlich hier, in deinem gottverdammten Saustall. Wo auch sonst?«

»Ja, Dienst ist Dienst. Und da ist es auch völlig wurst, was privat grad so am Reißbrett hängt. Ich hätte mir diese Nacht auch anders vorgestellt, das kannst du mir glauben.«

»Ha, du warst also dienstlich unterwegs? Ja, genau! Lass mich raten … Hat jemand den Zapfhahn vom Wolfi geklaut?«, will sie nun wissen, und ihr süffisanter Unterton ist kaum zu überhören.

»Ich war nicht beim Wolfi«, sag ich wahrheitsgemäß.

»Ich war nicht beim Wolfi … Wo warst du dann? Lass mich raten. Im Sportheim Rot-Weiß? Oder hast du dich im Wald versteckt, damit du dich nur ja nicht in unserem Haus aufhalten musst?«

Aber auf dem Niveau unterhalt ich mich gar nicht erst. So steh ich auf und grad will ich an ihr vorbeigehen, da hält sie mich am Ärmel fest.

»Du … du warst wirklich dienstlich unterwegs?«, fragt sie und ihre Stimmlage dreht sich ins Gegenteil um. Ich will mal nicht so sein, setz mich nieder und deute ihr an, herzukommen. Einen Moment lang zögert sie noch und macht einen erstklassigen Schmollmund. Dann aber nehm ich sie auf den Schoß und erzähl nun auch ihr diese leidige Buengo-Geschichte. Na gut, ein bisschen dramatisier ich das schon, damit ihr klar wird, was für eine nervige Nachtaktion das für mich war, und – ha! – das verfehlt seine Wirkung durchaus nicht. Sie trägt noch immer diesen kleinen, heißen Fummel unter ihrem Morgenmantel …

Es ist der Paul, der mich schließlich gegen Mittag aufweckt. Er zupft mich erst ein paar Mal an den Haaren, kraxelt dann zu mir hoch, ehe er sich lachend und mit seinem ganzen Gewicht auf meinen Bauch plumpsen lässt. Oh Gott, ich muss bieseln. Dringend.

»Ah, Paulchen, das ist jetzt ganz schlecht«, sag ich und kneif die Augen zusammen. Er fängt an zu hopsen.

»Die Mama, die hat aber gesagt, dass ich dich aufwecken soll«, entgegnet er hopsenderweise.

»Ja, das hast du ja jetzt gemacht. Prima«, sag ich mit letzter Kraft, pack ihn unter den Armen, heb ihn hoch und stell ihn auf dem Fußboden ab. Dann saus ich ins Bad. Das war knapp.

Ich bin ziemlich erleichtert, wie ich kurz darauf in die Küche komme. Erst recht, wo ich den Frühstückstisch sehe. Der ist nämlich eingedeckt. Und zwar für eine Person. Vermutlich für mich. Hat der Leopold, der alte Hellseher, womöglich doch recht, und die Oma hatte nur eine kleine Weihnachtsdepression? Schaut ganz danach aus. Ich setz mich nieder, nehm einen Schluck Kaffee und köpfe das Ei. Schmier mir ein Marmeladenbrot und anschließend schnapp ich mir die Tageszeitung. Was für ein Fest, das Leben könnte so wunderbar sein!

»Die Oma scheint sich ja Gott sei Dank wieder ausgesponnen zu haben«, sag ich genießenderweise, gleich wie die Susi samt Paul zur Küche reinkommt.

»Wie kommst du denn darauf?«, fragt sie, nimmt mir

mein Brot aus der Hand und beißt mir voll Inbrunst die eine Hälfte davon weg.

»Hokuspokus«, antworte ich und deute auf den Frühstückstisch.

»Simsalabim«, sagt der Paul und grinst mich an.

»Genau«, entgegne ich und grinse retour.

»Da müsste sie aber wirklich zaubern können, unsere Oma«, sagt nun die Susi wieder und schenkt sich und dem Paul einen Orangensaft ein. »Sie liegt nämlich oben in ihrem Bett und lässt den Herrgott einen guten Mann sein. Sie will ein Buch lesen, hat sie gesagt. Hat sich vorher nur schnell ein Haferl Kaffee hier abgeholt und darum gebeten, nicht gestört zu werden. Bis auf Weiteres, wenn ich sie mal zitieren darf.«

»Und wer hat dann das Frühstück gemacht?«, frag ich eher überflüssigerweise.

»Also vorausgesetzt, dass die Oma nicht zaubern kann, hab's ja vielleicht ich gemacht«, zwinkert sie mir über den Tisch hinweg zu.

»Großer Gott!«, sag ich und steh auf.

»Ein einfaches Danke hätte eigentlich auch gereicht«, kann ich die Susi noch hören, doch da bin ich schon im Hausgang draußen.

Ich lauf die Treppe hoch, klopf kurz an, und noch ehe eine Antwort kommt, betret ich den Raum. Im Radio läuft ›Merci, Cheri‹. Ziemlich laut, und so stell ich das Gerät erst einmal leiser. Die Oma liegt im Bett, eingemummelt bis unter die Kinnlade und liest in einem Buch. Jedenfalls hat sie wohl gelesen, ehe ich ihre kleine Idylle mit meiner Anwesenheit hier zerstört hab.

»Ist was?«, fragt sie, ohne auch nur mit der Wimper zu zucken.

»Bist du krank, oder was?«, frag ich, weil sie noch niemals im Bett geblieben ist. Noch nicht einmal dann, wenn sie tatsächlich krank war.

»Danke der Nachfrage. Aber nein, ich fühl mich pudelwohl. Nur der Kaffee, der ist leider schon kalt. Geh, Franz, magst mir einen neuen holen?«

Nein, das mag der Franz nicht.

»Oma, sag einmal, wird das jetzt jeden Tag schlimmer mit dir, oder was? Ich mein, es ist helllichter Tag und du flaggst im Bett. Ich mein, du ... du kannst doch nicht einfach so liegen bleiben und ...«

»Und wer sollte das verhindern?«, unterbricht sie mich gleich.

Ich bin jetzt ehrlich gesagt ein bisschen verwirrt und weiß gleich gar nicht, was ich sagen soll.

»Was ist los, Franz? Du wirst dich doch jetzt nicht zum Spießer entwickeln. Das würde mich wirklich enttäuschen. Und jetzt schlag hier keine Wurzeln, sondern hol mir einen Kaffee. Einen schönen heißen, wenn's keine Umstände macht, mit einem großen Schuss Milch«, sagt sie noch und widmet sich wieder ihrer Lektüre. Und ich nick wie ein Schulbub und lauf los, um ihr eine Tasse ganz heißen Kaffee zu holen.

In den folgenden Tagen wird es nicht besser. Die Oma liegt im Bett wie die Königin von Saba, und zwar solange sie möchte. Hin und wieder trinkt sie dann einen Piccolo für den Kreislauf. Sie kommt zum Essen oder auch nicht. Geht spazieren, in die Kirche, zum Seniorennachmittag oder verbringt ihre Stunden bei der Mooshammerin. Zweimal macht sie sich sogar auf den Weg nach Landshut rein, weil's da irgendwo Sonderangebote gibt, und fragt mich noch nicht einmal, ob ich sie fahren kann, weil sie das ja dann mit der Mooshammerin macht. Außer um ihre eigenen Belange kümmert sie sich allerdings um nichts. Für alle anderen hier ist die Situation neu und man könnte auch sagen gewöhnungsbedürftig. Und vermutlich sind meine Zweifel mehr als berechtigt, dass sich auch nur einer von uns überhaupt daran gewöhnen möchte.

Es ist wohl auch exakt diesen Umständen geschuldet, dass der Papa aktuell rund um die Uhr bekifft ist und somit als Unterstützung in dieser maroden Situation komplett entfällt. Einen ebensolchen Ausfall stellt der Leopold dar, weil der sich noch immer sehr erfolgreich in seinen Depressionen zwecks familiären Defiziten suhlt. So sind es einzig die Susi und ich, die versuchen, das Schiff einigermaßen über Wasser zu halten. Weswegen wir unseren gesamten Weihnachtsurlaub in erster Linie damit verbringen, zu kochen oder sonst irgendwelcher dämlichen Hausarbeit nachzugehen.

Da bin ich direkt froh, wie das Elend der Feiertage endlich rum ist und ich einfach wieder ganz gemütlich ins Büro gehen kann. Weil dort ist es aller Voraussicht nach wesentlich weniger arbeitsintensiv, die geschundene Haut an meinen Spülhänden kann langsam abheilen, und es ist nicht übertrieben, wenn ich mit einer gewissen Vorfreude meinem Arbeitsalltag entgegenblicke. Allerdings hab ich meine Rechnung wohl ohne die Mooshammer Liesl gemacht. Die schlägt nämlich schon bei mir auf, da hab ich noch nicht mal meine Haxen auf dem Schreibtisch und keine einzige Zeile aus der Tageszeitung gelesen.

»Seite elf«, sagt die Liesl gleich komplett ohne Grußwort, wie sie mein Büro stürmt, zieht sich den Stuhl gegenüber hervor und plumpst darauf nieder. »Die Nachrichten aus dem Landkreis. Seite elf.«

Ich schau sie kurz über den Zeitungsrand hinweg an, schnauf einmal tief durch und blättere mich schließlich bis auf besagte Seite elf vor. Bauboom geht weiter, lautet die Überschrift dort. Danach folgt ein Artikel, ein ziemlich langer, den ich jetzt nicht lesen möchte. Einfach, weil mich die Sportseiten viel eher interessieren würden.

»Gib mir eine Kurzfassung, Liesl«, sag ich deswegen, während ich die athletischen Seiten suche.

»Wie kurz hättests denn gern, Eberhofer? Landwirtschaftliche Nutzfläche wird zu Bauerwartungsland. Bauerwartungsland wird zu Bauland. Bauland macht Bauern reich. Einer der Bauern heißt Steckenbiller.«

»Und das steht alles da drin?«, frag ich relativ skeptisch. Bei der Liesl muss man immer ein bisschen vorsichtig damit sein, welche ihrer Informationen auf Tatsachen basieren oder eher ihrer, sagen wir mal, regen Fantasie entspringen.

»Fast alles. Das mit dem Steckenbiller, das steht freilich nicht drin. Die nennen ja keine Namen, die sind ja nicht blöd. Aber ich kenn den Bauplan, Franz. Der ist übrigens auf Seite zwölf. Und ich weiß, welche Flächen davon dem Steckenbiller gehören und welche nicht.«

»Und selbst wenn, Liesl. Der Steckenbiller und jeder andere Bürger dieses wunderbaren Landes kann alles verkaufen, was ihm gehört. So steht es in den Gesetzen und Geboten.«

»In den Gesetzen und Geboten steht aber eben auch, dass Polizisten ermitteln müssen bei dem Verdacht eines Verbrechens.«

Nun gibt's wohl keinerlei Zweifel mehr. Allem Anschein nach ist es ihre rege und heute offensichtlich auch gewalttätige Fantasie, die hier wieder mal mit ihr durchgeht. So konzentrier ich mich lieber auf die wirklich relevanten Dinge des Lebens, die sportlichen Texte. Da schau einer an! Hat's wohl wieder mal einen ganz schön zerlegt, gestern beim Skispringen. Huihuihui. Doch ich persönlich, ich frag mich ja eh schon seit Jahren, was in einem Menschen vor sich geht, der ohne Fallschirm, dafür aber mit Skiern an den Haxen von einer Schanze in schwindelerregender Höhe hinunter in die Tiefe springt. Der muss doch tatsächlich nicht mehr alle Latten am Zaun haben. Und da ist es doch wirklich kein Wunder, wenn's so einen dann gelegentlich so dermaßen schmeißt, dass hinterher kein Knochen mehr heil ist und sogar die arme Milz einen Riss abbekommt, oder etwa nicht?

»Hörst du mir eigentlich zu, Franz?«, reißt mich die Liesl aus meinen athletischen Überlegungen heraus.

»Nein«, antworte ich wahrheitsgemäß.

»Die …«, fährt sie fort und atmet dabei ganz aufgeregt ein und wieder aus. »Also, die haben den Lenz verschwinden lassen, Franz. Jede Wette.«

»Wer: die?«

»Ja, seine Verwandtschaft halt. Sein Sohn, der Simon, und seine gschlamperte …«

»Stopp«, sag ich, und jetzt leg ich meine Haxen auf den Schreibtisch. »Das, was du hier grad machst, Liesl, das ist eine Verleumdung der übelsten Sorte und fällt somit auch unter Gesetze und Gebote. Und jetzt schaust lieber, dassd dich schleichst.«

»Nix«, sagt sie trotzig und verschränkt ihre Arme. »Ich will jetzt eine Vermisstenanzeige aufgeben. Und zwar sofort. Da bin ich doch hier richtig, oder etwa nicht?«

Himmelherrschaftszeiten, geht mir die auf die Eier! Kann die nicht einfach mit ihren sonderbaren WG-Genossen Spiele spielen oder einen depperten Film anschauen? Von mir aus auch mit der Oma? Muss sich die jetzt auch noch um vermeintlich vermisste Dorfbewohner scheren, die vermutlich völlig relaxed in Südafrika hocken und ganz gemütlich Urlaub machen?

Weil mir erstens rein dienstlich gesehen gar nix anderes übrig bleibt und ich sie zweitens so schnell wie möglich wieder loswerden will, nehm ich eben anschließend diese verdammte Anzeige auf. Welche, kaum dass die Liesl endlich wieder ihren Arsch zur Tür draußen hat, im unteren Drittel meines To-do-Stapels landet.

Nach den Sportseiten, die mit Ausnahme von diesem zerlegten Skispringer zugegebenermaßen eher langweilig sind, widme ich mich dann halt doch noch kurz den Seiten elf und zwölf, einfach weil mich jetzt die Neugierde packt und die Zeitung ansonsten eh nix Gescheites hergibt. Und ja, die Liesl hat's wohl auf den Punkt gebracht. Es werden Grundstücke verkauft und Häuser gebaut. Die Neubaugebiete wachsen und wachsen. Aber wenn man mal ein bisschen überlegt, irgendwo müssen sie ja auch hin, die ganzen Leut.

Eine halbe Stunde später geht die Tür auf und die Susi kommt rein. Sie hat ein feuerrotes Gesicht und glänzende Augen. In den ganzen Jahren, wo sie hier als Verwaltungsangestellte arbeitet, hab ich sie noch nie so gesehen. Eigentlich hab ich sie generell noch nie so gesehen.

»Stell dir vor, was passiert ist, Franz«, strahlt sie mich an, als hätte sie den Jackpot gewonnen oder wär endlich ihre Cellulitis losgeworden.

»Was?«, frag ich und leg die Zeitung beiseite.

»Der Bürgermeister liegt im Krankenhaus. Genau genommen im Krankenhaus in Österreich. Er hat sich die Hüfte gebrochen. Beim Skifahren«, antwortet sie und klatscht dann begeistert in die Hände. Da sieht man mal wieder, wie brandgefährlich dieser Sport ist, selbst wenn man ihn nicht aus schwindelerregenden Höhen heraus betreibt.

»Und das … das freut dich so arg?«, frag ich und bin leicht irritiert.

»Nein, natürlich nicht. So ein Blödsinn«, sagt sie, hört zu klatschen auf und probiert, einen betroffenen Gesichtsausdruck hinzubekommen. »Aber, stell dir vor, ich bin sein Stellvertreter. Oder besser seine Stellvertreterin. Also praktisch die Stellvertreterin vom Bürgermeister. Kannst du das glauben? Er hat gesagt, vor sechs oder acht Wochen wird das nix. Ich bin so aufgeregt, Franz. Ich bin jetzt sozusagen so was wie die Bürgermeisterin von Niederkaltenkirchen. Mein Gott, ist das aufregend!«

Jetzt klatscht sie wieder.

»Aha«, sag ich, weil mir weiter nix einfällt.

»Vielleicht sollten wir ihm einen schönen Blumenstrauß schicken lassen, was meinst, Franz? Damit er sieht, wie sehr die Gemeinde an ihn denkt und ihn vermisst. Ja, ich glaub, das ist eine gute Idee. Am besten, ich werde gleich der Jessy dazu eine Anweisung geben. Und dann … Oh Gott … dann brauch ich dringend ein paar neue Klamotten, Franz. Ja, unbedingt. Schließlich kann man ja als Bürgermeisterin nicht einfach so in Jeans und solchen Fetzen …«, trällert sie weiter und zupft ein wenig abwertend an ihrem T-Shirt herum. »Vielleicht sollte ich mir so ein Etuikleid kaufen, was meinst? Oder besser gleich zwei, zum Wechseln. Genau.

Und ein Hosenanzug wär womöglich auch nicht schlecht, oder? Aber natürlich nicht so einen wie die Merkel immer hat. Schon einen, der wo auch schick ist. Und zum Friseur muss ich auch. Unbedingt. Wie spät ist es denn eigentlich? Oh Gott, ich muss los. Du, Franz. Ich glaub, du musst heute das Paulchen von der Kita holen. Bei mir kann es vermutlich schon ein bisschen später werden. Oh Gott, ich bin so aufgeregt.«

»Susi, ich hab auch einen Job, ob du's glaubst oder nicht«, komm ich nun endlich zum Einsatz, aber sie lächelt nur milde.

»Franz, du sitzt hier in deinem Büro und liest die Zeitung. Sogar die Nachrichten aus dem Landkreis, wie ich sehen kann. Wie langweilig muss es denn eigentlich jemandem sein, um die Nachrichten aus dem Landkreis zu lesen? Also, wie gesagt, bei mir wird's heut später.«

»Ja, bei mir auch. Ich hab nämlich einen Vermisstenfall an der Backe, um den ich mich jetzt dringend kümmern muss«, sag ich, schnapp mir meine Jacke vom Haken, und schon eil ich dem Ausgang entgegen. Noch nie zuvor hat mir eine Bürgermeisterin so wütend hinterhergebrüllt, wie es die Susi jetzt tut. Ja, da muss sie schon noch an sich arbeiten, die Susi. Was die Contenance betrifft. Grad in so einem Amt, so einem öffentlichen. Da ist das ja quasi von immenser Bedeutung.

Der Hof von den Steckenbillers ist wahrscheinlich der größte im ganzen Landkreis. Ja gut, neben dem vom Kneißl freilich, der gut und gerne das Doppelte misst. Der schönste ist es aber ganz bestimmt. Eigentlich passt er gar nicht so recht her zu uns, mit diesen wundervollen Fensterläden und seinem aufwendig geschnitzten Balkongeländer, wo die Geranien im Sommer üppig und fast bis zum Erdboden runter blühen. Idylle pur, könnte man sagen. Als die alte Steckenbillerin noch gelebt hat, da war's ja fast noch schlimmer. Jede Woche hat die ihre Fensterscheiben geputzt, dass man fast gedacht hat, da wärn keine drin, und selbst die Hofeinfahrt war immer blitzeblank und praktisch fast wie gewienert. Und das, obwohl ständig irgendwelche Traktoren rein- und raus- und drübergedonnert sind.

Wie ich jetzt aus dem Wagen steig, seh ich aus den Augenwinkeln heraus, dass drinnen jemand hinter den Gardinen steht und somit meine Ankunft registriert haben muss. Und noch bevor ich den Klingelknopf überhaupt berühre, da wird auch tatsächlich schon die Haustür geöffnet.

»Eberhofer, was … was machst denn du da? Ist was passiert?«, begrüßt mich der Steckenbiller Simon aus seiner grünen Latzhose heraus.

»Ja … Nein … Oder sagen wir einmal so: das heißt es jetzt herauszufinden. Kann ich kurz reinkommen?«

»Freilich«, sagt er freundlich und geht vor mir her in die Küche. Sein grobgestrickter Pullover quillt aus den Trägern der Hose hervor und zieht etliche Fäden.

»Du, Simon. Hier im Dorf, da macht man sich Sorgen über den Verbleib von deinem Vater. Weißt du zufällig, wo er sich grad aufhält?«, frag ich und schau mich ein bisschen um. Auch hier herinnen ist alles blitzeblank und fast wie geschleckt. Die Rolläden sind halb heruntergelassen, und durch die Schlitze hindurch blinzeln gelbe Sonnenstrahlen.

»Man macht sich Sorgen?«, entgegnet er, verschränkt die Arme vor der Brust und hat plötzlich einen zynischen Tonfall drauf. »Wenn du von der Mooshammerin redest, die macht sich keine Sorgen. Die will nur Unruhe stiften und geht mir gehörig auf die Nerven. Sie fragt mich ja praktisch im Minutentakt, wo mein Vater ist.«

»Und, wo ist er?«

»Ja, das wüsste ich selber auch zu gern.«

»Du weißt es also nicht?«

»Nein, sag ich doch«, brummt er aus seinen verschränkten Armen hervor, kann mir aber nicht in die Augen schauen. Stattdessen starrt er auf den Boden und wippt mit seinen Gummistiefeln.

»Aha, du weißt es also nicht. Wann hast du ihn denn das letzte Mal gesehen? Kannst du dich noch daran erinnern?«, frag ich weiter und zück mein Notizheft.

»Ob ich mich dran erinnere? Ha! Ja, das tu ich sehr wohl. Das war nämlich am Geburtstag von meiner Josefina.«

»Und wer ist die Josefina?«

»Mensch, Eberhofer, das ist doch meine Frau, und die hat eben genau am vierten Dezember Geburtstag. Den wollten wir halt ein bisschen feiern. Wie man das halt so tut am Geburtstag. Ja, und dann, wir waren beide schon frisch geduscht und angezogen, weil ich im Heimatwinkel drüben einen schönen Tisch reserviert hab – so zum Feiern halt, für die Josefina. Für das Romantik-Dinner, die haben da ein Angebot mit Kerzen und Blumen und so«, erzählt er weiter und macht dann eine Pause.

»Das Romantik-Dinner«, sag ich und hoff dabei inständig, dass die Susi davon keinen Wind bekommt. »Ja, das hört sich romantisch an. Weiter?«

»Ja, und dann ist halt plötzlich der Vater gekommen und hat gesagt, dass am Hoflader irgendwas nicht stimmt und er vermutlich Treibstoff verliert. Und dass ich mir das jetzt anschauen soll. Und zwar sofort. Da hab ich ihm gesagt, dass ich morgen nachschau oder er soll sich gefälligst selber drum kümmern, weil die Josefina eben Geburtstag hat und wir jetzt zum Essen gehen. Dann hat er mich plötzlich angeschrien wie ein Irrer. Wenn ich diesen verdammten Hof einmal haben möchte, hat er gebrüllt, dann soll ich auf der Stelle meinen Arsch in Bewegung setzen.«

»Weiter?«, frag ich und schau ihn auffordernd an.

»Nix weiter. Das Ganze ist dann eine Weile so hin- und hergegangen, und wir haben uns angebrüllt. Und irgendwann ist mir das alles einfach zu blöd geworden. Da hab ich die Josefina gepackt und wir sind los. Trotzdem ist es dann noch ein relativ schöner Abend gewesen, aber natürlich haben wir schon auch über diesen Vorfall gesprochen.«

»Verstehe. Und dann?«

»Na, dann sind wir halt irgendwann heimgegangen und gleich drauf ins Bett. Dass er nicht mehr da ist, der Vater, das haben wir ja erst am nächsten Morgen bemerkt.«

»Aber das ist jetzt einen ganzen Monat her, Simon. Wieso bist du nicht zur Polizei gegangen und hast ihn als vermisst gemeldet?«, frag ich. Er steht vor mir, vergräbt seine Hände tief in den Hosentaschen und zuckt ein bisschen hilflos mit den Schultern.

»Mei, es ist ja nicht das erste Mal gewesen, dass er einfach so abhaut. Das hat er ja immer schon gemacht. Er war an meinem ersten Schultag nicht da und bei der Mama ihrem Fünfzigsten auch nicht. Immer, wenn ihm irgendwas nicht gepasst hat oder ihm das alles hier einfach mal wieder über den Kopf gewachsen ist, dann ist er einfach abgehauen. Ohne ein Wort, ohne irgendeine Nachricht. Ich glaub, die Mama ist dann auch genau deshalb so krank geworden. Die hat das halt irgendwann nicht mehr aushalten können. Ständig diese Ungewissheit, ob sie sich auf ihn verlassen kann oder wieder einmal alles allein machen muss. Ich mein, die Arbeit hier, die ist ja schon für zwei zu viel ...«

»Fehlt was von seinen Sachen?«, muss ich hier nachfragen.

»Ich ... ich weiß nicht. Ich hab noch nicht nachgeschaut«, entgegnet er fahrig.

»Ja, dann tu's bitte jetzt«, sag ich und Augenblicke später gehen wir gemeinsam ins Obergeschoss hinauf.

Kapitel 4

Später am Nachmittag, wie ich in der Kita ankomm, da ist auch die Susi dort, und das freut mich ein bisschen. Wie sie mich sieht, scheint sie sich auch einen kurzen Moment lang zu freuen, jedenfalls lächelt sie. Dann aber wendet sie sich wieder ihrer aktuellen Gesprächspartnerin zu und plaudert unbeirrt weiter. Bei ihrem Visavis handelt es sich übrigens um die Mutter vom Ansgar, also dem besten Freund von unserem Paulchen. Ich nenne sie bevorzugt Karpfen, weil sie halt rein gesichtstechnisch eine unverschämte Ähnlichkeit mit einem solchen hat. Und wie nun mein Blick schließlich von ihren Lippen weg und weiter abwärts wandert, da fällt mir auf, dass sie aktuell offensichtlich ziemlich schwanger ist. Mit welchem Namen sie dem armen Würmchen wohl dieses Mal das Leben versaut? Der Paul und sein Kumpel hocken ein paar Schritte weiter auf den kleinen Bänken und binden sich gegenseitig die Schuhbänder zu. Das ist schön.

»Wenn es nach mir ginge, dann könnten Sie ohnehin gern Bürgermeisterin bleiben«, kann ich nun den Karpfen vernehmen, und diese Worte zaubern der Susi ein Funkeln in die Augen. »Denn ehrlich gesagt, war ich ja vom derzeitigen Amtsinhaber noch nie so richtig begeistert. Man hat ja manchmal direkt den Eindruck, er lebt noch in der Steinzeit. Außerdem muss ich sagen, dass Frauen in derlei Positionen ohnehin viel besser agieren, als Männer es jemals tun können. Denen fehlt doch schon rein genetisch bedingt jegliches Fingerspitzengefühl und ein klarer Verstand.«

»Ich habe schon einen klaren Verstand, Mama«, ruft nun der Ansgar durch die Garderobe.

»Natürlich hast du den, Ansgar«, entgegnet das Muttertier prompt, während sie den Kopf zum Filius wendet. »Schließlich hab ich ja seit deiner Wassergeburt dafür gesorgt, dass du klar bei Verstand bist, was somit wieder eindeutig auf das Konto der Frauen geht.«

»Gut, Susi«, muss ich hier unterbrechen, bevor ich noch das Kotzen krieg. »Wenn du eh da bist, dann kann ich ja wieder meiner Arbeit nachgehen, gell?«

»Nein, Franz, das kannst du leider nicht. Ich bin im Moment nämlich auch gar nicht als Mutter hier, sondern einzig und allein in meiner Funktion als Bürgermeisterin. Es geht um die Erweiterung des Kindergartens, und demzufolge ist es meine Pflicht, unsere Mitbürger darüber aufzuklären.«

»Und Mitbürgerinnen«, sagt der Karpfen.

»Und Mitbürgerinnen«, bestätigt die neue Bürgermeisterin.

»Du Susi, der Bürgermeister, der ist in sechs Wochen zurück. Glaubst du nicht, dass die Erweiterung des Kindergartens bis dahin noch warten kann?«

»Nein, das glaub ich nicht. Weil der Bürgermeister nämlich gar kein Interesse dran hat, diesen Kindergarten zu erweitern, verstehst. Ganz im Gegenteil, ihm ist es viel wichtiger, dass der neue Golfplatz endlich gebaut wird. Und für beide Projekte reicht das Budget nicht. Da aber unser Neubaugebiet wächst wie kein zweites in der ganzen Gegend, brauchen wir unbedingt und so zeitnah wie möglich eben genau diese Baumaßnahmen hier und keinen depperten Golfplatz. So einfach ist das.«

»Das seh ich übrigens ganz genauso«, pflichtet der Karpfen nun bei und wirft mir einen kurzen, aber relativ abfälligen Blick zu. »Für uns, wie wir hier stehen, ist es doch ganz selbstverständlich, einen anständigen Platz für unsere Kinder zu haben. Und es ist elementar und von großer sozialer Bedeutung. Im Grunde aber ist es ein Privileg, und bei weitem nicht alle Familien können davon profitieren.«

»Nicht?«, frag ich überflüssigerweise. Doch ich kann mich kaum konzentrieren, wenn sie spricht, weil ich immer nur diese Lippen anstarre.

»Nein, natürlich nicht«, antwortet die Susi und verdreht kaum merklich die Augen.

»Ich meine, sehen Sie sich doch selber an«, kommt die neue Komplizin ein weiteres Mal zu ihrem fragwürdigen Einsatz. »Sie selber, Sie profitieren doch auch davon, dass Sie Ihren Sohn hier gut aufgehoben wissen, wenn Sie Ihren äh ... ja, Ihren Polizeidienst zu bewältigen haben.«

Hab ich da grade einen abfälligen Unterton raushören können? Eine Art von Zynismus? Besonders im hinteren Teil ihres Monologes? Oder irre ich mich möglicherweise mit der Annahme, dass sie meinen Job gelinde gesagt nicht so ganz ernst nimmt? Doch bevor ich noch mit meinen Überlegungen zu einem Ende komm und ihr irgendwas Asoziales antworten kann, da läutet mein Telefon und der Birkenberger Rudi ist dran. Ja, man kann über den Rudi sagen, was man will, aber manchmal kommt er fast wie gerufen.

»Ah, Herr Polizeipräsident«, lüg ich relativ laut in den Hörer und runzle hochkonzentriert meine Stirn. »Was kann ich denn für Sie tun?«

»Franz?«, entgegnet der Rudi merklich verwirrt. »Ich bin nicht der Polizeipräsident, Mensch. Ich bin's, der Birkenberger Rudi. Dein Ex-Kollege. Der aus dem Polizeidienst geflogen ist, weil er einem Kinderschänder die Eier weggeschossen hat. Also ganz weit weg von einem Polizeipräsidenten. Es ist zwar schon ein paar Jahre her, aber ich hoffe, du erinnerst dich trotzdem.«

»Nein, nein, Herr Polizeipräsident, überhaupt kein Problem. Natürlich kann ich gleich da sein, wenn meine persönliche Unterstützung für Sie unumgänglich ist. Sofort? Verstehe. Wenn Sie mir dann nur bitte den Hubschrauber schicken würden«, sag ich weiter, nick den beiden Trullas noch kurz über die Schulter zu und begeb mich Richtung Ausgang.

»Franz, ist dir eine Silvesterrakete ins Hirn geschossen, oder was ist los?«, fragt der Rudi besorgt, während grad die Tür hinter mir zufällt.

Und grad setz ich an, ihm den Grund für meinen Bluff zu erläutern, wie nun auch die Frauenfraktion durch die Pforte schreitet. Die Buben im Schlepptau.

»Aber das glaub ich dir nicht, Ansgar. Auf gar keinen Fall«, kann ich den Paul vernehmen, während er kurz zu mir rüberwinkt.

»Das stimmt aber, Paul, und das kannst du auch nachlesen, weil es nämlich auf Wikipedia steht, weißt du. Da musst du nur eingeben Ökologische Nische. Und da kannst du dann alles finden über sämtliche Umweltfaktoren«, erklärt der Ansgar. Ich glaube, mir bleibt grad der Mund ein bisschen offen, während mir der Rudi unbeirrt weiter in den Hörer quengelt. Die kleine Mutter-Kind-Gruppe hat mich inzwischen längst passiert und den Parkplatz erreicht. Dort dreht sich die Susi noch kurz zu mir um.

»Du, Franz, der Paul, der fährt jetzt noch ein bisschen mit zum Ansgar nach Hause, weil ich kurz nach Landshut rein muss, um ein paar Besorgungen zu machen. Wir sehen uns dann ja wohl später daheim, wenn dich dein Polizeihubschrauber wieder zurückgeflogen hat«, trällert sie fröhlich über ihr Autodach hinweg, während sie die Fahrertür öffnet. »Ach ja, und bitte grüß mir den Rudi!«

Woher sie das jetzt wieder weiß, ist mir ein Rätsel.

Der Karpfen steht inzwischen mit den beiden Buben am Fahrradständer und hantiert ein bisschen ungeschickt an einem Schloss herum. Aber wenn man natürlich seine sündteure Designertasche nicht am Boden abstellen möchte, dann ist das auch irgendwie nachvollziehbar, gell. Irgendwann ist das scheiß Schloss aber offen und sie zerrt ein Radl aus dem Ständer. Bei genauerer Betrachtung fällt mir dann auf, dass es kein Radl im klassischen Sinne ist, sondern viel eher ein Dreirad. Noch genauer ein Dreirad mit einem Anhänger vorne dran. Das ist eine echt riesige Kiste, und obwohl ich mich dieses Gedankens erwehre, erinnert die mich ganz stark an einen Kindersarg. In Wahrheit soll es wohl eher so etwas wie ein Kindertransporter sein, ausschauen tut es aber wie ein Sarg. Ruhe in Frieden, kleiner Ansgar, denk ich grad noch, wie ich seh, dass nicht nur der in den Sarg hineinklettert, sondern auch das Paulchen.

»Müssten Sie nicht zu einem dringenden Einsatz?«, reißt mich nun der Karpfen aus meinen diffusen Überlegungen heraus.

»Klar«, sag ich noch so und dreh mich ab.

»Was zum Teufel ist denn da eigentlich wieder los in euerm Hinterwäldlerkaff? Verdammt noch mal, Franz, red endlich mit mir!«, kann ich den Rudi nun wieder vernehmen, den ich in der Zwischenzeit vollkommen verdrängt zu haben schein. Und so mach ich mich auf den Weg zu meinem Wagen, während ich dem Rudi haarklein und in allen erdenklichen Einzelheiten von den erbärmlichen letzten Tagen berichte, die grad hinter mir liegen. Und wenn ich so an die aktuelle Entwicklung von der Susi und der Oma denk, dann sind über kurz oder lang wohl auch keine besseren Tage in Sicht. Ja, sagt der Rudi am Ende meiner ausführlichen Durchsage und kann dabei eine Prise Schadenfreude nicht wirklich verbergen. Das hört sich ja nach so richtig viel Spaß an. Und, dass es bei ihm dagegen grad voll geschmeidig gelaufen ist, weil er nämlich auf einer Kreuzfahrt war. Über Weihnachten und Silvester quasi. Einer Kreuzfahrt speziell für Singles, um genau zu sein. Teneriffa, Madeira, Gran Canaria, Fuerteventura und Lanzarote. Ein Traum, sagt er weiter. Sonne, Meer und Palmen. Und lauter junge dynamische Leute, wohin man auch schaute. Mit einem top Unterhaltungs- und Sportprogramm, sensationellen Ausflügen, und auch beim Essen war jeder einzige Bissen ein wahres Erlebnis.

»Ich bin entspannt wie nie«, frohlockt er abschließend.

»Ja, gratuliere«, entgegne ich leicht angepisst und versuche das Gespräch zu einem Finale zu bringen. »Du, Rudi, ich muss.«

»Warte kurz«, legt er noch schnell nach. »Du, Franz, ich bin morgen rein zufällig in eurer Gegend. Da würd ich gern auf einen Sprung vorbeischauen, was meinst?«

»Wieso bist du zufällig bei uns in der Gegend?«

»Ja, mei, wegen … also praktisch … äh … wegen meiner Fußpflege. Genau, ich hab einen Pediküretermin.«

»Du kommst wegen einer Fußpflege bis zu uns nach Niederkaltenkirchen raus? Habt ihr denn in München keine Fußpflege, oder was?«

»Doch, wahrscheinlich schon. Aber deine Oma, die hat

mir einmal erzählt, dass eure Fußpflege die beste ist, die sie überhaupt kennt.«

»Es ist die einzige, die sie überhaupt kennt, Rudi.«

»Franz, was soll das jetzt? Muss ich mich vielleicht bei dir rechtfertigen, wo ich zur Fußpflege hingeh?«

»Nein, nein. Passt schon. Dann kommst halt einfach vorbei, wenn deine Haxerl wieder glatt und softig sind. Du weißt ja, wo du mich findest.«

»Super. Und echt, das mit der Susi als Bürgermeisterin, das find ich wirklich total klasse, Franz. Das find ich wirklich sensa…«

»Ja, ich auch. Servus, Rudi«, sag ich noch so. Dann leg ich auf.

Der Rudi, der Rudi. Statt dass er einfach sagt, er tät gern auf einen Kaffee oder ein Bier vorbeischauen, da muss er wieder irgendeine Story aus dem Hut zaubern. Und nicht nur, dass seine Story ja an und für sich schon zum Himmel schreit. Nein, er erzählt sie auch noch so, dass man sie einfach nicht glauben kann. Kein einziges Wort davon. Ganz anders übrigens, als es beispielsweise zuvor noch der Ansgar gemacht hat. Der hat die Skepsis vom Paulchen nämlich nur mit einem einzigen, aber völlig überzeugenden Satz ad absurdum geführt. Und das in diesem Alter! Überhaupt, wenn ich bedenke, wie schlau diese kleinen Bürschchen heutzutage schon sind und was die alles können, das ist einfach unglaublich. Wo wir früher als Kinder noch übern Lattenzaun gegafft und in der Nase gebohrt haben, da diskutieren die jungen Wilden heute, dass dir beim Zuhören schon ganz schwindelig wird.

Unser Paul zum Beispiel, der ist noch keine fünf, kann aber bereits schreiben und lesen. Und zwar fließend. Er liest den ›Harry Potter‹ rauf und runter, und er liest uns die Fernsehzeitung vor. Das finde ich wirklich unfassbar und toll. Und praktisch ist es obendrein, dann muss ich sie nicht mehr selber lesen. Allerdings kann er nicht Fußball spielen, der Paul. Und das ist halt scheiße. Besonders, wo ich doch mein ganzes Leben lang behauptet hab, ein Kerl, der nicht Fußball spielen kann, das ist ein Krüppel. Da sieht man's mal wieder: Man lernt nie aus. Und gelegentlich, da rutschen einem ja Sachen raus, die man gar nicht so meint, gell. Wobei ich jetzt schon sagen muss, ich selber … also, ich hab ja Fußball spielen können wie kein Zweiter im ganzen Landkreis. Und inklusive zwischen den Pfosten war ich auch auf jeder anderen Position topfit und hab alle anderen praktisch schwindelig gespielt. Und gelegentlich hab ich die Spiele sogar gepfiffen. Dann, wenn unser Schiri mal wieder ausgefallen ist, weil er meinetwegen krank war oder besoffen oder (was auch vorgekommen ist) beim Spiel am Vortag furchtbar verdroschen worden ist. Selbstredend, dass wir keins von diesen Spielen jemals verloren haben, wär ja wohl auch lächerlich. Ja, so ist das gewesen bei mir. Höchstwahrscheinlich wär ich ja sogar ein Profi geworden. Jede Wette. Sagen wir mal so, wenn mir meine kriminalistische Karriere keinen Strich durch die Rechnung gemacht hätte, dann wär ich mit Sicherheit bei den Bayern gelandet. Ja. Nein, was ich eigentlich sagen wollte, der Paul ist da anders. Der ist halt klug. Vielleicht nicht ganz so klug wie sein Spezl, der Ansgar. Weil der halt neben Englisch und Französisch inzwischen auch noch Querflöte lernt und Fechten. Fußballspielen kann er übrigens auch, dieser Ansgar. Trotzdem ist er im Grunde ein kleiner, frühreifer Streber mit dem Hang zum Besserwisser und einer unglaublich nervigen Mutter, die grad im Begriff ist, ein Zweitexemplar auszubrüten. Und ich würde mir statt seiner jeden Haudegen dieser Welt als Freund für unser Paulchen wünschen. Aber nein, es muss ums Verrecken dieser Ansgar sein.

Auf dem Heimweg mach ich noch schnell beim Simmerl halt, weil ich aus den Erfahrungen der letzten Tage heraus einfach auf Nummer sicher gehen will. Nicht dass es wieder kein anständiges Abendessen gibt.

»Servus, Franz«, begrüßt mich der Metzger brummig und verschwindet dann gleich hinten im Schlachthaus. »Eure Lieferung, die kannst gleich mitnehmen.«

Welche Lieferung denn? Wovon redet er?

Das Geheimnis wird aber umgehend gelüftet, einfach, indem er retour kommt und mir eine riesige Schachtel aushändigt. Sauerbraten, Knödel, Blaukraut und Soße. Und alles verzehrfertig, sagt er. Und, dass die Susi in ihrer Mittagspause da gewesen ist, um eben genau diese Bestellung aufzugeben. Sauber, denk ich mir so. Kluges Mädchen, die Susi. Eine Rechnung hat er auch gleich parat, und wie gewünscht auf den Bürgermeister ausgestellt. Ich staune nicht schlecht. Sonst noch was, will er wissen? Nein, nix, sag ich ein bisschen perplex, und grad will ich gehen, wie die Tür aufgeht und die Gisela erscheint.

»Servus, Gisela«, sag ich deswegen.

»Und? Hast es ihm schon erzählt?«, fragt sie und meint damit offenbar ihren Gatten.

»Nein, das gehört doch nicht hierher«, entgegnet der Simmerl mürrisch.

»Ja, wo gehört's denn sonst hin? Zum Wolfi vielleicht? Oder in eins von deinen anderen schäbigen Wirtshäusern?«

»Nein, das gehört überhaupt nirgends …«, versucht er seine Gattin noch auszubremsen, doch wie sich gleich rausstellt, mit wenig Erfolg.

»Du kannst es ihm ruhig sagen, Simmerl. Spätestens in einer Woch, da weiß es eh das ganze Dorf«, zischt sie noch kurz und verschwindet dann wieder genau dort, woher sie grad gekommen ist.

»Und?«, versuch ich hier noch nachzuhaken, weil mir jetzt die Neugier hochkommt.

»Nix«, entgegnet er knapp und verschränkt seine Arme vor der Brust. Einen Augenblick warte ich ab, ob eventuell doch noch was kommt, das als Information durchgeht. Aber nein, es kommt nix. Er starrt mich nur an und schweigt. Dann halt nicht, denk ich mir so, schnapp mir die Schachtel und verlasse den Laden.

Das Essen ist gut und auch noch ziemlich warm. Zumindest so lange, wie wir anderen es essen. Wie endlich dann auch die Susi ihren Heimweg gefunden hat, da ist längst alles kalt. Aber das ist ihr egal. Scheißegal, wie sie sagt, obwohl das Paulchen dabei ist. Weil sie nämlich shoppen war und offensichtlich auch äußerst erfolgreich dabei. Dementsprechend glücklich betrachtet sie nun ihre fette Beute. Also, die sechs Tüten, die vor ihr auf dem Fußboden liegen, während sie das kalte Abendessen in sich hineinstopft. Die lässt sie auch nicht aus den Augen und kann vor lauter Grinsen kaum anständig kauen. Ein Weilchen betrachte ich sie, dann bring ich mal lieber das Paulchen ins Bett. Der reibt sich nämlich schon seine Augen und fängt nun auch noch an, am Daumen zu lutschen. Ja, wenn er müd wird, dann ist er schlagartig wieder wie ein Baby, unser kleiner Schlaumeier.

Am nächsten Vormittag, gleich wie ich durch die Rathaustür schreite, da ist ein Gekeife zu hören, das kann man fast nicht erzählen, und es kommt einwandfrei aus dem Büro unserer Verwaltungsschnepfen.

Deswegen führt mich mein erster Weg freilich prompt an die Pforte zur Arena. Immerhin muss man ja wissen, was hier so abgeht.

»Nein, Susi, das kannst du vergessen!«, kann ich die Stimme von der Jessy vernehmen, kaum dass ich meine Ohren an der Tür fixiert hab. Sie klingt relativ hysterisch, könnte man sagen. »Ich werde dir deine depperten Visitenkarten nicht machen. Auf gar keinen Fall. Ich hab jetzt schon dafür gesorgt, dass der blöde Christbaum wegkommt, und hab stundenlang damit verbracht, alle brauchbaren Lichterketten zu retten. Und ich hab dafür gesorgt, dass der Bürgermeister seinen scheiß Blumenstrauß samt Grußkarte kriegt. Wenn du nun also noch Visitenkarten haben willst, wo ›Bürgermeisterin Gmeinwieser‹ draufsteht, dann mach sie dir gefälligst selber. Immerhin bin ich hier nicht als deine Privatsekretärin angestellt, sondern als Verwaltungsangestellte. Übrigens genau so wie du auch. Und jetzt blas dich hier gefälligst nicht so auf, du … du Stellvertreterin, du dämliche.«

Huihuihui! Das klingt aber irgendwie so gar nicht nach kollegialem Dreamteam, oder?

»Du bist ja bloß neidisch. Weil ich endlich mal rauskomm aus diesem faden Tippsen-Job. Und jetzt denkst du, wenn du mich boykottierst, dann schaff ich das nicht und bin auch gleich wieder zurück an meinem alten Schreibtisch. Aber da hast du dich gewaltig geschnitten, Madam. Ich zieh das jetzt durch. Ob mit deiner feministischen Unterstützung oder ohne.«

»Susi, jetzt wach einmal auf, Mensch. Du bist keine Bürgermeisterin, und das wirst du auch nie werden. Du sollst hier einfach nur die Stellung halten, bis der Chef wieder da ist. Und der ist wahrscheinlich schneller wieder da, als die Tinte auf deinen blöden Visitenkarten überhaupt trocknen kann. Begreifst du das nicht?«

»Weißt du was, Jessy? Leck mich einfach, okay«, kann ich die Susi grad noch hören, dann fliegt die Tür auf, und schon prallen wir aneinander. Für einen kurzen Augenblick starren wir uns an. Sie starrt wahrscheinlich, weil sie mich mit Sicherheit nicht hinter dieser Bürotür erwartet hat.

Und ich starre zurück, weil ich sie schlicht und ergreifend nicht wiedererkenne. Sie war nämlich heute Morgen schon weg, wie ich in die Küche gekommen bin, und nun steht sie vor mir und ist ein anderer Mensch. Quasi ein Fremder. Oder eine Fremde, um es korrekt auszudrücken. Jedenfalls hat sie die Haare zu einem Turm aufgesteckt und pfundweise Farbe im Gesicht. Trägt ein lilafarbenes Kleid und eine Aktentasche unter dem Arm und ist meilenweit davon entfernt, meine Susi zu sein.

»Ist was?«, fragt sie mich nun atemlos und ein bisschen zu hektisch.

»Ja, auch einen schönen guten Morgen, liebe Susi«, sag ich und quetsch mir ein freundliches Lächeln ab.

»Warum starrst du mich so an?«, fragt sie in ihrer aktuellen Bürgermeisterstimme. Wenn ich ihr jetzt sage, dass ihr gesamtes Erscheinungsbild grad einfach nur skurril lächerlich ist, besteht die Gefahr, dass sie explodiert. Drum lass ich es lieber.

»Du schaust irgendwie …«, sag ich, und mir will ums Verrecken nichts Passendes einfallen.

»Jaaa?«, fragt sie, wobei sie das A beunruhigend in die Höhe und Länge zieht.

»Anders«, sag ich und such fieberhaft nach passenden Worten. »Du siehst irgendwie anders aus, liebe Susi.«

»Das liegt vielleicht daran, lieber Franz, dass ich das erste Mal in meinem Leben wie eine erwachsene Frau ausschau. Wie eine erwachsene Frau mit einem verantwortungsvollen Job. Ich glaube, daran müssen sich alle hier erst gewöhnen. Aber ihr werdet das schon schaffen«, gibt sie noch retour, wirft ihren Kopf in den Nacken, um anschließend hinter der Tür des Bürgermeisters zu verschwinden, die gleich drauf ins Schloss knallt. Einen ganzen Moment lang kann ich mich gar nicht bewegen, sondern glotz stattdessen in den leeren Rathausflur.

»Guten Morgen, Jessy«, sag ich, wie ich schließlich doch in ihr Büro komm, und begeb mich schnurstracks zur Kaffeemaschine.

»Guten Morgen«, entgegnet sie, hört auf, in die Tasten zu trommeln, und nimmt ihre Kopfhörer ab.

»Und, alles paletti?«, frag ich ausgesprochen freundlich, während ich mir den Kaffee eingieß.

Was mich jetzt nämlich umtreibt, ist, wie die Jessy grad so tickt, was meine Person angeht. Weil mich die eigentlich noch nie leiden konnte. Und drum heißt es nun herauszufinden, ob ihr Missmut mir gegenüber eher noch gewachsen ist, weil ich ja nun quasi so was wie der Kanzlerinnengatte bin. Oder ob sie möglicherweise doch eher einen Verbündeten in mir sucht, den sie sicherlich auch finden würde.

»Paletti? Nein, davon kann keine Rede sein. Weißt du was, Franz? Ich kenn die Susi schon länger, als du sie kennst. Ich kenn sie nämlich schon mein ganzes Leben lang. Und unser ganzes Leben lang, da haben wir uns immer und immer wieder geschworen, dass wir zusammenhalten müssen. Als Freundinnen sowieso, doch besonders auch als Frauen. Schon aus reiner Solidarität heraus, Frauenpower, verstehst? Grad in so einem Kuhdorf wie hier, wo es von hinterwäldlerischen Machos ja geradezu wimmelt, da ist das nämlich unglaublich wichtig.« Die Jessy hat mittlerweile einen hochroten Kopf, ist aber augenscheinlich immer noch nicht am Ende angelangt. Stattdessen holt sie einmal tief Luft, nur um danach fortzufahren. »Und was macht die Susi bei der ersten Gelegenheit, die sich ihr augenscheinlich bietet? Sie denkt plötzlich, dass sie Bürgermeisterin wär, ha! Und alle unsere konspirativen Vereinbarungen und Schwüre, die sind ihr auf einmal so was von wurst. Bloß, weil sie jetzt ihr eigenes scheiß Egoding durchziehen muss, verstehst. Und das ... das find ich wirklich zum Kotzen!«, sagt sie und hat kaum zu Ende gesprochen, wie plötzlich die Stimme von der Susi durch den Lautsprecher ertönt: »Jessicaaa?«

Die Jessy drückt einen Knopf, während sie ihre Augen verdreht.

»Ja, Susanneee?«

»Geh, sei doch so gut und würdest mir bitte das Protokoll von der letzten Gemeindesitzung bringen?«

»Das Protokoll von der letzten Gemeindesitzung, das hast du selber geschrieben, liebe Susi. So wie alle Protokolle von allen Gemeindesitzungen in all den letzten Jahren. Und dann wirst du es vermutlich auch selber abgespeichert haben, wie in all den letzten Jahren. Und ich bin sicher, wenn du dir nur ein kleines bisschen Mühe gibst, dann wirst du es auch selber wiederfinden, gell. Aber wenn du dabei wirklich Hilfe brauchst, dann melde dich einfach noch einmal. Dann werde ich dir selbstverständlich zur Hand gehen. Schließlich müssen wir ja zusammenhalten, schon rein der alten Freundschaft und Frauensolidarität wegen«, antwortet die Jessy übertrieben freundlich, bevor sie triumphierend den Knopf loslässt. Irgendwie eine ungute Stimmung hier, das muss man schon sagen. Ich werf ihr noch ein halbes Lächeln über den Schreibtisch, nehm meinen Kaffee und mach mich dann lieber vom Acker.

Unglaublich, wirklich. Wenn ich mir vorstell, wie die beiden sonst so drauf sind, da fällt dir echt nix mehr ein. Eigentlich hab ich ja immer gedacht, zwischen die Susi und die Jessy, da passt kein Blatt. Das sind Freundinnen und Kolleginnen wie aus einem Bilderbuch, und das schon seit immer. Sogar damals, wie die Susi von heute auf morgen ihren Job hingeschmissen hat und holterdipolter nach Italien durchgebrannt ist, selbst da ist die Jessy hinter ihr gestanden wie ein Fels in der Brandung. Und zwar, obwohl der kollektive Rest unserer Gemeindeverwaltung nur verständnislos den Kopf geschüttelt und sie für plemplem gehalten hat. Also die Susi. Doch offensichtlich hat sich das Blatt jetzt gewendet, was die beiden Mädels betrifft. Weil sich die Hierarchie geändert hat. Plötzlich sind sie nämlich keine Kolleginnen auf Augenhöhe mehr, sondern viel eher König und Knecht. Oder um es feministisch korrekt auszudrücken: Königin und Magd. Obwohl die Jessy ja, grundsätzlich gesehen, alles andere als eine Magd abgibt, aber wurst. Ich jedenfalls kann die Susi momentan ums Verrecken nicht begreifen. Erst recht nicht, wo sie doch wissen müsste, dass sich die Situation über kurz oder lang wieder ändert. Spätestens dann, wenn unser Bürgermeister wieder gesund und einsatzfähig ist, zerplatzt doch dieser alberne Karrieretraum wie eine Seifenblase. Dann nämlich hockt sie wieder von Angesicht zu Angesicht mit der Jessy im gleichen Büro, und das bei dieser miesen Grundstimmung, die derzeit herrscht. Eigentlich kennt die Susi doch die Jessy viel besser, als ich es selber tu, und müsste doch somit auch haargenau wissen, wie die Jessy sein kann, wenn sie jemanden auf dem Kieker hat. Da möchte man ja fast sagen: Gnade dir Gott, liebe Susi. Gnade dir Gott!

Kapitel 5

Es hat zu schneien angefangen. Und wie in beinahe jedem Jahr frage ich mich, wieso es ausgerechnet jetzt schneien muss und nicht dann, wenn wir uns alle über den Schnee freuen würden. Wenn zum Beispiel am Adventskranz die Kerzen brennen und das ganze Haus nach Plätzchen duftet. Wenn ich als Papa Weihnachtsurlaub hab und mit dem Paul zum Schlittenfahren gehen könnte. Oder meinetwegen auch wenn wir auf den Christkindlmarkt gehen und uns ein Haferl Jagertee genehmigen oder auch zwei. Nein, da regnet es meistens in Strömen oder es weht ein eiskalter Wind. Doch weit und breit ist keine winzige Schneeflocke in Sicht. Grad so, als würde sie ihren Einsatz Jahr für Jahr wieder aufs Neue verschlafen, die werte Frau Holle. Jetzt jedenfalls scheint sie wach zu sein. Hellwach, würde ich sogar sagen. Denn es schneit so arg, dass man den Marktplatz durchs Fenster hindurch kaum noch sehen kann. Und grad, wie ich dem wilden Schneetreiben da draußen so zuschau und meinen Gedanken nachhäng, bemerk ich, wie jemand vorm Rathaus anrollt. Durch die dichten Flocken hindurch kann ich auf den ersten Blick kaum erkennen, um wen es sich handelt. Erst auf den zweiten. Es ist der Birkenberger in all seiner Herrlichkeit. Ein paar Minuten später erscheint er auch schon in meinem Türstock und hat sich ganz offensichtlich bereits mit Kaffee versorgt.

Irgendwie sieht er sonderbar aus heute und zunächst, da kann ich nicht recht sagen weswegen. Dann aber fällt's mir wie Schuppen von den Augen. Es ist seine Hautfarbe, die ich so gar nicht von ihm kenne. Er ist leicht gebräunt, was vermutlich diesen Tagen im Süden zuzuschreiben ist, und im Grunde steht's ihm wohl gut. Trotzdem finde ich es irgendwie gewöhnungsbedürftig. Doch noch bevor ich eine exaktere Bewertung in diese Richtung abgeben kann, da stößt die Susi zu uns und stellt sich in ihrer grotesken Erscheinung relativ mittig in mein Büro.

»Ui, die Frau Bürgermeisterin höchstpersönlich«, begrüßt sie der Rudi prompt über sein Kaffeehaferl hinweg. »Du, Susi … du … also, irgendwie … ja, irgendwie schaust du ganz seltsam aus heut.«

»Ach, der Herr Polizeipräsident höchstpersönlich«, entgegnet sie schnippisch, und prompt kommt mir wieder diese Frage in den Sinn, die mich im Grunde schon seit gestern beschäftigt.

»Du, Susi«, muss ich deswegen fragen. »Wieso hast du das eigentlich wissen können, dass es der Rudi war, wo gestern angerufen hat, und nicht tatsächlich der Polizeipräsident?«

»Was für eine blöde Frage, Franz. Vielleicht, weil du schon seit Ewigkeiten ein- und denselben Klingelton für den Rudi hast: ›Warum schickst du mich in die Hölle‹?«

»Verstehe«, sag ich knapp und räuspere mich. Gut, da hätt ich auch selber draufkommen können.

»›Warum schickst du mich in die Hölle‹!?«, wiederholt der Rudi ganz langsam und wirft mir Blicke der abartigsten Sorte über den Schreibtisch.

»Wegen was genau bist du jetzt eigentlich gekommen, Susi?«, frag ich, allein schon, um das Thema zu wechseln.

»Ja, pass auf. Der Bürgermeister, der hat grade angerufen. Er macht keinerlei Fortschritte, sagt er. Und sitzt praktisch wie einbetoniert in seinem Rollstuhl fest. Eine jede Bewegung ist die reinste Quälerei für ihn, und nun wartet er wohl auf die Prognose von irgend so einem Spezialisten, damit er halt endlich erfährt, ob er denn nun operiert werden muss oder nicht. So wie es ausschaut, kann es also durchaus noch ein ganzes Weilchen dauern, bis er wieder hier ist und seinen Amtsgeschäften nachkommen kann«, erklärt sie, dreht sich auf dem Absatz um, dass die Pumps nur so quietschen, und schon ist sie verschwunden. Wenn die Jessy diese Neuigkeiten erfährt, wird sie im Strahl kotzen und einen kreisrunden Haarausfall kriegen, jede Wette.

»Wieso hast du ausgerechnet bei meinen Anrufen diesen Klingelton: ›Warum schickst du mich in die Hölle‹, Franz?«, reißt mich der Rudi nun aus meinen Gedanken heraus und schaut mich aus seinem seltsam braunen Gesicht heraus ganz ernsthaft an.

»Ja, keine Ahnung. Das … das muss wahrscheinlich eher so was wie ein Zufall sein, Rudi«, sag ich und kratz mich am Hirn.

»Du willst also sozusagen damit andeuten, dass du deine Klingeltöne nicht bewusst auswählst?«

»Nein, natürlich nicht«, sag ich grad noch, dann dreht er sich ab und verlässt wortlos den Raum. Was hat er denn nun schon wieder? Herrschaftszeiten, ist das immer ein Geschiss mit diesem Weichei, denk ich mir grad noch so, wie mein Telefon läutet. Es ist die Susi, die mich jetzt anruft, und ich frag mich, wieso. Schließlich hockt sie nur zwei Zimmer weiter und war doch ohnehin grad erst da.

»Sexbomb, Sexbomb«, kann ich den Rudi nun hören, wie er den Klingelton mitsingt. Er hält das Telefon von der Susi in der Hand. »Reiner Zufall, Franz. Oder?«

Ja, da hat er mich jetzt dann erwischt.

»Geh, Rudi, jetzt komm bitte runter. Das … Mei, das war doch bloß ein Spaß, verstehst.«

»Spaßig findest du das? Und nein, Franz, das verstehe ich nicht. Und weißt du, warum nicht? Weil ich mir seit Jahren deinetwegen den Arsch aufreiße. Keinen einzigen Fall hättest du jemals ohne mich aufgeklärt, hörst du? Keinen einzigen Fall. Und weißt du noch was? Im Grunde meines Herzens, da weiß ich natürlich längst, dass mir an unserer Beziehung deutlich mehr liegt, als es bei dir der Fall ist. Aber dass ich dich mit meinen Anrufen gleich in die Hölle schicke, damit hätte ich dann doch nicht gerechnet. Du bist wirklich ein Trampel, ein unsensibler. Außerdem, und das ist jetzt die Höhe …«

»Birkenberger Rudolf«, muss ich ihn jedoch hier mal ausbremsen, und zwar ziemlich lautstark. Weil ich nämlich allein schon aus der jahrelangen Erfahrung heraus haargenau weiß, wenn ich ihn nun erst mal an Fahrt aufnehmen lasse, dann nimmt das kein Ende mehr. Dann lamentiert er sich so dermaßen in Rage, dass es kein Morgen mehr gibt.

Einen Augenblick lang schaut er mich nun an. Schweigt und schaut. Anschließend atmet er einmal tief durch und dreht sich wieder ab. Ob er nun einfach bloß der Susi ihr Telefon zurückbringen will oder ob er mich auf immer und ewig verlässt, das kann ich grad gar nicht recht sagen. Was ich mir sehnlicher wünschen tät, allerdings auch nicht.

»Franz!« Und bums, da ist er wieder! »Weißt du was, ich will ja nicht nachtragend sein. Und ja, möglicherweise hast du recht, und es war ja tatsächlich nur ein reiner Zufall, das mit diesem Klingelton.«

Wie dämlich ist der eigentlich?

»Sag ich doch, Rudi.«

»Genau«, schnauft er erleichtert durch und plumpst auf den Stuhl visavis. »Also, wie schaut's aus? Du hast doch am Telefon etwas von einem neuen Fall gesagt.«

»Mei, neuer Fall wär jetzt vielleicht etwas übertrieben. Es gibt wohl einen Vermissten bei uns hier im Dorf, der aber genauso gut auch nur im Urlaub sein könnte.«

»Aha, aha. Verstehe, verstehe. Gut, gut.«

»Warum sagst du alles doppelt?«, frag ich.

»Was?«

»Nix.«

»Aha, verstehe. Gut. Aber trotzdem. Mal angenommen, er ist nicht im Urlaub, sondern tatsächlich verschwunden. Da stellen sich doch etliche Fragen. Frage eins: Wer ist es? Frage zwei: Wie sind seine Familien- und Wohnverhältnisse?«, will der Rudi nun wissen, schaut mich auffordernd an und scheint auch schon völlig angefixt zu sein. Und ich bin ehrlich gesagt nur heilfroh, dass dieses leidige Klingelton-Thema endgültig vom Tisch ist.

Allein schon aus dem Grund berichte ich ihm die wenigen Details, die mir selber bekannt sind. Nämlich, dass der Steckenbiller ein wohlhabender und verwitweter Bauer im höheren Alter ist, der zuweilen und mitunter auch mal unangekündigt einfach Reißaus nimmt vor seinem Alltag. Und dass es bevorzugt Südafrika ist, wo es ihn dann hinverschlägt. Wenn er nicht grad auf Reisen ist, dann wohnt er auf seinem Hof hier bei uns in Niederkaltenkirchen. Und zwar gemeinsam mit seiner Schwiegertochter Josefina und dem Sohn Simon, welcher bei meinem Besuch festgestellt hat, dass einige persönliche Dinge seines Vaters tatsächlich fehlen. Sprich Ausweis, Zahnbürste, Rasierer, Pipapo et cetera.

»Seit wann ist er abgängig?«, überlegt nun der Rudi so vor sich hin und krault sich das Kinn.

»Seit viertem oder fünftem Dezember.«

»Was jetzt genau?«

»So genau weiß man das halt nicht. Abends hat der Junior mit dem Senior noch gestritten, ist dann zum Romantik-Dinner, und am Morgen war der Vater halt nicht mehr da.«

»Und seither kein Lebenszeichen? Ein Anruf, eine SMS oder so was?«

»Nix.«

»Wie ist das Verhältnis zum Sohn und zur Schwiegertochter?«

»Ich weiß nicht recht. Besonders besorgt schien der Sohnemann jedenfalls nicht über das Fernbleiben seines Erzeugers.«

»Würdest du dir Sorgen machen, wenn dein Vater …?«

»Rudi, bleib bei den Fakten«, muss ich ihn hier gleich mal unterbrechen.

»Gut. Also, wahrscheinlich wär es schon möglich, dass den Alten einfach mal wieder das Fernweh gepackt hat und er Hals über Kopf abgereist ist. Was mich allerdings tatsächlich stutzig macht an dieser Geschichte, Franz, das ist die Jahreszeit. Es war Weihnachten und es war Neujahr, verstehst? Und da meldet man sich doch zumindest mal kurz bei seiner Familie, oder etwa nicht? Selbst wenn man sonst nicht so gut kann miteinander.«

Ich weiß nicht recht. Also angenommen, der Leopold, der würde Weihnachten nicht automatisch von Haus aus und jedes Jahr wieder aufs Neue bei uns daheim rumhängen, ich würde einen Teufel tun und mich bei ihm melden. Aber das sag ich dem Rudi jetzt lieber nicht. Sonst denkt er gleich wieder, dass ich ein Trampel bin, ein unsensibler.

»Mei«, sag ich stattdessen und schau wieder durchs Fenster. Es schneit noch immer, was das Zeug hält. »Man kann ja in die Leute nicht reinschauen, gell.«

»Aber hat's denn irgendwelche Konflikte gegeben? Also meinetwegen zwischen dem Steckenbiller und seinem Sohn? Oder vielleicht mit der Schwiegertochter?«

»Gehört hab ich nichts. Zumindest nichts, was auffällig wär. Gut, die Mooshammerin, die hat da zwar so ihre ureigenen Ansichten, aber das ist halt auch die Mooshammerin, das ist somit nicht wirklich verwertbar. Und seien wir doch mal ehrlich, wenn Jung und Alt unter einem Dach leben, da gibt's wohl natürlich immer wieder mal was. Aber wenn du mich rein dienstlich fragst, dann muss ich sagen, dass ich dort zumindest noch nie einen Einsatz gehabt hab.«

»Warum macht er eigentlich keine Vermisstenanzeige, dieser Simon?«

»Weil er sagt, dass es seinem Vater wahrscheinlich furchtbar peinlich wär. Mei, der Simon, der geht halt einfach felsenfest davon aus, dass der Alte wieder einmal irgendwo im Ausland rumhängt, und wenn er davon die Nase voll hat, dann kommt er eh wieder zurück. Genau so, wie er es halt sonst auch immer gemacht hat.«

»Trotzdem, wir sollten die Bankbewegungen checken. Dann können wir wenigstens sehen, wo …«

»Ja, Klugscheißer, das war natürlich auch mein erster Gedanke«, kann ich hier gleich unterbrechen. Denkt der Rudi ernsthaft, dass er schlauer ist als ich? »Aber der Simon, der hat gesagt, dass sein Vater immer alles nur mit Bargeld zahlt. Und ich kann mich auch selber gut dran erinnern, wie er beim Simmerl einmal eingekauft hat. Da hat er beim Bezahlen aus seiner Hosentasche ein ganzes Bündel Geldscheine rausgeholt. Und im Grunde ist das auch gar nichts Ungewöhnliches hier. Das machen viele von den älteren Semestern so, die trauen dem ganzen Plastikgeld einfach nicht.«

Apropos Simmerl. Ich merk, wie mir langsam der Hunger hochkommt. Ob das an der Uhrzeit liegt, oder eher daran, dass ich grad an ihn denken musste, das sei dahingestellt und spielt auch gar keine Rolle.

»Auf geht's, Rudi«, sag ich, steh auf und schnapp mir meine Jacke von der Stuhllehne. »Mittagspause. Wir fahren zum Simmerl.«

Einen Wimpernschlag lang hält er inne, setzt sich dann seine Mütze auf das schokobraune Haupt und folgt mir auf dem Fuße. Im Korridor bleib ich noch kurz vor der Susi ihrer offenen Bürotür stehen, um sie zu fragen, ob ich ihr denn vielleicht etwas mitbringen soll. Doch wie ich sehe, ist sie grad am Telefonieren.

»Nein, nein, ich versteh schon«, sagt sie in den Hörer. »Ich kümmere mich gleich drum. Ja, danke, ebenfalls. Servus.«

Dann legt sie auf.

»Du, Susi, Mittagspause. Soll ich dir vom Simmerl was mitbringen?«, kann ich nun fragen.

»Mittagspause?«, antwortet sie, wirft einen Blick auf ihre Armbanduhr und runzelt die Stirn. »Ja, ich bedauere, aber daraus wird leider nix. So leid's mir auch tut.« Und noch bevor sie den Satz zu Ende gesprochen hat, weiß ich längst, dass sie meilenweit davon entfernt ist, dies zu bedauern.

»Weil?«, frag ich eher genervt.

»Weil unser einziger Schneepflug soeben in den Straßengraben gefahren ist. Was bedeutet, dass der ganze Verkehr grade im Chaos versinkt. Außerdem sollte auch irgendwer dafür sorgen, dass die Schulkinder sicher über die Straße kommen. Grad bei diesen Wetterverhältnissen. Und weil das vermutlich alles Aufgaben für die Polizei sind, so sind es wohl auch die deinen. Also vergiss deine Mittagspause und mach dich auf die Socken.«

So ganz exakt kann ich jetzt nicht einschätzen, ob es eine Prise Schadenfreude ist, die ich grad rauszuhören glaube. Oder doch eher Überheblichkeit. Was ich übler finde, weiß ich allerdings auch nicht.

»Soll ich dir dann vielleicht was vom Simmerl mitbringen«, will der Rudi nun von mir wissen, und ich merk haargenau, dass ihm diese Situation jetzt grad unangenehm ist.

»Nein, Rudi«, antwortet die Susi statt meiner. »Der Franz, der hat doch gar keine Zeit, bei den ganzen Aufgaben, die er nun zu bewältigen hat, gell. Aber mir kannst was mitbringen. Lass mich kurz überlegen. Vielleicht ein Haferl Fleischsalat und zwei Brezen. Genau. Ach, ja und vielleicht noch eine Limo. Weil bei uns im Rathaus, da gibt's nur Wasser oder Bier.«

»Ja … dann pack ich's vielleicht am besten gleich«, murmelt der Rudi noch und dreht sich dann ab. Und ich steh da wie angewachsen und kann nicht aufhören, die Susi anzustarren. Wie sie da sitzt, so selbstgefällig im Stuhl von unserm Bürgermeister. Mit ihrer komischen Frisur, dem lilanen Fetzen und der ganzen Schminke im Gesicht. Die rechte Augenbraue hochgezogen, als wäre sie dort angetackert. Irgendwie wirkt sie wie ein völlig anderer Mensch, und selbst der süße Schmollmund ist mit der roten Farbe nicht mehr derselbe.

»Ist noch was?«, fragt sie dann und blinzelt ein paar Mal.

»Du veränderst dich, Susi. Das ist nicht schön«, antworte ich und mein es genau so, wie ich es gesagt hab.

»Oh, wie traurig. Aber weißt du, Schätzelchen, ich bin jetzt keine dumme kleine Tippse mehr, die hier irgendwelche Texte in den Computer trommelt, stumpf irgendwelche Anweisungen befolgt, Kaffee kocht und in den Toiletten Seife und Klopapier auffüllt. Auch wenn das in dein kleines Polizistenhirn vielleicht im Moment noch gar nicht reingehen will. Aber du wirst dich dran gewöhnen, Franz. Ich leite jetzt die Amtsgeschäfte hier. Zumindest bis auf Weiteres. Und wie wir alle wissen, kann sich das durchaus noch ein wenig in die Länge ziehen. Also, Achtung, Achtung, eine Durchsage an alle Mitarbeiter hier: Immer schön freundlich sein zur Frau Gmeinwieser, gell. Schließlich wollen wir ja alle miteinander ein und dasselbe, nicht wahr? Nämlich eine gute und erfolgreiche Zusammenarbeit, oder etwa nicht? So, und nun Ende der Durchsage. Schließlich wartet jede Menge Arbeit. Und zwar auf uns beide. Wenn du dann bitte die Tür von draußen schließen würdest.«

Ich nicke wie ein Wackeldackel und schließ die Tür von draußen. Die kalte Luft tut jetzt gut.

Denn so nervtötend mein Einsatz hier nun auch sein mag, er hat einen riesigen Vorteil. Er bringt mich weg von der Susi. Weil ein Mord im Affekt ist trotzdem ein Mord.

Der Stau ist schon lang. Das seh ich gleich, wie ich hinkomm. Und aller Wahrscheinlichkeit nach wird es Stunden dauern, ehe hier wieder ein einigermaßen normaler Straßenverkehr möglich ist. Einige unserer Mitbürger sind inzwischen mit Schneeschaufeln angerückt, was aber genauso effektiv ist, als würde man die Sahara mit einem Besen kehren. Kurz darauf bringt mir der Rudi dann wenigstens zwei warme Leberkässemmeln vorbei. Den Fleischsalat und die Brezen hat er komplett vergessen.

»Ups, wie das nur passieren konnte? Rudi, altes Dummerchen«, sagt er und grinst mich breit an. Und während ich selber dann auf einem Schneehaufen hock und die warmen Semmeln genieß, da schnappt sich der Rudi kurzerhand die Polizeikelle und bringt statt meiner die Schulkinder sicher von einer Straßenseite auf die andere rüber.

Kapitel 6

Bis in meine Innereien hinein bin ich durchgefroren, wie ich sechs Stunden später in den Streifenwagen steig. Hab das untrügliche Gefühl, dass meine Ohrläppchen gleich zerspringen. Meine Nasenhaare sind völlig vereist, die Lippen aufgesprungen und sogar in meiner Brustbehaarung kann ich Eiskristalle spüren. Jeder einzelne Knochen tut weh, und meine Hände sind so dermaßen gerötet und steif, dass ich das Lenkrad kaum noch festhalten kann. Und als wär das alles nicht schon genug, ist es ausgerechnet der Leopold, den ich antreffen muss, wie ich endlich in unserem Hof ankomm. Er ist grade eifrigst am Schneeräumen und von Kopf bis Fuß als Eskimo verkleidet.

»Ah, Franz«, ruft er mir schon entgegen, da hab ich meinen geschundenen Körper noch nicht mal aus dem Wagen gequält. »Du, ich hab deine Seite vom Gehweg auch gleich mit frei geschaufelt. Ist ja überhaupt kein Ding, gell. Aber das nächste Mal, da bist du wieder dran.«

Ich geh wortlos an ihm vorbei Richtung Saustall. Und wehe, wenn der jetzt nicht eingeheizt ist!

Wie sich aber prompt herausstellt, war diese Befürchtung unbegründet, und so reiß ich mir die starren Klamotten vom Leib und stell mich erst einmal unter die siedend heiße Dusche. Ich könnte die ganze Nacht hier verbringen, ich schwör's. Das Wasser läuft mir dampfend über den

Kopf, den Buckel, den Arsch und schließlich die Beine hinunter, und so ganz allmählich schein ich wirklich wieder aufzutauen. Leider ist kurz darauf der Boiler leer und der Spaß nimmt sein Ende.

Ich zieh mich rasch an und geh dann ins Wohnhaus rüber. Mal sehen, was dort so geboten ist. Der Papa ist dort geboten und auch der Leopold. Beide hocken in der Küche und diskutieren ganz eifrig. Es geht wohl um die Rückkehr der fehlenden Familienmitglieder aus Bangkok, was grad auf der Kippe zu stehen scheint. Weil, wie ich raushören kann, ist exakt dort irgend so ein Virus im Umlauf, der sämtliche Ein- und Ausreisen derzeit schwierig bis unmöglich zu machen scheint. Der Leopold ist relativ nervös und versucht ständig, die Panida telefonisch zu erreichen. Und der Papa hockt auf der Eckbank und redet ununterbrochen auf ihn ein, er soll doch mal relaxen, und dass alles nicht so heiß gekocht wie's gegessen wird – oder so. Er wirkt ein bisschen wirr, was mich vermuten lässt, dass er sich ein feines Kraut gegönnt hat. Wo wohl die Oma sein mag?

Und wie auf Kommando läutet mein Telefon. Es ist die Liesl, die dran ist, und sie lässt mich wissen, dass sie komplett eingeschneit wär und es der Oma beim besten Willen nicht möglich ist, irgendwie nach Hause zu kommen.

»Im Grunde gibt's jetzt nur zwei Möglichkeiten«, sagt sie abschließend.

»Nämlich?«, will ich daraufhin wissen.

»Erstens«, antwortet sie. »Du hockst dich in dein Auto, Franz. Und holst sie hier ab.«

»Zweitens?«, frag ich.

»Zweitens, ich richte eurer Oma ein Bett her und sie bleibt hier bei uns über Nacht«, kann ich die Liesl vernehmen.

»Ich bin schon unterwegs«, sag ich und leg auf.

Keine zwei Minuten später, da hock ich erneut in meinem Streifenwagen und bin bereits durchgefroren, da hab ich noch nicht mal den Motor gestartet. Es schneit immer noch wie verrückt, doch wenigstens ist der Schneepflug wieder einsatzfähig, sodass zumindest die Hauptstraßen frei sind. Bei der kleinen Nebenstraße, die zum Haus der Liesl führt, da schaut es allerdings dann schon wieder anders aus. Und so hab ich gut zu lenken und gegenzulenken, Gas zu geben oder zu bremsen und höllisch aufzupassen, nicht im Acker zu landen. Und es braucht allerhand Geschick, ehe ich es den kleinen Berg hinauf und bis vor ihre Haustür geschafft hab. Es ist ein stattliches Haus mit dicken Wänden und wohl an die hundert Jahre alt. Und sie hat es gemietet, die Liesl. Damals, als ihr eigenes Haus einem verheerenden Brand zum Opfer gefallen ist, da hat sie nämlich beschlossen, das Geld von der Versicherung zu nehmen und zu verleben. Wozu wieder ein Haus aufbauen, hat sie gesagt. Noch dazu, wenn doch später eh keine Erben da sind. Ziemlich lang hat sie dann suchen müssen und trotzdem nichts Passendes finden können. Einfach, weil alles, was es bei uns hier so gibt, einfach viel zu groß ist für nur eine Person. Irgendwann aber, da hat sie ihre Pläne einfach geändert. Hat eben dieses Haus angemietet und kurzerhand eine WG gegründet. Und nun ist schon ein ganzes Weilchen ins Land gezogen, wo sie hier wohnt mit ihren Kumpanen. Will heißen: mit einem ehemaligen Geologen, einer wohl ebenso ehemaligen Krankenschwester und unserem schwarzen und noch sehr aktiven Fußballgott, dem Buengo. Und genau der ist es jetzt, der mir ans Fenster trommelt.

»Franz, why sitzen du in Auto? Magst nicht kommst rein?«, fragt er durch die Scheibe hindurch.

Ja, warum eigentlich nicht? Wo ich doch diese dubiose Truppe ohnehin noch nie live erlebt hab. So steig ich halt aus und folge dem Buengo, der sich eine dicke Wolldecke über die Schultern geworfen hat.

»Schuhe aus«, sagt er und wirft einen strengen Blick auf meine Füße. Herrgott noch eins, bleibt mir denn gar nix erspart! Trotzdem gehorche ich artig und betrete danach strumpfsockig das Wohnzimmer. Dort hab ich gleich einen erstklassigen Blick auf sämtliche WG-Bewohner, die dort gesellig um einen großen Esstisch hocken. Die Oma befindet sich ziemlich zentral und hält ein dampfendes Teehaferl in einer Hand. In der anderen hält sie Spielkarten. Es ist keine einzige Lampe an, dafür brennen zahllose Kerzen, und aus dem alten Plattenspieler drüben am Fenster ertönt ein Lied, das gut aus der Nachkriegszeit stammen könnte. Irgendwie eine sonderbare Atmosphäre hier. Aber auch äußerst heimelig, das muss ich schon sagen. Es beschleicht mich fast das Bedürfnis, mich dazuzugesellen.

»Bub«, schreit die Oma, gleich wie sie mich sieht. »Gut, dass du da bist. Schau, wie viel Geld ich gewonnen hab. Siebenundzwanzig Euro und fuchzig Pfennig. Was sagst da, Franz?«

»Ja, die zockt uns alle ganz schön ab, deine Oma«, sagt die Liesl grinsend, während sie aufsteht. »Aber mir kann sie gleich wieder einen Zehner zurückgeben. Für ihre Verpflegung. Zwei Stückerl Torte, zwei Haferl Kaffee und eines mit Tee und ein Schnapserl. Schließlich bin ich ja nicht von der Wohlfahrt, gell.«

Ich hol mal meine Geldbeutel hervor und drück der gierigen Gastgeberin einen Zwanziger in die Hand, den sie prompt wie eine alte Nutte in ihrem Ausschnitt versenkt.

»Ich krieg noch Wechselgeld«, sag ich.

»Betrachte es als Zehrgeld für ihren nächsten Besuch«, entgegnet die Liesl mit einem Blick auf die Oma. Anschließend dreht sie sich ab, um mir den Rest dieser ungewöhnlichen Zockerrunde vorzustellen.

»Naumann, Hans-Dieter. Freut mich«, sagt ein älterer Herr mit schneeweißem Haarkranz und einer fetten Hornbrille auf der roten Nase. Er schüttelt mir lange die Hand.

»Eberhofer«, entgegne ich schüttelnderweise.

»Verstehe, dann sind Sie wohl der Franz, also ihr Bub, von dem uns das Lenerl ständig erzählt?«

»Ja, der muss ich dann ja wohl sein«, antworte ich und schmunzle ein bisschen verlegen.

»Ich bin die Selma. Selma Beibein«, gesellt sich nun eine dralle Blondine im Blumenkleid und einer Strickjacke dazu, und ich tipp mal auf die Krankenschwester. Sie hat ein umwerfend herzliches Lächeln.

»Kann ma scho ausheben hier, oder«, kann ich den Buengo jetzt hören, wie er auf mich zukommt und mir ein Haferl Tee überreicht.

»Aushalten, Buengo«, verbessert ihn die Liesl prompt. »Kann man schon aushalten hier.«

»Sag i doch«, entgegnet er und zeigt dabei die schneeweißesten Zähne, die ich jemals gesehen hab.

»Ja, Buengo, da ist schon was dran«, sag ich und lass meinen Blick noch einmal durch das Zimmer schweifen. »Das kann man schon ausheben hier.«

»Also Sie, Franz, Sie sind definitiv nicht schuld dran, dass sich Ihre Oma nun allmählich ein wenig zurückziehen will. Ich glaube, das sollten Sie wissen. Aber es wird ihr halt inzwischen alles einfach ein bisschen zu viel, wissen's. Sie ist ja auch nicht mehr die Jüngste. Und bei uns hier, da hat sie halt einfach keine Aufgaben, die sie bewältigen muss.

Sondern … sondern einfach nur ein bisschen Geselligkeit und Spaß«, erklärt mir die Selma Beibein jetzt.

»Ja, irgendwie versteh ich das schon«, sag ich, räuspere mich kurz und nehm einen Schluck Tee. Da ist ein Stamperl Schnaps drin. Mindestens.

»Ich mag jetzt heim«, sagt die Oma plötzlich und gähnt ausgiebig. Schnappt sich die Handtasche von der Stuhllehne und schiebt ihren Gewinn rein. Auf dem Weg in die Diele verabschiedet sie sich in die Runde und schlüpft schließlich in Mantel und Schuh.

»Und dir gute Besserung«, sagt sie noch zum Buengo und schlenzt ihm die Wange.

»Bist krank, oder was?«, frag ich, während ich mir nun auch selber meine Schuhe wieder anzieh.

»Ja, a bissl cold«, antwortet er und schnäuzt sich wie zur Bestätigung.

»Der Steckenbiller Lenz, der ist fei übrigens immer noch nicht wieder aufgetaucht, Franz. Hast du in dieser Sache schon was unternommen?«, schreit mir die Mooshammerin noch hinterher, da mach ich grad die Autotür auf.

»Ja, herzaubern kann ich ihn auch nicht, Liesl. Aber ich bin dran«, ruf ich kurz retour.

Dann sind wir weg.

Endlich in unserer Küche zurück, mach ich mir erst mal ein schönes Feierabendbier auf und hock mich damit auf der Eckbank nieder. Die Oma scheint grad mit sich und der Gesamtsituation ganz im Reinen zu sein, zählt mit einem zufriedenen Lächeln ihren Spielgewinn noch mal durch und steckt ihn dann in eine Dose, die auf dem Fensterbankerl steht. Drüben vom Wohnzimmer her laufen die Beatles.

Plötzlich geht die Küchentür auf und der Leopold kommt rein. Er trägt nur ein Handtuch. Oder besser gesagt trägt er zwei. Und zwar eins um die Hüften herum und das zweite wie einen Schal um den Hals.

»Bruderherz, ich hab eine Überraschung«, sagt er breit lächelnd, und ich kann bereits ahnen, woher der Wind weht. »Ich hab uns die Sauna eingeheizt. Was meinst? Männerabend? Weil heute ... heute ist doch der letzte Tag, wo ich sozusagen Strohwitwer bin. Und du, Franz, du bist ja im Grunde auch einer, weil heute Mittwoch ist. Und die Susi und der Paul am Mittwochabend doch immer beim Mutter-Kind-Turnen sind. Und da hab ich mir gedacht, wo du heut Nachmittag eh so durchgefroren warst ... hab ich also gedacht ... Egal. Was meinst, wie's dir gleich warm werden wird. Also, auf geht's, auf was wartest denn noch? Komm rüber und mach dich nackig. Einen schneidigen Aufguss hab ich uns auch schon gemacht. Latschenkiefer.«

Eine halbe Stunde später hock ich beim Wolfi und trinke ein Bier. Das ist schön. Es sind nur wenige Gäste an den hinteren Tischen, und der Wirt poliert seinen Tresen. Nichts im Leben hätte mich jetzt in diese Sauna gebracht, so kalt hätte mir gar nicht sein können. Weil ich diese Sauna schon generell nicht mag. Nicht, weil ich Sauna als solches nicht mögen tät. Das nicht. Sondern weil es die Idee vom Leopold war. Da kommt eine erstklassige Gemeinschaftssauna in unseren Gemeinschaftskeller, hat er damals gesagt. Praktisch gleich, als klar war, dass wir zusammen dieses Haus bauen würden. Damit war die Sache für mich durch. Allerdings muss ich gestehen, dass ich so Susi-Abende in der Sauna inzwischen schon mag. Ziemlich gerne sogar. Leider müssen wir die aber immer so legen, dass der Leopold nix mitkriegt davon. Weil ich dem gegenüber freilich immer noch steif und fest behaupte, dass ich Sauna nicht mag. Generell nicht und diese schon gar nicht. Er wiederum lässt praktisch keine Gelegenheit unversucht, mir die ganze Sache doch irgendwie noch schmackhaft zu machen. Doch wie gesagt, völlig fürn Arsch. Ehrlich gesagt glaub ich ja, dass ihn das ziemlich nervt. Den Flötzinger, den nervt es übrigens auch ganz sakrisch. Weil er sich so eine besondere Mühe gemacht hat mit dem ganzen Einbau und so. Und deswegen ist er auch unglaublich stolz drauf, grad so als Gas-Wasser-Heizungspfuscher. Apropos Flötzinger. Von dem hab ich ja schon seit Ewigkeiten nichts mehr gehört.

»Du, Wolfi«, muss ich deswegen nachfragen. »Hast du zufällig was Neues vom Flötzinger gehört?«

»Ja, ja, der hockt doch schon seit Weihnachten drüben in England und versucht händeringend seine Mary dazu zu bringen, mit den Kindern zurück nach Niederkaltenkirchen zu kommen.«

»Das weiß ich selber, du Schlaumeier. Aber kommt sie nun zurück oder nicht?«

»Das weiß der Geier. Fakt jedenfalls ist, dass er selber nach Heiligdreikönig zurückkommen muss, weil er da einen neuen Auftrag hat.«

Jetzt geht die Tür auf, und der Simmerl kommt rein. Wirft einen allgemeinen Gruß durchs Lokal und gesellt sich dann neben mich an den Tresen. Der Wolfi zapft ihm ein Bier, der Simmerl legt an und trinkt es auf ex. Der Wolfi zapft ihm ein zweites.

»Durst oder Depressionen?«, frag ich, ohne ihn dabei anzuschauen.

»Durst. Und einen Sohn, dessen Dummheit einfach bis

zum Himmel schreit«, antwortet er missmutig, setzt wieder an und nimmt einen weiteren riesigen Schluck. Aha. Das könnte ja vielleicht diese Geschichte sein, wo die Gisela neulich kurz angerissen hat und von der er selber ums Verrecken nix hat erzählen wollen. Das könnte ja vielleicht noch ein ganz interessanter Abend werden, mal sehen. So bestell ich mir ebenfalls noch eine Halbe, schon aus reiner Solidarität heraus. Doch so wie's ausschaut, will er auch heute nicht drüber reden, der Simmerl. Und weil ich ihn freilich nicht drängeln will, sitzen wir nur ein Weilchen nebeneinander und beobachten unsere Gläser dabei, wie sie sich leeren.

»Der Flötzinger, der wird wohl bald zurückkommen, weil er einen Auftrag hat«, sag ich irgendwann, weil mich dieses Schweigen echt wahnsinnig macht.

»Ja, hab's gehört«, entgegnet er, ohne sein Bier aus den Augen zu lassen.

»Ob er die Mary mit zurückbringt?«

»Wenn er auch nur einen Funken Hirn in seinem blöden Schädel hat, dann lässt er sie dort, wo sie jetzt ist. Die hat doch noch nie hierher gepasst«, knurrt der Simmerl, hebt sein leeres Bierglas, und der Wolfi versteht ihn prompt. Und weil mich die miese Laune vom Simmerl noch wahnsinniger macht als das Schweigen, schweig ich dann doch lieber wieder.

»Unser Max, der hat sich verlobt«, sagt er dann aber, grad wie ich anfang, mich an diese Ruhe zu gewöhnen.

»Machst Sachen?«

»Nein, die macht er schon selber, der Max.«

Eigentlich warte ich nun auf die Fortführung dieser Geschichte, aber der Simmerl scheint einem weiteren Schweigen deutlich den Vorzug zu geben.

»Ja, dann herzlichen Glückwunsch«, sag ich und merk, wie dem Wolfi nun ein Grinsen entwischt. Offensichtlich weiß er deutlich mehr, als ich es selber tu.

»Da brauchst gar nicht so grinsen, Wirt depperter!«, brummt der Simmerl nun relativ grantig über den Tresen, auf den der Wolfi grad eine neue Halbe stellt. Und genau dieser Halben ist es dann wohl zu verdanken, dass der Simmerl plötzlich doch gesprächig wird. Weil sein Mitteilungsbedürfnis quasi mit Alkoholpegel steigt, so beginnt er halt zu erzählen.

Es ist an Heiligabend gewesen, wo die Simmerls praktisch in trauter Dreisamkeit so nett unterm Christbaum zusammengesessen haben und der Spross auf einmal die frohe Botschaft verkündet hat, welche sich nur ein paar Minuten später eher als Hiobsbotschaft entpuppen sollte. Er hat sich verlobt, hat er gesagt, der Max. Und in ein paar Wochen, da sollen auch schon die Hochzeitsglocken läuten. Die Simmerls, die waren gleich ganz aus dem Häuschen und haben sich gefreut, ganz besonders die Gisela. Die ist schier ausgeflippt, hat gleich angefangen, Pläne zu schmieden, vor allem, um die zukünftige Schwiegertochter freilich kennenlernen zu können. Unbedingt und am besten sofort. Das war ihr wichtig.

»Ist es denn eine aus dem Dorf?«, hat sie gleich wissen wollen. Doch der Max hat seinen Kopf geschüttelt. »Auch nicht so wild«, hat die Gisela gesagt und ihm den Oberschenkel getätschelt. »Anderswo gibt's schließlich auch nette Mädels.«

Einen Tag vor Silvester ist es dann so weit gewesen. Die Gisela hatte aufgekocht, als ging's um ihr Leben, und natürlich hatte sie auch einen Kuchen gebacken. Hat mit dem guten Geschirr den Tisch eingedeckt und sogar eine Flasche Sekt in den Kühlschrank gestellt. Damit, wenn die zukünftige Schwiegertochter, die Mutter ihrer Enkel, ankommen würde, nur ja alles perfekt und einladend ist. Immerhin ist der erste Eindruck ja auch der wichtigste, gell. Ganz aufgeregt ist sie gewesen, wie sie sich in ihr Dirndl gezwängt hat, und ihre Hände haben gezittert, als sie sich die Perlenkette umgelegt hat. Und dann ... dann war es endlich so weit, und die Türglocke hat geläutet. »Ich krieg nun eine Schwiegertochter!«, hat die Gisela geträllert, noch einen letzten kurzen Blick in den Spiegel geworfen und dann freudestrahlend die Türe geöffnet.

Der Simmerl legt eine Kunstpause ein und bestellt dann zwei Jägermeister und ein weiteres Bier.

»Ich geh mal schnell raus, eine rauchen«, sagt er im Anschluss.

»Aber du rauchst doch gar nicht«, sag ich ein bisschen verwirrt.

»Manchmal gibt es im Leben Situationen, da hast du einfach keine Wahl«, entgegnet er fast tonlos und erhebt sich.

»Du kannst hier herinnen rauchen«, sagt der Wolfi und lässt einen Aschenbecher über die Theke sausen. Der Simmerl nickt kurz, holt eine Schachtel Zigaretten aus der Jackentasche hervor und hält sie mir auffordernd unter die Nase.

Manchmal gibt es Situationen im Leben, da hast du einfach keine Wahl, denk ich mir so. Zieh mir eine Zigarette hervor und warte, bis dem Simmerl sein Feuerzeug klickt. Und schon nach den ersten paar Zügen, da tönt es von den hinteren Tischen herüber: »Hey, Wolfi, Raucher-saison eröffnet, oder was?«

»Rauchersaison eröffnet«, sagt der Wolfi.

»Geil!«, kommt es retour.

»Sag mal, Simmerl, willst du die Geschichte nun selber zu Ende erzählen, oder ist es dir lieber, wenn der Wolfi das tut?«, will ich nun wissen und nehm einen ganz tiefen Zug.

»Ja, vielleicht ist es wirklich das Beste, wenn der Wolfi weitererzählt«, entgegnet er nach einer Gedenkminute und nickt dem Wolfi auffordernd zu. Und so erfahr ich nun eben vom Wirt Teil zwei dieser seltsamen Homestory.

So war es dann nicht nur eine Schwiegertochter, wo die Gisela an diesem Tag gekriegt hat, sondern auch einen Nervenzusammenbruch. Und zwar im selben Moment, wo sie die Frau das erste Mal sah. Die Frau, die nun in ihrer Diele stand. Die eben bald ihre Schwiegertochter sein sollte, die Gattin ihres einzigen Sohnes und die Mutter ihrer zukünftigen Enkel. Ivana war ihr Name, Anfang vierzig, blond und groß und höchstens fünfzig Kilo schwer. Für ihr Alter zu verbraucht und verlebt und die Klamotten einfach nur billig, um nicht »ordinär« zu sagen. Eine Küchenhilfe im Heimatwinkel, und dort hat er sie auch kennengelernt, der Max. Bei einer Fleischlieferung. Und bevor die arme Gisela all diese Informationen verdauen konnte, musste sie obendrein noch erfahren, dass es schon zwei Kinder gibt. Wobei jetzt Kinder vielleicht auch gar nicht mehr so richtig stimmt, weil die ja schon erwachsen sind. Und dass die Ivana so froh ist, dass die nun endlich aus dem Haus sind. Kinder sind ja eigentlich schon irgendwie toll, hat sie weiter gesagt. Aber das Beste daran ist, wenn sie wieder weg sind und man endlich wieder Zeit für sich selbst hat. Und dass ihr so eine Kindergeschichte auch nicht mehr passieren wird, weil da nach ihrer Totaloperation im letzten Jahr ohnehin keinerlei Gefahr mehr besteht. Damit sei auch schon alles erzählt, hat die Ivana abschließend gesagt, während sie das vierte Glas Sekt geext hat. An dieser Stelle hat die Gisela dann zu weinen angefangen. Ist aufgestanden und hat sich ins Schlafzimmer eingesperrt. Und zwar den ganzen Nachmittag lang.

»Aha«, sag ich, wie der Wolfi hier endet. »Das ist natürlich schon eine Nummer. Aber findest du nicht, dass es eigentlich trotzdem dem Max seine Angelegenheit ist? Immerhin ist er erwachsen.«

»Der Max ist unser einziges Kind, Franz. Und wir hätten halt schon gern einmal Enkelkinder gehabt. Und ... Ja, was weiß ich ... eine jüngere Frau halt, mit der er eben eine Familie gründet und irgendwann mal die Metzgerei übernehmen kann. Immerhin war es ja schon mein Urgroß...«

»Ja, Simmerl, die Geschichte kennen wir alle. Aber das Leben ist kein Wunschkonzert, verstehst. Und die Zeiten, wo die Eltern die Ehepartner für ihre Sprösslinge ausgesucht haben, die sind Gott sei Dank vorbei. Zumindest bei uns hier«, sag ich und nehm einen Schluck Bier.

»Ich versteh halt nicht, warum er sie gleich heiraten muss«, sagt nun der Wolfi stirnrunzelnderweise.

»Das ... das kann ich dir ganz genau erklären«, entgegnet der Simmerl, und sein Tonfall kippt nun leicht ins Ironische ab. »Weil sich dieses raffinierte Luder nämlich kurz vor Weihnachten vom Max getrennt hat. Und weißt du, wieso? Aus reiner Liebe, hat sie gesagt. Sie wär halt leider zu alt für ihn und möchte natürlich seinem Lebensplan auf keinen Fall länger im Weg stehen. Blablabla. Und was macht der kleine Idiot daraufhin? Er kauft ihr einen Verlobungsring und hält unter dem Christbaum um ihre Hand an. Und dann? Dann war ihr sein Lebensplan plötzlich und von einer Sekunde auf die andere vollkommen scheißegal, verstehst.«

»Aber Simmerl, jetzt schau mal«, versuch ich ihn ein bisschen runterzubringen. »Es ist doch der Max, der in erster Linie mit ihr klarkommen muss. Und nicht du und die Gisela. Und wenn der Max glücklich ist, dann …«

»Sag mal, Eberhofer bist du jetzt eher deppert oder besoffen?«, unterbricht er mich prompt. »Ich mein, dein Paul, der ist zwar jetzt noch ein ganz kleiner Scheißer. Aber das wird er nicht bleiben. Denk mal drüber nach. Vielleicht kannst du dich dann zumindest ansatzweise in meine Situation hineinversetzen.«

Der Paul? Wie, der Paul? Da muss ich kurz einen Moment lang überlegen. Der Wolfi wirft mir einen vielsagenden Blick zu und schenkt uns dann drei Obstler ein.

Gut, jetzt mal ganz langsam. Also, wenn ich so bedenk, wie mich allein dieser … dieser Ansgar schon auf die Palme bringt, da möchte ich gar nicht erst wissen, was eine solche Ivana erst in mir auslösen tät.

»Gut, ich glaube, wir brauchen einen Plan«, sag ich, und darauf stoßen wir an.

Und es sollte noch ein ganzes Weilchen ins Land ziehen, wo wir drei hier im blauen Dunst am Tresen hocken und über die Rettung des Simmerl'schen Familienfortbestandes beraten, ehe ich den Heimweg am Ende dann doch finde.

Kapitel 7

Am nächsten Tag gleich in aller Herrgottsfrüh, da ist ein Remmidemmi bei uns am Hof, das kann man gar nicht glauben. Der Leopold hetzt durch den Kies hindurch, immer wieder auf und ab und scheint wie von Sinnen. Reißt die Hände in die Höhe, schreit und flucht, und so sehr ich mich auch bemüh, kann ich beim besten Willen nicht ausmachen, was der Grund dafür ist. Also rein akustisch gesehen. Thematisch versteh ich ihn ja generell nicht. Der Papa ist bei ihm, und den wiederum kann ich ganz prima verstehen, weil er laut und deutlich und mit Engelszungen auf den Leopold einredet, er möge doch so gut sein und sich bitte endlich zusammenreißen. Und dass die Welt davon nicht untergeht.

Und ich steh oben am Fenster und kann dieses ganze Szenario ganz prima beobachten, während ich mir die Zähne putze. Also, das muss ich tatsächlich zugeben, unser neues Bad, das ist schon der Hammer. Und zwar gleich aus diversen Gründen heraus. Zum einen ist es im Obergeschoss, und somit hat man eben einen einwandfreien Blick über das ganze Anwesen hier, selbst wenn man sich die Zähne putzt. Zweitens hat es eine erstklassige Fußbodenheizung, wodurch man augenblicklich wunderbar warme Haxerl kriegt. Sogar barfuß. Und obendrein ist der Spiegel exakt dort, wo er auch sein sollte, und nicht wie der bei mir drüben im Saustall, der ungefähr auf Brusthöhe hängt.

»Mensch, Franz, jetzt pass doch auf. Du kleckerst mir hier schon wieder alles voll mit deiner blöden Zahncreme«, sagt die Susi sehr motzig, gleich wie sie aus der Dusche steigt. Und ich frag mich, warum sie schon wieder so übellaunig ist. Und das, obwohl ich doch ihretwegen ganz artig im brandneuen Bett in unserem brandneuen Schlafzimmer genächtigt hab. Trotzdem schnapp ich mir kurzerhand einen Waschlappen und wisch meine Zahnpastaflecken vom Fensterbrett ab.

»Kannst du den Paul mitnehmen und in die Kita bringen?«, fragt sie, während sie in ein Handtuch gehüllt vorm Spiegel steht und sich die Wimpern tuscht. »Ich hab nämlich gleich einen wichtigen Termin mit dem Landrat.«

»Ja, kann ich machen«, antworte ich, einfach schon, weil ich jetzt keinen Bock auf eine frühmorgendliche Grundsatzdiskussion verspür. Anschließend geh ich ins Schlafzimmer, um den Bademantel gegen meine Klamotten zu tauschen. Und grad wie ich die Treppe runterwill, da ruft mich die Susi noch mal ins Badezimmer zurück. Ob ich denn so gut sein könnte, ihr den Reißverschluss im Rücken zu schließen. Und ja, auch das kann ich tun. Irgendwie schleicht sich das Gefühl bei mir ein, dass ich grad zum Befehlsempfänger mutiere. Die Wahl ihres heutigen Outfits ist übrigens auf ein rotes Kleid gefallen, es ist nagelneu, genauso wie auch die Wäsche darunter. Aber wer weiß, vielleicht muss man ja als Stellvertreterin vom Bürgermeister eines Hinterwäldlerkaffs so dermaßen und bis zur Unterhose hin durchgestylt sein? Und grad will ich mich ein weiteres Mal auf den Weg machen, da ruft sie mir erneut hinterher.

»Ach ja, Franz«, kann ich ihre Stimme vernehmen. Diese Stimme, die seit ihrer eigenmächtigen Amtsübernahme offenbar genauso zu ihr gehört wie die ganzen neuen Klamotten oder die viele Schminke in ihrem Gesicht. »Und wenn du das nächste Mal bis weit nach Mitternacht beim Wolfi versumpfst, dann hab ich keinerlei Einwände, wenn du doch lieber wieder drüben in deinem Saustall übernachtest. Dieses Geschnarche heut Nacht, das war nämlich schlicht und ergreifend eine einzige Zumutung.«

Eine einzige Zumutung? Ja, liebe Susi, das bist du schlicht und ergreifend auch, denk ich mir noch so, während ich endgültig nach unten gehe.

Wie ich kurz darauf in meinem Büro ankomm, bin ich gleich einmal sehr überrascht, weil der Rudi da ist. Hockt dort Kaffee schlürfend in meinem Sessel an meinem Schreibtisch, die Augen auf den Laptop fixiert.

»Abflug«, sag ich gleich ganz ohne Gruß, und er folgt mir aufs Wort.

»Wieso bist du schon da?«, frag ich und nehm einen Schluck Kaffee.

»Weil ich gar nicht weg war. Ich hab nämlich gar nicht erst heimfahren können gestern Abend«, antwortet er, während er weiter auf seinen Bildschirm starrt. »Allein bis zur Landstraße rüber hab ich zwanzig Minuten gebraucht. Sommerreifen, weißt.«

»Es ist Januar, Rudi. Quasi mitten im Winter. Wieso hast du da Sommerreifen auf deinem Wagen? Da ist ja wohl das Deppertste, was ich jemals gehört hab.«

»Weil man in München keine Winterreifen nicht braucht. Oder zumindest nur selten. Und wenn's bei uns tatsächlich einmal schneit, dann fahr ich halt mit der U-Bahn. Oder mit der S-Bahn. Oder mit dem Bus. Aber bei euch da heraußen, da fühlt man sich ja ohne Auto fast wie beinamputiert. Der reinste Wahnsinn ist das.«

»So ein Schmarrn, Rudi: ›Von O bis O‹. Kennst du das zufällig? Also von Oktober bis Ostern, da hat man Winterreifen auf dem Auto. Und da ist es relativ egal, wo man wohnt. Das ist quasi eine eiserne Regel, verstehst? Also zumindest hier in unseren Breitengraden. Das weiß doch wirklich jeder Vollidiot.«

»Das mag schon sein, dass sich jeder Vollidiot hier draußen in eurer Pampa an diese eiserne Regel halten mag, Franz. Aber wie gesagt, wir in München, wir hatten seit fünf Jahren keine Schneeflocke mehr. Zumindest nicht auf unseren Straßen.«

»Wo hast du denn geschlafen?«, frag ich, allein schon, um das Thema zu wechseln. Keine Winterreifen! In Bayern! Wie bescheuert kann man eigentlich sein?

»Im Heimatwinkel«, antwortet er, ohne seinen Bildschirm aus den Augen zu lassen.

»Du hättest auch prima in meinem Saustall schlafen können. Warum hast du nicht einfach kurz angerufen?«

»Weil ich dich nicht in die Hölle schicken wollte.«

Ich verdreh mal die Augen in alle Richtungen.

»Was machst du da eigentlich?«, frag ich, weil er nicht aufhört, in seinen Computer zu starren.

»Irgendwie konnte ich lange nicht einschlafen letzte Nacht, und da hab ich angefangen, ein bisschen zu recherchieren. Hast du das gewusst, Franz?«, sagt er weiter, trommelt mit seinen Fingern auf der Tischplatte rum und macht einen sehr selbstgefälligen Eindruck dabei. »Pass auf, also wenn diese Steckenbillers ihre Grundstücke verkaufen, die ja jetzt über kurz oder lang alle Bauland werden, dann sind die so reich wie die Rockefellers. Denen gehört ja praktisch die ganze südliche Seite von eurem Kaff hier und die östliche bis fast nach Frontenhausen rüber.«

»Echt?«, frag ich.

»Tatsache. Ach, und übrigens hab ich heute Nacht auch noch alle Flüge ab dem vierten Dezember überprüft. Also alle ab München. Aber ein Steckenbiller Lorenz aus Niederkaltenkirchen ist definitiv nirgendwo hingeflogen.«

Was ist er nicht für ein fleißiges Bürschchen, unser Rudi!

»Wie hast du das alles herausgefunden?«, muss ich hier trotzdem nachhaken.

»Ich hab es herausgefunden. Das reicht, oder?«

»Nein, tut es nicht. Ich möchte wissen, wie du es rausgefunden hast. Und ich möchte wissen, ob du es auf legalem Weg rausgefunden hast, Rudi Birkenberger.«

»Bisher hab ich immer alles rausfinden können, was irgendwie von Bedeutung war. Oder etwa nicht? Und ob es legal oder illegal war, das hat dich doch bisher auch nicht interessiert, Franz.«

»Stimmt auch wieder«, muss ich hier einlenken.

»Eben.«

»Prima. Du, wie schaut's aus, magst uns eine Brotzeit holen?«, frag ich, weil mir zum einen in Ermangelung eines Frühstücks langsam, aber sicher der Hunger hochkommt. Und ich andererseits grad ein bisschen genervt bin von seinen Ermittlungserfolgen. Dass er quasi in nur vierundzwanzig Stunden mehr über das Verschwinden von diesem dämlichen Bauern herausfinden hat können als ich in einer ganzen Woche. Und er das jetzt natürlich so richtig schön raushängen lässt. Obwohl man vielleicht zu meiner Ehrrettung schon sagen muss, er hat ja auch nix anderes zu tun, der Rudi, gell. Keine Familie. Keine Kinder. Keine Frau. Und schon gar keine, die grad im Begriff ist, ordentlich Karriere zu machen.

»Wer erbt das eigentlich alles mal, wenn der Steckenbiller

tot ist?«, fragt er nun und ignoriert meinen Wunsch nach zeitnaher Nahrungsaufnahme somit komplett.

»Na, wer schon? Vermutlich sein Sohn. Aber bislang ist er ja noch nicht tot. Sondern nur verschwunden. Ich dagegen bin bestimmt gleich tot, wenn ich nicht bald was zu essen bekomme.«

Jetzt blickt er zu mir rüber, schnauft einmal tief ein und dann wieder aus und steht schließlich auf.

»Dann sei wenigstens so gut und schau da einmal drüber«, sagt er weiter und drückt mir seinen Laptop in die Hand.

Und während ich danach auf meine lebensrettende Verköstigung warte, darf ich erfahren, was der Rudi im Zuge seiner emsigen Schlaflosigkeit so alles zusammentragen hat können. Und ja, da ist allerhand Brauchbares dabei, das muss man sagen. Aber sagen wir einmal so: Er war ja seinerzeit schon in der Polizeischule quasi ein Streber vor dem Herrn. Sensibel bis zum Geht-nicht-mehr und ständig am Heulen, das schon. Aber halt auch ehrgeizig bis zum Umfallen. Weil selbst wenn die gesamte Truppe nach dem Unterricht noch irgendwo auf ein Bier hingegangen ist oder sich meinetwegen ein paar Hasen aufgerissen hat, der Rudi ist in seiner blöden Kaserne geblieben, als wär er angewachsen dort. Ist dann mutterseelenallein in diesem Sechsmannzimmer gehockt und hat irgendwelche dämlichen Paragraphen in- und auswendig gelernt, bis ihm das Hirn gequalmt hat. Ja, von nix kommt nix, hat er immer gesagt. Tja, und wenn man ihn sich jetzt so anschaut, den Rudi …

Aber darauf wollte ich jetzt gar nicht hinaus. Worauf ich hinauswollte, ist, dass wir eben dank dem umtriebigen Rudi jetzt allerhand wissen. So hat er beispielsweise, und zwar bis auf den letzten Quadratzentimeter genau aufgelistet, wie viel Hektar Grund dem Steckenbiller gehören, und auch, wie viel Wald, und dass er zudem eine Biogasanlage sein Eigen nennen kann. Wie kurz darauf die Tür aufgeht, da knurrt mein Magen schon bedenklich. Bedauerlicherweise ist es aber nicht der Rudi, der samt Brotzeit hier durch den Türrahmen kommt, sondern der Papa. Unter seinem Wintermantel trägt er den mit Sicherheit ältesten Frotteeschlafanzug, wo er überhaupt besitzt. Er ist total ausgeleiert, zerschlissen, unglaublich hässlich und hat einen undefinierbaren Grauton. Also der Schlafanzug.

»Wieso kommst du in diesem Fetzen hier an?«, muss ich ihn deswegen fragen.

»Ich hab keine sauberen Klamotten mehr im Schrank. Nix, verstehst? Keine Socken, keine Hemden und keine Unterbumpeln. Quasi kein einziges Stück mehr«, sagt er, zieht schwer schnaufend den Stuhl hervor und plumpst darauf nieder. »Und überhaupt, Franz. So kann es nicht weitergehen. Du musst dringend mit der Oma reden. Die kocht nix, die wäscht nix, und wenn sie nicht grad oben im Bett flaggt, dann hockt sie bei der Mooshammerin und feiert Partys. Sie tut grad so, als wenn sie für nichts und niemanden mehr verantwortlich wär. Red mit ihr, bitte! Auf dich hört sie doch.«

»Ich finde, die Oma hat ein gutes Recht drauf, im Bett zu flaggen oder Partys zu feiern. Und sie muss auch für niemanden mehr verantwortlich sein. Immerhin hat sie dir ein Leben lang den Arsch hinterhergetragen, meinst nicht, dass damit auch mal Schluss sein muss? Und ehrlich, was hast du denn eigentlich den ganzen lieben Tag lang so zu tun, Papa? Außer dir vielleicht deine depperten Joints reinzuziehen. Oder die Beatles. Glaubst nicht, dass du in der

Lage bist, selber eine Waschmaschine zu bedienen oder dir ein paar Spiegeleier in die Pfanne zu hauen?«

»Herrschaftszeiten, warum soll ich mir das in meinem Alter noch antun?«, brummt er über die Tischplatte hinweg.

»Hast du mal nachgerechnet, wie alt die Oma ist?«

»Ja, aber die macht das doch schon ihr ganzes Leben lang.«

»Und jetzt macht sie es eben nicht mehr.«

»Aber …«, sagt er grad noch, dann fliegt die Tür auf und der Rudi erscheint. Endlich, mir ist schon ganz schlecht. Und kurz darauf, wie wir drei dann so relativ gemütlich über unseren Semmeln hocken, da erscheint die Susi plötzlich und fragt in ihrem gegenwärtigen Tonfall, ob ich denn grad arg im Stress wär. Wenn ich so nachdenk, was heut schon alles war, kann ich die Frage getrost bejahen.

»Ja, das hab ich mir fast schon gedacht«, sagt sie leicht süffisant und zieht dabei ihre Augenbraue so dermaßen hoch, dass nun ihr Lidstrich bis fast rauf zum Haaransatz reicht. »Wie auch immer«, sagt sie weiter. »Ich komme grad von einem Termin mit dem Herrn Landrat. Anstrengendes Gespräch und so … so unglaublich intellektuell.«

»Intellektuell, aha«, sag ich noch so, ehe ich in meine Semmel beiß. Die Augenpaare vom Papa und vom Rudi fliegen nur so hin und her zwischen uns, grad als würden sie beim Tennis zuschauen. Doch auch sie essen unbeirrt weiter.

»Und in, warte, in …«, fährt die Susi nun fort und wirft einen hektischen Blick auf ihre Armbanduhr. Ist die womöglich auch neu? Ich könnt fast schwören. »In exakt dreiunddreißig Minuten, da hab ich eine äußerst wichtige Telko mit …«

»Eine was?«, fragen der Papa und ich jetzt direkt wie aus einem einzigen Mund.

»Eine Telefonkonferenz«, antworten die Susi und der Rudi, ebenfalls synchron.

»Verstehe«, sag ich, muss jedoch einen Augenblick nachdenken.

»Also, Franz. Noch mal von vorn. Ich hab eine echt sehr, sehr wichtige Telefonkonferenz. Und zwar mit dem Spendenausschuss für die Erweiterung von unserm Kindergarten«, erklärt sie, während sie ihre Aktentasche von einer Achsel in die andere klemmt.

»Susi, ehrlich«, sag ich und versuch wirklich und aus tiefstem Herzen heraus einen freundlichen Ton anzuschlagen. »Meinst du nicht, dass du den Bogen langsam, aber sicher überspannst? Ich mein, das, was du in den letzten Tagen so fabriziert hast, das hat unser Bürgermeister in einem ganzen Jahr nicht gemacht.«

»Und genau das ist doch der Punkt, Franz. Genau deswegen ist dieses Kaff nämlich noch immer ein Kaff und steht genau da, wo es vor hundert Jahren schon war«, unterbricht sie mich barsch. »Weil eben unser Bürgermeister nicht in die Gänge kommt. Aber so muss es doch nicht bleiben, oder? Wir wollen uns doch weiterentwickeln und haben alle Möglichkeiten dieser Welt hier.«

»Aber, Susi, sei doch mal ehrlich. Du … du bist doch … wie soll ich denn sagen? Im Grunde bist du doch nur … so eine Art Platzhalter, verstehst? Bis der Bürgermeister halt wieder da ist und alles wieder seinen gewohnten Gang geht. Ich an deiner Stelle, ich würd einfach die Füße stillhalten und aufpassen, dass uns in der Zwischenzeit das Rathaus nicht einstürzt.«

»Ja, genau das würdest du tun, Franz. Und exakt aus

diesem Grund bist du auch noch immer ein Dorfgendarm, und nicht etwa der Polizeichef. Aber wenn dir deine eigene Karriere scheißegal ist, dann geh bitte nicht automatisch davon aus, dass ich das auch für mich so sehe. Ich hab nämlich noch Ziele im Leben, und zwar jede Menge. Das ist eine Gelegenheit für mich, etwas zu bewegen, zu verändern und zu verbessern. Und die werd ich mir nicht entgehen lassen.«

»Du, Susi«, sagt nun der Papa ganz ruhig und wischt sich mit dem Handrücken über den Mund. »Nix für ungut, gell. Aber du gefällst mir fei gar nicht, wenn du so bist, wie du grad bist. Ich erkenn dich ja gar nicht mehr wieder. Und im Grunde, da kann ich dich auch gar nicht richtig ernst nehmen mit deiner ganzen Wichtigtuerei.«

»Sagt jemand, der in einem grindigen Schlafanzug im Rathaus rumhockt, Semmeln aus Zeitungspapier isst und die Leut von der Arbeit abhält. Grundgütiger, Papa. Schau dich doch an. Glaubst du tatsächlich, dass ich *dich* auch nur im Entferntesten ernst nehmen kann?«, sagt sie, während sie ihre Fingernägel einem prüfenden Blick unterzieht. Anschließend dreht sie sich ab und geht Richtung Ausgang. Auf der Türschwelle knickt sie mit ihren hohen Hacken um und holt sich eine fette Laufmasche, was sie zu einem »Verdammter Scheißdreck« nötigt. Dann ist sie weg.

»Du musst dringend was machen, Franz. Ich mein, bevor sie uns noch komplett durchdreht«, sagt der Papa und schaut mich ganz eindringlich an. Und freilich weiß ich, dass er irgendwie recht hat. Doch andererseits ist die Susi erwachsen und somit sollte sie vermutlich wissen, was sie tut. Wenn ich auch ehrlich gesagt eher befürchte, dass sie am Ende eine Bauchlandung macht, was ich schon gerne verhindern tät. Dennoch, und das ist der wesentlichste aller Punkte: Um was bitteschön soll ich mich denn noch alles kümmern? Und grad wie ich so diesen Gedanken nachhäng, da läutet das Telefon vom Rudi und er hebt ab. Ja, prima, freut er sich in den Hörer. Und während er aufsteht, verkündet er, dass er auch gleich da sein wird. Anschließend legt er auf, schlüpft gut gelaunt in seine Jacke und lässt uns noch großzügig wissen, dass er glücklicherweise grad einen kurzfristigen Termin für seine Winterreifen ergattern hat können.

»Ist das die Werkstatt an der Tankstelle vorn?«, fragt der Papa aus seinem Frottee heraus und der Rudi nickt.

»Ah, wunderbar! Das liegt auf meinem Heimweg. Da kannst mich gleich mitnehmen, Rudi«, sagt der Papa und erhebt sich nun gleichfalls. »Das ist prima, dann muss ich nicht zu Fuß heimlaufen bei dem Dreckswetter.«

»Du bist zu Fuß da?«, will ich nun wissen, weil ich das schon allein in Anbetracht seines Outfits kaum für möglich halte.

»Freilich«, entgegnet er.

»Aber warum fährst denn nicht mit dem Auto? Grad bei dem Wetter?«

»Keine Winterreifen«, sagt er noch, und dann verschwinden die beiden im Flur.

Kapitel 8

Kaum hat der Birkenberger die Winterreifen auf seiner Karre, da wird es Frühling. Und zwar schlagartig. Fast über Nacht könnte man direkt sagen. Und das regt ihn unglaublich auf, den Rudi. Übrigens ein weiteres Mal. Das erste Mal hat er sich nämlich schon aufregen müssen, wie er sein Auto abgeholt und die Rechnung für seinen Reifenwechsel erhalten hat. Der Kerl aus der Werkstatt, der hat wohl nicht mehr alle Latten am Zaun, hat der Rudi geschimpft. Und dass der ein echter Blutsauger wär, ein ausgeschämter, und dass der sein Geld wohl bei den Lebenden holen würd. Was ja weiter kein Wunder ist, weil bei den Toten, da gibt's halt nix zu holen, gell. Und dann hat mich der Rudi noch gefragt, wie wir uns das alle hier eigentlich so leisten könnten. Grad, wenn so ein simpler Reifenwechsel schon bald mehr kostet wie ein Wochenendtrip zum Ballermann. Aber ganz abgesehen davon, dass ich auf Wochenendtrips eh nullkommanull Bock hab, mach ich eigenen Reifenwechsel dann doch meistens selber. Wobei dieser Wochenend-Vergleich ohnehin an allen möglichen Stellen hinkt. Rudi, hab ich zu ihm gesagt. Wenn bei uns im Dorf einer mit einem Münchner Kennzeichen vorfährt, dann muss er freilich schon damit rechnen, dass sich die Preise verdoppeln. Automatisch, verstehst? Einfach, weil wir Landeier hier eben der Meinung sind, wenn es sich jemand leisten kann, in München zu leben, dann kann er sich sonst auch alles leisten, verstehst? Nein, das versteht er nicht, der Rudi. Nicht ums Verrecken. Was aber wiederum wurst ist, zahlen hat er ja trotzdem müssen. Ganz egal, wie groß sein Verständnis dafür nun ist oder auch nicht. Und im Grunde ist sein Groll dann hinterher auch ziemlich schnell wieder verflogen. Nach diesem plötzlichen und unerwarteten Frühlingseinbruch allerdings, da ist ihm dann der Hals erneut angeschwollen. Weil jetzt eben die Kosten für diesen Reifenwechsel nicht nur völlig überteuert, sondern auch noch überflüssig gewesen sind. Gut, bei siebzehn Grad plus, da braucht man wahrscheinlich dann doch keine Winterreifen mehr. Noch nicht mal bei uns in Niederkaltenkirchen.

Wie gesagt, der Winter hat inzwischen den Rückzug angetreten und war im Grunde eh nur drei Tage lang. Hat beim Vormarsch der ersten zarten Sonnenstrahlen quasi kampflos kapituliert. Und wie das nun mal so ist, gehen mit dem ersten Frühlingserwachen schon rein naturell bedingt diverse Wandelungen einher. Die Luft ist mild und irgendwie süßer. Alles fängt plötzlich zu sprießen an, und selbst die braunsten Wiesen werden langsam, aber sicher satter und grün. Sämtliches Viehzeug beginnt wieder zu kreuchen und fleuchen, erwacht aus seinem Winterschlaf oder putzt sich und seine Genossen. Und selbst der Mensch, so gebildet und kultiviert er inzwischen auch sein mag, scheint von diesen Frühlingsgefühlen nicht wirklich verschont zu bleiben.

»Franz, steh auf«, ruft die Susi nämlich schon durchs Schlafzimmer, da hat noch nicht mal der Wecker geläutet.

»Man kann doch bei so einem wunderbaren Tag nicht einfach im Bett liegen bleiben!«

»Doch«, murmele ich aus meinen Federn hervor. Die Susi steht dort am offenen Fenster in einem hauchdünnen Nachthemd, schaut hinaus und atmet ganz tief ein und wieder aus. Ein und wieder aus. Als wenn sie grad nur um Haaresbreite dem Erstickungstod entronnen wär. »Siehst du diese Luft, Franz? Kannst du das sehen?«, fragt sie atmenderweise.

»Nein«, knurr ich knapp in mein Kissen und dreh mich dann auf die andere Seite.

»Warum nicht?«, fragt sie weiter in einer irre hohen Stimmlage. Es ist fast, als würde sie singen.

»Luft kann man nicht sehen. Nie.«

»Diese schon, Franz. Diese Luft kann man sehen. Und man kann sie auch riechen. Und schmecken kann man sie auch, diese Luft. Sie ist hellblau und grün, riecht nach Lenor und schmeckt nach Schnittlauch. Es ist einfach unglaublich! Komm steh auf und probier es mal aus.«

»Nein.«

»Ach, es ist einfach super. Es wird Frühling. Was denkst du, ob ich heute schon den weißen Hosenanzug anziehen kann?«

Jetzt hat sie mich glatt wach getextet. Ich öffne die Augen, setz mich auf, und während ich die Arme ausstrecke und ausgiebig gähne, lasse ich die Gesamtsituation für einen Moment auf mich wirken. Gut, so einen Zinnober, wie die Susi jetzt veranstaltet, halt ich persönlich schon für übertrieben. Doch es ist durchaus was dran. Das Leben ist irgendwie anders heute. Luftiger, leichter. Auf dem Weg ins Büro fällt mir das übrigens noch einmal auf. Viele, auch die Schulkinder, sind wieder mit dem Radl unterwegs, und alle wirken so unbeschwert. Jegliche Art von Übellaune ist heute wohl daheimgelassen worden, genauso wie die dicken Jacken und Schals. Wenigstens ist die Jessy noch ganz die Alte, und somit bleibt mir wenigstens etwas Vertrautes.

»Den Hosenanzug, den wo die Susi heut anhat«, sagt sie nämlich gleich nach dem Grußwort, da hab ich noch nicht mal die Kaffeemaschine erreicht. »Denselben, den hat übrigens die Angelina Jolie letztens auch irgendwo auf dem roten Teppich getragen. Das hab ich nämlich in der ›Gala‹ gesehen. Hast du eine Ahnung, was dieser Fetzen gekostet hat?«

»Nicht die geringste«, entgegne ich wahrheitsgemäß und nehm einen ganz großen Schluck aus meinem Kaffeehaferl.

»Von mir wirst du es auch nicht erfahren, weil ich deinen plötzlichen Herztod nicht verantworten möchte«, sagt sie, während sie die zahlreichen Blumentöpfe auf der Fensterbank gießt.

»So viel gleich?«, frag ich und hätte den Betrag jetzt doch ganz gern gewusst.

»Nein, eher das Dreifache. Sie übertreibt halt, wie sie es bei allem grad macht. Sie will jetzt übrigens auch eine Spielstraße, die Frau Bürgermeister. Hast du das schon gehört, Franz?«

Jetzt bin ich in zweierlei Hinsicht ein bisschen verwirrt. Erstens einmal, weil ich tatsächlich einen Moment brauch, um den Begriff Bürgermeister mit meiner Susi in einen Konsens zu bringen. Und zweitens, weil ich ums Verrecken nicht weiß, was sie plötzlich mit einer Spielstraße will. Denn die, wo wir haben, wird ja schon nicht mehr benutzt. Schon seit einiger Zeit hat der Paul nämlich überhaupt keine Lust mehr, mit seinem Bobby-Car zwischen dem Saustall, dem Wohnhaus und dem Müllhäusl hin und her zu fetzen. Das ist ihm inzwischen einfach viel zu langweilig geworden.

»Das versteh ich jetzt nicht«, überleg ich jetzt so, während ich die Jessy dabei beobachte, wie sie vertrocknetes Blattwerk von den Pflanzen abzupft.

»Dann sind wir ja schon zu zweit«, antwortet sie, was mich aber auch nicht schlauer macht. Erst auf meine erneute Nachfrage hin bekomm ich dann die Antwort, die ich nun zwar verstehe, aber das Ganze jetzt umso weniger begreif. Denn nun scheint es ganz offensichtlich zu sein, dass die Susi einen an der Klatsche hat: Sie will nämlich aus unserer Hauptstraße, also der Hauptstraße Niederkaltenkirchen, eine Spielstraße machen. Verkehrsberuhigter Bereich heißt es im Amtsdeutsch. Was bedeuten würde, dass man dort künftig nur noch in Schrittgeschwindigkeit fahren darf und im Grunde auch gar nicht schneller kann, weil halt überall Barrikaden rumstehen. Zum Wohle der Kinder, wie sie meint. Damit die halt ungehindert und frei herumtollen und sich entfalten können, statt sich auf den Straßenverkehr konzentrieren zu müssen. Was die Autofahrer darüber denken, das ist dabei erst einmal zweitrangig, wie sie meint. Man kann ja auch früher losfahren, dann kommt man pünktlich ans Ziel. So jedenfalls erzählt es die Jessy und wirkt relativ angepisst dabei. Sie hört gleich gar nicht mehr auf, an den Zimmerpflanzen rumzuzupfen, und am Ende ist kaum noch ein Blatt dran.

»Meinst nicht, dassd ein bisschen übertreibst, Jessy«, sag ich in Anbetracht ihrer pedantischen Rodung.

»Ja, das war klar. Deine Susi, die dreht hier völlig am Rad und lässt keinen Stein mehr auf dem anderen. Alles muss plötzlich neu und anders und besser werden, einschließlich sie selbst. Aber ich bin es, die jetzt übertreibt«, schimpft sie weiter, während sie das abgerupfte Blattwerk in den Mülleimer schmeißt. Ich glaub, ich geh dann mal lieber in mein eigenes Büro, bevor ich noch was Falsches sag und mir ein Blumentopf an den Schädel fliegt.

Später krieg ich dann einen Anruf von der Mooshammerin, die wissen will, ob ich hernach die Oma auf meinem Heimweg abholen kann. Sie hätten heut nämlich einen so dermaßen langen Waldspaziergang gemacht, dass die Oma keinen einzigen Schritt mehr gehen kann, weil ihr die Hühneraugen wehtun. Mal schaun, wann ich sie das nächste Mal zur Fußpflege kutschieren darf. Die, wo der Birkenberger … aber lassen wir das.

Die letzten Sonnenstrahlen blenden mich durch die schmutzige Windschutzscheibe, wie ich schließlich nach Dienstschluss den Hügel zur Liesl hinauffahr. Und schon beim Aussteigen kann ich die Oma entdecken, weil sie dort mit den anderen an der warmen Hauswand auf einem dicken Baumstamm hockt. Quasi Arschbacke an Arschbacke mit ihren aktuellen Lebensgefährten. Alle haben die Augen geschlossen, halten die Nasen ins Licht und genießen die Ruhe. Nur der Geologe scheint heut zu fehlen. Aber nicht lange, wie sich umgehend rausstellt. Denn kaum hab ich mich selber auf dem Baumstamm niedergelassen, da seh ich auch schon, wie er den Berg hinaufstrampelt. Kurz darauf kommt er an, steigt keuchend vom Radl und grüßt in die Runde, während er einen Korb vom Gepäckträger hievt. Was da wohl drin ist, frag ich mich so. Mein erster Gedanke geht Richtung Schwammerl, aber dafür ist es definitiv nicht die richtige Jahreszeit.

»Und, Hans-Dieter«, ruft ihm die Liesl entgegen und schirmt mit der Hand die Sonnenstrahlen ab. »Hast denn was finden können heut?«

»Freilich«, antwortet er und hantiert dabei an der Querstange seines Fahrrads herum.

»Geh, lass schauen«, sagt die Liesl weiter, erhebt sich und geht auf ihn zu, um dann in diesen Korb zu lugen. »Ui, eine Axt und eine verrostete Gabel. Und was ist da in dem Beutel? Ah, eine Münze. Ist das ein altes Fünfmarkstück? Kann man kaum noch erkennen, so verbeult, wie das ist.«

»Na ja, wenn da jahrzehntelang der Bulldog drüberfährt«, entgegnet der Naumann nun, und so ist es wohl ein Metalldetektor, den er grad von seiner Fahrradstange nimmt.

»Ja«, erklärt er mir anschließend auf meine Nachfrage hin. »Das ist wohl eine Art Berufskrankheit, ständig in irgendwelchen Böden rumzubuddeln. Irgendwie holt mich das immer wieder ein, obwohl ich ja längst im Ruhestand bin. Und jetzt ist halt auch die beste Zeit dafür. Die Bauern sind noch nicht auf den Feldern und die oberste Bodenschicht, die ist nicht mehr gefroren. Da kann man dann schon fündig werden, wie man sieht.«

»Allerhand«, sag ich und muss nun ebenfalls einen kurzen Blick in den Korb werfen.

»Und … und das da? Was … Ist … ist das da ein Zahn, Hans-Dieter?«, fragt die Liesl auf einmal und hält etwas zwischen ihren Fingern ins Licht. Der Naumann geht auf sie zu.

»Ja, Adlerauge, ich vermute, du hast das glasklar erkannt. Ich muss ihn zwar erst reinigen, aber es dürfte ein Goldzahn sein, wenn ich mich nicht täusche«, antwortet er und krempelt sein rechtes Hosenbein runter.

»Geil«, sagt nun der Buengo, während er sich unserer kleinen Runde anschließt und das Lederband an seinem

Hals abnimmt. »Kann ich kriegen das Zahn? Ich kann machen Anhänger für mein Kette.«

Doch der Naumann schüttelt grinsend den Kopf.

»Ein Goldzahn?«, muss ich nun fragen und schau auf das kleine Teil, das die Liesl zwischen den Fingern und ins letzte Tageslicht hält. »Also wenn das wirklich ein Goldzahn ist, würde das ja bedeuten, es wär ein Zahn von einem Menschen.«

»Wie gesagt, ich muss ihn erst säubern, aber wenn ich nicht komplett danebenlieg, ja, dann ist es ein Goldzahn und somit ohne jede Frage freilich von einem Menschen.«

Und nein, er täuscht sich nicht. Denn auch nach der Reinigung ist es ein Goldzahn, wie er im Buche steht, daran besteht für mich keinerlei Zweifel. Offenbar besteht auch für die Mooshammerin keinerlei Zweifel. Und dann wird sie plötzlich ganz blass.

»Jesses! Das ist der Zahn vom Steckenbiller Lenz«, schreit sie nämlich plötzlich in den herrlichen Sonnenuntergang hinein und reißt damit wohl die Oma aus einem Nickerchen. Zumindest steht diese auf und drückt sich erst mal das Kreuz durch.

»Meine Herren«, sagt sie, während sie dann in ihre Strickjacke schlüpft. »Das war vielleicht anstrengend heut. Ich glaub, wir sind einen ganzen Marathon gelaufen. Ich mag jetzt heim, Bub.«

»Ihr könnt jetzt nicht heim«, entgegnet die Liesl relativ aufgeregt. »Ihr könnt doch jetzt nicht einfach so gehen. Du kannst jetzt nicht gehen, Franz!«

»Liesl«, sag ich und geh schon mal Richtung Streifenwagen. »Ich hab jetzt erstens Feierabend und zweitens Hunger.«

»Warte kurz«, ruft sie über ihre Schulter hinweg und verschwindet im Haus, um nur Augenblicke später zurückzueilen.

»Hier«, sagt sie, hat nun ein Fotoalbum in der Hand, in dem sie eifrig blättert. Plötzlich hält sie inne, streicht einmal über die aufgeschlagene Seite und reicht mir das Album schließlich ins Auto.

»Da, unser letztes Klassentreffen, Franz. Zweitausenddreizehn ist das gewesen. Siehst du das? Der neben mir, das ist der Schlauderer Victor, und gleich dahinter ist der Lenz. Siehst du diesen Eckzahn, Franz? Kannst du es sehen? Das ist Gold. Dieser Eckzahn, das war sein ganzer Stolz, verstehst du? Den hat er sich nämlich aus den Eheringen von seinen verstorbenen Eltern machen lassen. Gott hab sie selig. Die haben ja seinerzeit bloß immer so dünne Ringerl gehabt, gleich nach dem Krieg. Das Material, das hat ja grad einmal für diesen Zahn ausgereicht.«

»Liesl«, sag ich.

»Nix, Liesl«, unterbricht sie mich gleich. »Wir haben einen Vermissten. Und zwar schon seit Wochen. Einen Vermissten mit einem Goldzahn. Und jetzt haben wir einen Goldzahn. Was willst denn noch mehr? Also, wenn du jetzt nicht endlich deinen Arsch hochkriegst und langsam in die Gänge kommst, Franz. Dann … dann ruf ich den Moratschek an.«

»Wenn es Ihnen in irgendeiner Weise weiterhilft, Herr Kommissar«, mischt sich nun der Naumann ein, während er diesen depperten Zahn betrachtet und dabei pausenlos zwischen seinen Fingern dreht. »Dann kann ich tatsächlich bestätigen, dass es sich hierbei definitiv und ohne jeglichen Zweifel einwandfrei um einen Eckzahn handelt. Im Zuge meiner Ausgrabungen bin ich schon auf etliche Gebisse gestoßen und rühme mich einer gewissen Expertise. Allerdings kann ich natürlich nicht wissen, ob es auch tatsächlich der Zahn auf dem Foto ist.«

Die dankbare Erleichterung, die diese Bestätigung bei der Liesl nun auslöst, die ist sowohl sicht- als auch spürbar.

Kapitel 9

Die Oma ist müde und schweigt auf der ganzen Heimfahrt, und ich weiß nicht, ob ich darüber nun eher erleichtert bin oder nicht. Denn zum einen bin ich freilich schon froh, dass sie mich jetzt nicht über all die Erlebnisse mit ihrem derzeitigen Freundeskreis informieren möchte. Andererseits hätte ich momentan auch nichts gegen eine belanglose Konversation. Allein schon, um mir über die jüngsten Vorkommnisse in Sachen Eckzahn keine Gedanken machen zu müssen. Muss ich aber. Weil dieser Goldzahn mit an Sicherheit grenzender Wahrscheinlichkeit halt tatsächlich ein solcher ist. Und somit auch menschlicher Herkunft. Weil es darüber hinaus noch einen vermeintlich Vermissten gibt, dessen Verschwinden, je länger es andauert, tatsächlich immer skurriler erscheint. Und als wär das nicht alles schon genug, nein, da gibt's auch noch die Mooshammer Liesl. Und in ihrem Fall kann ich inzwischen beim besten Willen nicht mehr einschätzen, ob sie schlicht und ergreifend hysterisch ist. Oder ob sie sozusagen viel eher durch eine glasklare Sichtweise und eine ausgeprägte Kombinationsfähigkeit gar nicht so falsch liegt, was die Sache mit dem Steckenbiller betrifft.

»Wir sind da. Warum steigst denn nicht aus, Bub«, holt mich die Oma plötzlich in die Realität zurück. Und so merk ich, dass wir daheim angekommen sind, sie den Wagen zwischenzeitlich verlassen hat und mir nun ans Seitenfenster trommelt. Also stell ich den Motor ab und folge ihr ins Wohnhaus rüber. Sie will sich gleich ein bisschen niederlegen, sagt sie. Weil sie müd ist und dringend ihre Haxen hochlegen muss. Und drum mach ich mich halt alleine auf den Weg in die Küche. Dort seh ich gleich, dass es gar keinen Sinn macht, meinen Gedanken weiterhin nachzuhängen, und zwar aus diversen Gründen heraus. Zum einen bietet sich der seltene Anblick, dass der Leopold an unserem Herd steht, was mich deshalb ziemlich verdutzt. Zum anderen hockt der Simmerl hinten auf der Eckbank, was auch noch nicht so häufig der Fall war. Und nach einem kollektiven Grußwort lässt mich der auch umgehend wissen, dass er sich weiterhin und inzwischen vermehrt um die familiäre Zukunft seines Filius und somit auch um seine eigene sorgt und deshalb dringend meinen Rat haben will. So mach ich ihm halt kurzerhand den Vorschlag, dass wir uns hernach doch auf ein Bier beim Wolfi treffen können. Erwartungsgemäß findet er die Idee prima, und so ist er Augenblicke später schon wieder verschwunden.

»Was machst du da?«, muss ich nun den Leopold fragen und werf ihm einen Blick über die Schulter, grad wie der Simmerl die Tür zumacht.

»Wonach schaut es denn aus, Bruderherz?«

»Du kochst?«, frag ich wohl überflüssigerweise, weil mir dieser Gedanke grad so gar nicht in den Schädel will.

Ja, er kocht. Sagt er. Weil, irgendeiner muss es ja tun. Denn wenn die Oma weiterhin aus bekannten Gründen heraus ausfällt, dann muss ja wohl zukünftig ein Ersatzmann her, der den Kochlöffel schwingt und für unser aller leibliches Wohl sorgen wird. Oder etwa nicht? Und da vermutlich weder der Papa noch meine eigene Wenigkeit dafür infrage kommen, woran ja vermutlich kein Zweifel besteht, muss er es halt selber machen, der Leopold. Ja, genau so tut er das kund, der alte Gschaftelhuber.

»Kannst du bitte wenigstens den Tisch zurechtmachen, Franz?«, will er abschließend wissen. Und nach einer klitzekleinen Gedenkminute, in der ich sorgfältig abwäg, ob momentan eher der Hunger oder doch meine generelle Befehlsverweigerung oberste Priorität hat, tu ich halt schließlich, wie mir geheißen.

»Das riecht ja fantastisch«, ist das Erste, was wir vom Papa vernehmen, grad wie er kurz darauf zur Küche reinschlurft, und so euphorisch kenn ich ihn eigentlich nur, wenn er sich grad ein Tütchen durchgepfiffen hat. Doch ob man's nun glaubt oder nicht ... Ja, er hat recht. Es riecht tatsächlich fantastisch. Und es schmeckt auch fantastisch. Das muss ich jetzt schon zugeben. Bei all den Dingen, die ich dem Leopold nie im Leben zugetraut hätte (und da kommt einiges zusammen), kochen wär sicher relativ oben gestanden auf meiner Liste. Erst recht, wo ein Hühnchen-Gemüse-Curry nicht unbedingt zu meinen Leibspeisen zählt. Doch da sieht man's mal wieder, so kann man sich täuschen, gell.

In Anbetracht der kulinarischen Köstlichkeit wär das Abendessen nun bestimmt die reinste Freude gewesen, hätte nur jeder einfach gegessen und die Schnauze gehalten. Leider aber verspürt der Leopold heute offenbar nicht nur den Drang, seine Gaumenfreuden mit uns zu teilen, sondern auch seine Sorgen und Nöte. Grad was seine Familie in Thailand so betrifft. Und das lässt freilich die Gesamtsituation komplett gegen die Wand fahren. Ganz klar.

»Ich hab vorher noch kurz mit der Panida telefoniert«, lässt er uns nämlich schon wissen, noch ehe er den Reis verteilt.

»Leopold, du telefonierst doch jede Stunde mit der Panida«, entgegnet der Papa brummig und gießt sich ein Bier ein.

»Ja, entschuldige mal«, sagt der Leopold, hört prompt mit dem Austeilen auf und wirft stattdessen bitterböse Blicke auf seinen Erzeuger. »Man wird sich ja wohl noch kümmern dürfen, oder nicht?«

»Geh, mach weiter«, fordert nun der Papa, während er mit dem Kopf auf den Schöpflöffel deutet. Nun schnauft der Leopold einmal theatralisch tief durch, verteilt jedoch weiter.

»Ja, und die Panida, die hat halt gesagt, dass die Situation dort jetzt immer schlimmer wird«, klärt er uns nun auf, wobei er das Wort Situation auf Englisch ausspricht. Also quasi sitjuäischn. Verstehen tun wir es trotzdem.

»Schlimmer als noch heut Nachmittag?«, fragt der Papa nun kauenderweise. »Weil wenn ich mich richtig erinnere, hast ja heut Nachmittag schon gesagt, es wär jetzt der worst case ever eingetreten und dass es gar nicht mehr schlimmer kommen könnte. Also ist es jetzt doch noch schlimmer als vorher, wo es doch eigentlich schon am schlimmsten war?«

»Ja, mach dich nur lustig, Papa«, entgegnet der Leopold mit einem leicht beleidigten Unterton. »Inzwischen ist aber wegen diesem scheiß Virus sogar der Flughafen geschlossen und keiner darf mehr weg. Was bedeutet, dass die Panida mit den Kindern und ihrer ganzen restlichen Familie weiterhin dort in diesem winzigen Haus eingesperrt ist. Die dürfen ja noch nicht mal kurz auf die Straße, stell dir das mal vor! Und überhaupt, Papa, muss ich dich echt dran erinnern, dass es übrigens auch deine Enkelkinder sind, die nun da drüben schon tagelang festhängen und sich womöglich noch weiß der Geier was für Krankheiten holen?«

»Leopold, ich hab zuvor auch mit der Panida gesprochen, du bist direkt neben mir gestanden. Schon vergessen? Zu mir, da hat sie aber gesagt, dass bei ihr und auch bei der ganzen restlichen Familie alles völlig entspannt und in bester Ordnung ist. Und dass sie es durchaus auch ein bisschen genießen, endlich einmal so viel Zeit miteinander verbringen zu können. Das Einzige, um was sich das arme Mädel tatsächlich Sorgen macht, das bist du, Leopold. Weil sie nämlich weiß, dass du uns hier am Radl drehst«, sagt nun der Papa, legt das Besteck in den leergegessenen Teller und bringt ihn dann zur Spüle rüber. Der Leopold schnauft erneut ein paar Mal tief durch und wirft mir dabei einen Blick zu. Grad so, als würd er irgendwie auf meine Unterstützung warten. Und weil mir jetzt zum einen direkt ein bisschen das Mitleid hochkommt und er zum anderen wirklich erstklassig gekocht hat, drum versuch ich ihn irgendwie ein bisschen aufzuheitern.

»Leopold, schau«, sag ich deswegen, während ich mir noch einmal einen Nachschlag hol. Zum dritten Mal, wohlgemerkt. »Sieh's doch einfach mal so. Wenn die Panida jetzt mit den Kindern und diesen ganzen blöden Viren schön dort drüben in Thailand bleibt, dann kann sie uns hier zumindest nicht anstecken. Das hat doch auch was, oder? Und später, wenn sie zurückkommt, ja, dann sind praktisch alle miteinander gesund und putzmunter und freuen sich tierisch auf das Wiedersehen.«

»Sehr hilfreich, Franz. Herzlichen Dank«, entgegnet er.

»Gern geschehen«, sag ich und schieb mir eine volle Gabel in den Mund.

Und bevor der Papa nun wieder in seinem Wohnzimmer abtaucht, da tippt er sich ans Hirn und will damit vermutlich einen Vogel zeigen. Wem von uns beiden diese Aktion allerdings nun genau gewidmet ist, lässt sich leider nicht eindeutig ausmachen.

»Ich hab gekocht, du machst den Abwasch. Verstanden?«, knurrt mir der Leopold noch kurz über den Tisch, bevor er dann auch die Küche verlässt.

Das ist nun schon das zweite Mal heute, wo er mir quasi eine Arbeit diktiert. Doch dieses Mal kann er mich kreuzweis. Bin ich dem sein Lakai, oder was? Und damit mein ich gar nicht, dass ich mich drücken will, oder so. Hab ich doch schon stundenlang hier mit der Oma gestanden und Schulter an Schulter den Abwasch gemacht. (Oder besser gesagt Schulter an Arschbacke, wegen dem Größenunterschied.) Und das war auch nie ein Problem nicht. Ganz im Gegenteil, hab ich diese schweigsame Zweisamkeit doch meistens sogar sehr genossen. Nun aber ist die Situation völlig anders. Weil ich nämlich diesen ganzen Dreck hier allein wegmachen soll. Was aber noch viel schlimmer ist: dass es mir angeschafft wurde. Noch dazu vom Leopold. Das setzt dem Ganzen die Krone auf. Drum mach ich jetzt exakt das, was ein jeder erwachsene Mann mit nur einer einzigen funktionierenden Hirnzelle auch machen tät. Also nix. Ich hol mir ein Bier aus dem Kühlschrank, schlag die Zeitung auf und warte, dass die Zeit vergeht, bis ich endlich zum Wolfi gehen kann. Und grad wie es dann so weit ist, da geht die Tür auf und die Susi kommt rein. Sie hat den Paul auf dem Arm, der bereits friedlich an ihrer hübschen Schulter eingeschlummert ist. Allerdings hat er dabei wohl ihren schneeweißen Blazer angesabbert, was scheiße ausschaut. Doch ich glaube, das hat sie noch gar nicht bemerkt. Irgendwie macht sie mir ohnehin grad einen recht zerstreuten Eindruck. Denn obwohl sie mich anschaut, sagt sie kein einziges Wort. Sie bewegt sich auch nicht. Sie steht einfach nur dort in der Küchentür und macht keinen Mucks. Hat den Kleinen auf dem einen Arm, eine Einkaufstüte in der Hand und die Aktentasche unter die Achsel geklemmt. Da steht sie nun also und starrt vor sich hin. Sonst tut sie nix.

»Ist alles in Ordnung, Susimaus?«, frag ich deswegen erst mal ein bisschen besorgt und auch möglichst leise, um das Paulchen nicht zu wecken.

»Nein, es ist nicht alles in Ordnung, Franz. Im Grunde ist überhaupt nichts mehr in Ordnung«, entgegnet sie ebenso leise, und dennoch klingt es brandgefährlich. »Ich hatte nämlich heute zig Termine mit zig Vollidioten, und die Jessy boykottiert mich, wo sie nur kann. Diese brunzblöde Kuh weigert sich, meine Telefonate durchzustellen, einen genießbaren Kaffee zu bringen oder meine Besorgungen zu machen, während mir der Kopf platzt und ich nicht weiß, wo ich anfangen soll. Und als würde das nicht schon reichen, da haben vor einer halben Stunde die von der Kita angerufen und gesagt, wir hätten das Paulchen vergessen. Kannst du dir das vorstellen? Ist das nicht furchtbar, Franz? Wir haben vergessen, unser Kind abzuholen! Und wie ich dann natürlich alles stehen und liegen lasse und wie eine Irre durch die Kitatür rase, da ist mir noch der Absatz von diesen … diesen Drecks-Drecks-Designer-Latschen abgebrochen«, sagt sie weiter, hält mir das getürmte Schuhteil unter die Nase und bricht in Tränen aus. Die ganze Schminke ist jetzt praktisch völlig im Arsch.

»Komm, lass schauen, Susimaus«, sag ich und stütze sie, während sie die Schuhe auszieht.

»Hundertneunundneunzig Euro haben die gekostet, diese dämlichen Latschen«, schluchzt sie weiter, wie ich ihr nun den Paul abnehm.

»Das kriegen wir schon wieder hin, Susimaus. Ich hab einen super Sekundenkleber.«

»Kannst du mir damit auch mein verdammtes Leben wieder zusammenkleben, Franz? Irgendwie hab ich das Gefühl, dass mir grad alles zerbricht.« Sie schaut mich an mit ganz großen roten Augen und schnäuzt sich.

Eigentlich würd ich ihr jetzt gern die Tränen wegwischen, hätt dann aber die ganze Wimperntusche an den Fingern. »Jetzt beruhigst dich erst einmal und isst was«, sag ich stattdessen. »Schau, der Leopold, der hat uns was Schönes gekocht.«

»Und warum hat er dann die Küche nicht aufgeräumt?«, will sie wissen, was eine durchaus berechtigte Frage ist.

»Ja, das musst du ihn schon selber fragen«, kann ich grad noch sagen, dann wacht der Paul auf. Reibt sich die Augen und gähnt. Und nachdem er mich kurz müde angegrinst hat, fragt er gleich, wo denn die Lotta ist.

»Die liegt bestimmt in ihrem Körbchen, drüben beim Opa im Wohnzimmer«, sag ich und lass ihn auf den Boden runter. Einen Moment lang schau ich ihm noch hinterher, wie er durch die Küchentür flitzt, als mein Telefon läutet und der Simmerl dran ist, der jetzt freilich wissen will, wo ich denn ableib.

»Du, Simmerl, das ist grad eher schlecht, weil der Susi geht's nicht gut«, sag ich so in den Hörer und beobachte die Susi dabei, wie sie in die Töpfe lugt.

»Seit wann hat dich das je interessiert?«, kann ich den blöden Metzger nun hören. »Ganz abgesehen davon, dass sie wahrscheinlich selber dran schuld ist. Ich mein, ganz ehrlich, was sie da auf der Gemeinde grad veranstaltet, das geht ja auf keine Kuhhaut, wenn du mich fragst.«

Tu ich aber nicht.

Hab ich eigentlich schon mal erwähnt, dass sich in Niederkaltenkirchen Ereignisse schneller rumsprechen, als sie überhaupt passieren?

»Ja, das mag schon sein, Simmerl, aber …«

»Nix, aber«, unterbricht er mich prompt. »Wir haben einen Plan ausgeheckt, du und ich und der Wolfi. Weil mir nämlich grad mein einziger Sohn unter die Räder kommt. Kannst dich erinnern? Und aktuell hat sich die Lage noch einmal drastisch verschlimmert, Franz. Da ist es ja praktisch schon deine Pflicht als Bulle, jetzt mein Freund und Helfer zu sein. Wenn du also gefälligst deinen kommissarischen Arsch hierher bewegen würdest, dann wär ich dir dankbar.«

Weil mir das jetzt zu blöd wird, häng ich ein.

»Was hat er denn, der Simmerl?«, will die Susi nun wissen, während sie sich das Essen aufwärmt.

»Keine Ahnung, ich glaub, dem geht's grad nicht so gut«, sag ich und schau aus dem Fenster, um für einen Augenblick den Status quo auszuloten. Doch die simmerlschen Nöte scheinen die Susi noch nicht mal peripher zu tangieren. Stattdessen hackt sie weiterhin auf der Jessy rum und sagt abschließend, dass sie immerhin ihre Freundin wär und Freunde sollten doch schließlich und endlich und immer hinter einem stehen. Grade in schwierigen Situationen. Da muss ich ihr freilich vollkommen recht geben.

»Wo willst du jetzt verdammt noch mal hin?«, will sie dann wissen, grad wie ich in meine Jacke schlüpf, und kommt auf mich zu. Ihr Ton ist jetzt schärfer, als er eben noch war.

»Ich muss los, einem Freund beistehen, weil der in einer schwierigen Situation steckt«, kann ich grade noch sagen, wie sie plötzlich beginnt, wie wild auf meinen Brustkorb einzudreschen.

»Aua«, schrei ich, während ich versuch, ihre Hände zu fassen zu kriegen. »Bist du deppert, oder was?«

So plötzlich, wie sie angefangen hat, hört sie nun auch wieder auf und schaut mich sehr eindringlich an. Ihre Augen funkeln. Oder werfen sie Speere? So eindeutig lässt sich das nicht zuordnen.

»Du willst jetzt allen Ernstes los, um einem von deinen versoffenen Kumpels BEI-ZU-STEHEN? Ausgerechnet jetzt, wo es bei mir an allen Ecken und Enden brennt? Meinst du nicht, dass du besser hierbleiben und meine Feuerwehr sein solltest, Franz?«, keift sie mich an.

»Du hast dir all deine Brände selber gelegt, du kleiner Feuerteufel. Warum also soll ich sie jetzt löschen? Außerdem ist der Simmerl kein versoffener Kumpel, sondern der Metzger meines Vertrauens und so was wie ein enger Freund, und zwar schon seit Jahrzehnten. Und wie du ja selber grade gesagt hast, sollte man Freunden immer …«

»Dann hau doch ab, du Arsch«, schreit sie, während sie mit nur einem einzigen Handstreich das gesamte Geschirr von der Arbeitsfläche auf den Fußboden donnert. Tausende Scherben liegen nun exakt vor unseren Füßen. Und jetzt bin ich ehrlich gesagt wirklich erleichtert, dass ich den Abwasch zuvor nicht gemacht hab. Schad um die Zeit wär das gewesen.

Erwartungsgemäß geht nun die Küchentür auf und der Papa schaut rein.

»Die Susi war … ähm … ungeschickt«, versuch ich zu erklären und geh schon mal in die Hocke, um mit der Schadensaufnahme anzufangen.

»Aha«, sagt der Papa, wirft einen kurzen, völlig emotionslosen Blick auf den Boden und verschwindet dann genau so, wie er grad erschienen ist.

Inzwischen ist die Susi auf die Eckbank geplumpst und schaut mir beim Aufkehren zu. Bis in den hintersten Winkel der Küche hinein sind die Scherben verstreut, und nun heißt es, alle zu finden. Allein schon wegen dem Paul und der Lotta.

Und grad, wie's schließlich dem Ende zugeht, da läutet mein Telefon und der Wolfi ist dran. Er sagt, der Simmerl will wissen, wo ich denn abbleib.

»Sag ihm, ich kann jetzt nicht weg. Bin quasi dienstlich verhindert. Ein Fall von häuslicher Gewalt sozusagen«, versuch ich ihm mein Fernbleiben irgendwie verständlich zu machen.

»Ja, so einen Fall haben wir hier auch gerade«, entgegnet der Wirt und aus dem Hintergrund raus kann ich tatsächlich ziemlich aufgebrachte Stimmen vernehmen.

»Warum? Was ist los?«

»Was los ist? Der Simmerl ist hier und sein Max ebenfalls. Und alle zwei sind rein alkoholtechnisch schon relativ gut aufgestellt. Und so, wie's ausschaut, sind sie sich aktuell gelinde gesagt relativ uneinig, was ihre gemeinsame Familienplanung so betrifft. Die machen mir hier noch den ganzen Schuppen verrückt. Und wenn du mich fragst, Franz, dann solltest du hier lieber bald anrücken, sonst kann ich für nix mehr garantieren, weißt.«

Himmelherrgott noch eins! Bin ich denn von lauter psychisch Lädierten umzingelt?

»Pass auf, Wolfi«, sag ich, grad wie ich das Kehrblech über dem Mülleimer auskipp. »Du machst jetzt deinen Laden einfach zu, verstehst? Sagst halt was von … von einer Bombendrohung meinetwegen oder so was in der Art. Dann gehen alle heim und gut ist es. Ich kann hier nicht weg. Momentan jedenfalls nicht. Beim besten Willen nicht.«

»Eine … Bombendrohung? Bist du noch ganz dicht?«

»Wolfi! Mach einfach, was ich sage!«

»Ja, gut. Wie du meinst, Franz. Du musst es ja wissen, gell. Immerhin bist du ja hier der Gendarm. Also, servus dann«, entgegnet er noch ein bisschen angepisst und hängt schließlich ein.

Der Paul ist mittlerweile auf dem Wohnzimmerboden eingeschlafen, hat seinen Kopf auf den Bauch von der Lotta gebettet und eine fast leere Bananenschale in der Hand. Der Papa schläft ebenso, allerdings in seinem Sessel und mit einem halb vollen Rotweinglas in der Hand. Im Fernseher laufen die ›Tagesthemen‹, und dort wird grad von ganz katastrophalen Zuständen berichtet, auch von diesem Virus in Asien. Weiß der Geier, warum sie das jetzt in den Nachrichten bringen. Ist ja nicht das erste Virus auf der gesamten Welt. Vielleicht sollten die mit ihren Kamerateams lieber mal hier anrücken, dann würde sich das alles im Nullkommanix relativieren. Aber wurst.

So schalt ich die Kiste aus, nehm dem Papa sein Glas aus der Hand, und im Anschluss hiev ich das müde Paulchen auf den Arm. Drüben in unserem nagelneuen Wohnhaus bring ich ihn dann in sein nagelneues Zimmer und leg ihn in sein nagelneues Bett. Er wacht noch nicht mal auf dabei, schläft seelenruhig weiter und gibt nur ein leises Grunzen von sich. Ob sich das wohl mal zu einem echten Eberhofer-Schnarchen entwickeln wird?

Hinterher hol ich die Susi ab, die noch immer wie angewachsen auf der Eckbank rumsitzt, still vor sich hin weint und ins Leere starrt. Auch sie bring ich nun in die Federn. Ich putz ihr die Nase und mir die Zähne und leg mich danach selber nieder. Muss dann wohl auch ruckzuck eingeschlafen sein, was ja weiter kein Wunder ist bei diesem ganzen Heckmeck.

Doch anscheinend bin ich nur ein paar Atemzüge lang später wieder hellwach, denn da bin ich plötzlich auf einer Hochzeit. Und zwar auf der Hochzeit vom Simmerl Max und seiner Ivana. Das ist jetzt schon ziemlich irre, und ich schau mich erst einmal um. Alles ist vollkommen erstklassig dort, sehr imposant und bis ins kleinste Detail hinein inszeniert. Fast wie im Film. Es sind unzählige Leute da, die literweise Champagner saufen, und alle miteinander wirken tatsächlich bestens gelaunt. Nur die Gisela nicht. Die scheint irgendwie keinen rechten Spaß dran zu haben, steht einsam ganz hinten in einer dunklen Ecke und weint. Ich würd ja echt gern zu ihr hingehen und irgendwas Aufmunterndes sagen. So was wie: Jetzt reiß dich mal zusammen, oder so. Kann mich aber seltsamerweise am ganzen Körper nicht bewegen. Nicht ums Verrecken. So sehr ich auch möchte. Auf einmal, mitten in dieses rauschende Fest hinein, da brennt ihr dann vermutlich einfach die Sicherung durch. Sie schießt nämlich plötzlich und quasi mit fletschenden Zähnen aus ihrer Ecke heraus. Rast auf ihre brandneue Schwiegertochter zu und reißt ihr ohne jede

Vorwarnung den wunderbaren Schleier vom Kopf. Die Menge schreit auf. Allerdings, wie ich erst auf den zweiten Blick zu erkennen glaube, gar nicht so sehr wegen der Aktion mit dem Schleier. Sondern vielmehr, weil da der Kopf mit dranhängt. Also, das ist jetzt schon gruselig, das muss ich sagen. Da steht die Gisela mit dieser schneeweißen Spitze in der Hand und am unteren Zipfel, da baumelt der Schädel von ihrer Schwiegertochter. Einen ganzen Moment lang bin ich fassungslos und kann einfach nur starren. Dann aber wandert mein Blick rüber zur Braut. Und exakt an der Stelle, wo grad noch ihr blanker Hals aus dem Ausschnitt hervorgelugt hat, genau dort wächst nun ein neuer Kopf hervor. Und wieder ist es der Kopf von der Ivana und auch der trägt einen Schleier. Es ist wirklich unfassbar. Ein weiteres Mal schreit die Menge auf. Lauter noch diesmal. Und was macht die Gisela? Die schreitet erneut zur Tat, zerrt und reißt abermals an diesem Schleier, und es passiert praktisch aufs Neue. Genau wie zuvor: Schleier, Kopf und neuer Kopf mit neuem Schleier. So geht das tatsächlich einige Male, und irgendwann gewöhnt man sich dran. Es ist praktisch wie mit diesen russischen Puppen. Diesen Matrjoschkas. Du nimmst einen Kopf ab und prompt erscheint ein neuer. Fertig. Inzwischen haben die Gäste offensichtlich das Interesse daran verloren und gehen lieber wieder in ihren Partymodus über. Alle. Einzig der Max scheint sich noch um die Braut zu kümmern. Er geht auf sie zu. Und küsst sie, ohne sie sonst irgendwie zu berühren, auf den aktuellen Mund. Keinen halben Meter weiter steht die Gisela und hält kraftlos einen Kopf in den Händen, der schließlich polternd zu Boden fällt und unter die tanzenden Beine kullert. Ein bisschen später stirbt sie dann, und zwar direkt an Ort und Stelle. An gebrochenem Herzen, raunt es durch den Saal. Und gleich darauf, da stirbt auch der Simmerl. An einer Alkoholvergiftung.

Genau an dieser Stelle schreck ich hoch und wach auf. Ich bin völlig verschwitzt und ehrlich gesagt auch ziemlich erleichtert, wie ich neben mir die Susi entdecke und nicht etwa meine zwei alten Weggefährten, die den eigensinnigen Hochzeitsplänen ihres Sohnes zum Opfer gefallen sind.

Wie man sich unschwer vorstellen kann, hält mich nun nix mehr in den Federn, und so zieh ich mich noch mal an und mach mich auf den Weg zum Wolfi.

Dort ist eine Stimmung, das kann man kaum glauben. Silvesterparty Scheißdreck dagegen. Irgendwie muss mich der blöde Wirt zuvor falsch verstanden haben. Wahrscheinlich Bombenstimmung statt Bombendrohung oder so. Und nachdem ich in diesem ganzen Gewusel dann endlich den stockbesoffenen Simmerl gefunden und vom Barhocker weg ins Auto verfrachtet habe, verfrachte ich anschließend auch den dazugehörigen Junior. Der übrigens im Herrenklo auffindbar war und dort ganz friedlich ein Nickerchen abgehalten hat. Im Rückspiegel kann ich nun sehen, wie die Schädel der beiden bei jedem einzelnen Schlagloch erbarmungslos aneinanderknallen.

»Max«, lallt der Simmerl in die Nacht hinein. »Du wirst diese Schlampe zum Mond schießen. Hast du mich verstanden? Sonst wird für dich die Sonne nämlich nimmer scheinen.«

»Sonne, Mond und Sterne«, lallt der Junior retour. Und wieder knallen sie mit den Köpfen aneinander.

»Schwör's, Max. Du schießt sie zum Mond!«

»Niemals. Ich liebe sie. Sie hat … sie hat ein Bauchnabelpiercing.«

»Echt?«, fragt der Simmerl und versucht nun mit seinem wackeligen Kopf den Max anzuschauen.

»Echt«, sagt der Max grad noch. Dann kotzt er mir mitten auf die Rückbank.

Kapitel 10

Der Anruf vom Richter Moratschek kommt am nächsten Vormittag, wie ich grad in meinem Bürostuhl sitze und die Senfvorräte für meine Leberkässemmeln durchzähle. Rein zufällig hat er heut irgendwie an mich denken müssen, sagt er. Und weil er eh grad eine Pause hat zwischen zwei mordswichtigen Verhandlungen, da hat er sich halt gedacht, diese stinkfade Zeit könnte er doch ganz spontan für einen Anruf unter alten Freunden nutzen. Davor hab ich ein ganzes Jahr lang nichts mehr von ihm gehört.

»Und? Alles in Ordnung dort in Ihrem Kaff, Eberhofer?«, will er zunächst einmal wissen, und vor meinem geistigen Auge kann ich förmlich sehen, wie er sich grad genussvoll eine Prise Schnupftabak hinter die Kiemen zieht. Hören kann ich es sowieso.

»Ja, alles paletti«, antworte ich und leg meine Haxen auf den Tisch. »Und selbst?«

»Auch gut. Alles tipptopp. Wirklich eins a. Und … sonst so? Habens womöglich recht viel Arbeit momentan?«

»Mei, dies und das, gell. Das Übliche halt. Ein paar Parksünder oder auch Rennfahrer. Den einen oder anderen besoffenen Mofafahrer oder welche ohne Helm. Einer von denen hat neulich sogar eine Tupperschüssel auf dem Kopf gehabt. Können Sie sich das vorstellen? Wahrscheinlich hat er gemeint, das fällt eh keinem auf. Aber mir ist es freilich schon aufgefallen.«

»Ja, freilich. Ihnen entgeht ja gar nix, gell. Und sonst? Alle wohlauf und munter? Alle anwesend, da in Niederkaltenkirchen?«, fragt er weiter, und freilich weiß ich längst, worauf er hinauswill.

»Ja, wie gesagt. Alles paletti bei uns, Moratschek. Aber warum sinds denn gar so interessiert?«

»Mei, man sorgt sich halt um seine Mitbürger, gell.«

»Ja, ja. Freilich. Das versteh ich schon. Die letzten zwölf Monate, da haben Sie sich aber gar nicht so große Sorgen gemacht. Was ist denn passiert? Habens vielleicht einen Anruf gehabt? Möglicherweise von der Mooshammer Liesl?«

»Von wem? Wer soll das sein?«

»Moratschek, es ist noch gar nicht so lang her, da haben Sie wochenlang bei uns am Hof gewohnt. Oder habens das schon vergessen? Und die Mooshammer Liesl, das war diejenige, die jeden zweiten Tag bei der Oma aufgeschlagen ist, um den Dorftratsch zu verbreiten. Noch irgendwelche Fragen?«

»Himmelherrschaftszeiten, wenn Sie eh schon wissen, wegen was ich anruf, dann könntens doch gefälligst … Ach, lassen wir das. Also, wie schaut's aus, Eberhofer? Offensichtlich gibt es einen seit Monaten vermissten Mitbürger. Einen gewissen Steckenbiller. Finden Sie nicht, dass Sie dieser Sache mal auf den Grund gehen sollten, wo der abgeblieben ist? Immerhin sind Sie Polizist, und da ist es Ihre Pflicht und …«

»Ja«, muss ich ihn hier gleich unterbrechen, einfach um dem Elend ein Ende zu machen. »Da haben Sie natürlich völlig recht, Moratschek. Dass ich da nicht von allein draufgekommen bin, gell. Drum also servus. Ich muss jetzt.«

Dass ich mich dieser Steckenbiller-Sache nun doch einmal mit mehr Eifer und Ernsthaftigkeit annehme, liegt nicht allein an dem Telefonat von soeben. Nein, auch ich selber bin langsam, aber sicher der Meinung, dass man hier nachforschen sollte. Allein schon, weil wohl niemand einen Zahn freiwillig hergibt. Erst recht nicht, wenn er aus purem Gold ist. Vielleicht aber trägt ja auch die Susi ihren Teil dazu bei, weil die heute Morgen beim Frühstück mit ihrem erneut aufflammenden Tatendrang schon wieder alle in den Wahnsinn getrieben hat. Fast könnte man den Eindruck haben, als hätte das Sandmännchen ihren ganzen gestrigen Kummer über Nacht einfach eingepackt und mitgenommen. Sie ist nach einem Power-Shake direkt ins Rathaus gefahren, und auch jetzt scheint sie bestens gelaunt in ihrem neuen Etuikleid und hat wieder mal eine relativ umfangreiche Liste mit einfältigen Aufträgen für mich parat, wie sie in meiner Tür auftaucht.

»Nein, Susi«, muss ich hier ihren Elan aber prompt unterbrechen. »Ich kann mich weder um deine Autoreifen kümmern, noch kann ich zum Drogeriemarkt fahren. Und ich fürchte, du musst auch selber deine Frisöse anrufen, um herauszufinden, ob sie den Farbton Saharabeige hat. Weil ich mich nämlich jetzt um einen Vermissten kümmern muss. Und zwar auf richterliche Anordnung hin.«

Sie zischt aus meinem Büro hinaus und schmeißt die Tür ins Schloss, dass der Seehofer an meiner Wand direkt vibriert. Eigentlich müsste dort ja schon längstens der Söder hängen. Aber das ist halt ein Franke.

Um beim Bürgermeister nicht den Eindruck entstehen zu lassen, hier in Niederkaltenkirchen, da ginge ohne seine Anwesenheit quasi alles drunter und drüber, erkundige ich mich erst einmal artig nach seinem werten Befinden. Die Antwort darauf ist genauso ausführlich wie langatmig und nicht weniger hoffnungslos, was seine baldige Rückkehr betrifft. Nie im Leben hätte ich gedacht, dass mir unser Dorfoberhaupt jemals abgehen würde. Aber es ist so. Doch in Anbetracht seines hartnäckig desolaten Zustandes und der Tatsache, dass er in Kürze auch noch für etliche weitere Wochen eine Reha dranhängen wird, ist mit seinem zeitnahen Comeback hier wohl eher nicht zu rechnen.

»Sagens einmal, Eberhofer«, will er nach seinem detaillierten Monolog schließlich wissen. »So unter uns Männern. Wie läuft es denn eigentlich so in der Gemeindeverwaltung, wenn ich nicht da bin? Denn die Informationen, die ich von der Jessy und von der Susi in regelmäßigen Abständen erhalte, die könnten unterschiedlicher ja gar nicht sein.«

»Wirklich?«, frag ich und muss grinsen. »Und wieso genau?«

»Wieso genau? Mei, die Susi, die sagt halt immer, ich soll mich entspannen und mir keine Sorgen machen. Und ich soll mir Zeit lassen bei meiner Genesung. Und sie behauptet steif und fest, dass alles reibungslos abläuft, praktisch wie eh und je. Mei, und wenn man's einmal genau nimmt, dann kenn ich die Susi halt schon seit ihrer Lehrzeit, gell. Und da weiß man natürlich haargenau, wie jemand so tickt. Und überhaupt, auf die Susi, da ist eben bisher immer hundertprozentig Verlass gewesen, nicht wahr?«, sagt er und schnauft einmal tief durch, ehe er seinen Gedanken weiter freien Lauf lässt. »Wenn ich dann allerdings mit der Jessy telefonier, da hört sich plötzlich alles ganz anders an. Grad so, als tät die von einer ganz anderen Gemeindeverwaltung reden. Und drum weiß ich jetzt auch nicht so recht … Meinens, dass die vielleicht ein bisschen zum Hysterischen neigt, die Jessy? Oder dass sie … sagen wir mal … eventuell nicht so gut klarkommt, wenn sozusagen nicht eine Dings … Also wenn sie praktisch keine starke männliche Hand an ihrer Seite weiß?«

»Mei, wissen kann man das nie, gell. Man kann ja nicht reinschauen in die Leut«, antworte ich.

»Ja, ja, das kann man natürlich nicht. Aber vielleicht sollte ich ihr einfach einmal anständig den Kopf waschen. Und ihr sagen, dass sie sich zusammenreißen soll und dass ich ja irgendwann wieder da bin. Vielleicht beruhigt sie das ja ein bisschen?«

»Nein, ich glaub, das ist nicht notwendig, Bürgermeister. Also so unter uns Männern, da kann ich Ihnen nur sagen, dass hier alles reibungslos abläuft.«

»Reibungslos, gell? Wissens, für mich ist das ja auch nicht leicht. Ich hock hier sozusagen wie auf Kohlen, weil ich mich um nix kümmern kann. Allein die Ausschreibungen wegen dem Neubaugebiet, da hätte ich ja jetzt normalerweise …«

»Apropos Neubaugebiet«, muss ich hier nun nachhaken. »Was genau wissen Sie denn eigentlich darüber? Also praktisch über die Pläne von diesem Neubaugebiet?«

»Alles, natürlich. Immerhin bin ich der Bürgermeister. Wieso? Heraus mit der Sprache! Was wollens wissen, und welches der Neubaugebiete meinen Sie genau?«, fragt er, und ich merk deutlich, wie seine Stimme reger wird und seine Aufmerksamkeit steigt. Wahrscheinlich nervt es ihn doch sehr, dass er quasi so als alpinsportlicher Krüppel krankheitsbedingt grad nicht teilhaben kann am gemeindeinternen Hürdenlauf. Was keinesfalls heißen soll, dass er ansonsten so arg große Sprünge macht, das nicht. Ist ja auch nicht die Hölle los da bei uns in Niederkaltenkirchen, wenn man einmal ehrlich ist. Aber die wenigen winzigen Sprints, die eben doch einmal anstehen, die fallen für ihn halt jetzt auch aus. Und sagen wir einmal so, grad eine Maßnahme wie ein Neubaugebiet, das ist schon was Besonderes, und das haben wir hier freilich nicht alle Tage. Aber gut. Trotz des aktuellen Eifers, der im Moment in ihm hochzuschnalzen scheint, kann er mir dann gar nicht mordsmäßig weiterhelfen, weil er gleich einen Arzttermin hat. Ein bisschen was erfahr ich aber dennoch.

Noch bevor ich mittags zum Simmerl fahr, ruf ich den Rudi kurz an. Ich teil mit ihm meinen kargen Wissensstand, und wir vereinbaren für später ein Treffen.

Das Metzgerpaar ist heut gleich im Doppel anwesend, einsatzfähig aber scheint nur die Gisela zu sein. Ihr Gatte hockt nämlich käsig, müde und relativ unmotiviert auf einem Hocker hinter dem Tresen, und fast könnt ich schwören, er ist noch immer besoffen.

»Hast du den so abgefüllt gestern?«, fragt die Gisela gleich ganz ohne Vorwort mit einem kurzen feindlichen Blick auf den desolaten Gatten, um mir dann ebenfalls einen solchen zuzuwerfen.

»Nein«, sag ich wahrheitsgemäß, während ich mir schon mal rein mental eine kleine Zusammenfassung meiner kulinarischen Möglichkeiten verschaffe. »Der war schon so, wie ich ihn angetroffen hab. Das war wohl eher so eine Art familieninternes Besäufnis, weißt. Und ich nehm mal an, dass dem Max seine Verfassung keinesfalls besser sein dürfte, oder lieg ich da falsch?«

»Das kann ich leider nicht beurteilen, weil er nicht da ist«, entgegnet sie.

»Wo ist er denn hin in seinem Zustand?«

»Er ist nirgends hin, weil er ja noch gar nicht da war.«

»Wie? Hat er denn nicht daheim übernachtet? Das ist ja komisch. Zumindest hab ich ihn heut Nacht exakt vor eurer Haustür aus dem Auto geschmissen. Und zwar gemeinsam mit seinem Vater«, sag ich und schau rüber zum Simmerl, um mir seine Zustimmung abzuholen. Der aber ist inzwischen auf seinem Hocker eingeschlafen.

»Seltsam«, überlegt nun die Gisela mehr so vor sich hin. »Der Max ... der wird doch nicht mitsamt seinem Suff noch zu dieser gottverdammten ...«

»Du, äh ... Gisela«, muss ich aber hier dazwischengrätschen. »Wegen meiner Brotzeit. Dann gibst mir vielleicht am besten zwei Schnitzelsemmeln und ein Radler.«

»Ein Radler? Wir haben doch kein Radler nicht. Nimm dir eine Limo oder ein Bier. Oder eine Limo und ein Bier und mach dir dein deppertes Radler gefälligst selber«, sagt sie, während sie die Semmeln halbiert.

Die Schnitzelsemmeln sind wie erwartet großartig, und ich genieße sie im Büro, wie ich so auf den Rudi warte. Der kommt deutlich später, als er es angekündigt hat, weil er nämlich heut nicht der Einzige war, der seine Sommerreifen montiert haben wollte. Irgendwann aber ist er da, und so erläutere ich nur knapp das bisschen, was ich von unserem temporär verkrüppelten Ortsvorsteher in Erfahrung bringen konnte.

»Viel ist das ja nicht, Franz«, sagt der Rudi am Ende meines Vortrags, während er in seiner Kaffeetasse rührt. Er tut das schon minutenlang und hat weder Milch noch Zucker reingemacht. Weswegen ich mich ernsthaft frag, warum er so sorgfältig umrührt. Schließlich frag ich ihn auch.

»Warum rührst du stundenlang in deinem Kaffee, wenn gar nix drin ist, was sich auflösen müsste?«, frag ich.

»Das ist einfach eine Angewohnheit, weil ich ja immer Zucker reingetan hab. Aber jetzt ... jetzt hat mein Arzt gemeint, es wär besser ohne. Ab einem gewissen Alter, hat er gesagt. Hast du dir eigentlich schon mal deine Zuckerwerte testen lassen, Franz? Nicht? Das solltest du unbedingt tun. Wirklich. Glaub mir, da wirst du staunen.«

»Du wirst auch gleich staunen, Rudi. Wenn ich dir zum Beispiel sag, was die Steckenbillers jetzt so für ihre Grundstücke kriegen, nachdem dieses Bauerwartungsland zum Bauland geworden ist«, entgegne ich – und nicht ausschließlich, um das Thema zu wechseln. Der Rudi rührt noch immer unbeirrt in seinem Haferl.

»Also, wie viel«, fragt er rührenderweise.

»Ja, so summa summarum irgendwas zwischen zwei und zwei Komma fünf«, entgegne ich und nehm nun meine Füße vom Schreibtisch.

»Das ist exakt das, was ich erwartet hätte nach meinen ausgeklügelten und extrem erfolgreichen Recherchen von neulich«, triumphiert er mir über seine Tasse hinweg.

»Klugscheißer«, antworte ich noch knapp und mach mich dann auf den Weg Richtung Korridor, weil meine eigene Kaffeetasse mittlerweile leer ist. Die Tür zu den Verwaltungsschnepfen ist nur angelehnt, und so kann ich schon von draußen vernehmen, wie die Jessy sich grad telefonisch von ihrem aktuellen Gesprächspartner verabschiedet. Ich geh zur Kaffeemaschine und gieß nach.

»Ich bin also ein Klugscheißer, Eberhofer?«, kann ich sie prompt hinterrücks vernehmen, und es klingt gar nicht recht freundlich. »Soll ich dir mal zeigen, was da so abgeht, wenn ich hysterisch werde? Willst du das sehen?«

»Nein, lass gut sein«, sag ich und versuch einen witzigen Gesichtsausdruck hinzukriegen.

»Das wünschst du deinem schlimmsten Feind nicht. Glaub mir das, mein Freund. Und jetzt sei so gut und tu uns beiden einen großen Gefallen. Geh mir einfach aus dem Weg, okay. Und im Idealfall sorgst du noch dafür, dass mir die Susi ebenfalls aus dem Weg geht«, zischt sie und nimmt dann einen Locher zur Hand. Was eine relativ eindeutige Botschaft sein dürfte, sich hier so schnell wie möglich vom Acker zu machen. Vielleicht hätte ich bei dem Telefonat mit dem Bürgermeister die kollektive Harmonie hier im Rathaus doch irgendwie deutlicher herausheben sollen. Wer weiß?

»Sie hat dich dick, gell? Die Jessy«, sagt der Rudi, gleich wie ich zurück in meinem Büro bin, und er rührt doch glatt noch immer in seiner Tasse.

»Das würd ich sofort unterschreiben.«

»Warum eigentlich?«

»Weil sie mich für einen blöden Bullen hält. Für einen Egomanen. Und für einen Macho mit übertriebenem Selbstwertgefühl und einer extrem unterentwickelten Empathie allem und jedem gegenüber«, entgegne ich und schau aus dem Fenster.

»Das hat sie gesagt?«, will der Rudi nun wissen, und ich kann nicht recht zuordnen, ob er sich drüber mehr amüsiert oder wundert.

»Nein, das hab ich schriftlich. Oder hatte ich. Das ist auf der Weihnachtskarte gestanden, die sie mir letztes

Jahr überreicht hat. Können wir jetzt weitermachen im Fall Steckenbiller? Oder willst du dich ausführlicher damit beschäftigen, warum Frauen an die vierzig mit einem mittelmäßigen Aussehen und einem ebensolchen Job keine Typen abkriegen und deshalb auf alles scharf schießen, was einen Schwanz hat?«

Einen Moment lang sitzt er jetzt da, der Rudi, und wirkt irgendwie komplett versonnen. Vergisst sogar in seiner dämlichen Tasse zu rühren und starrt sie stattdessen nur an. Doch nachdem ich einmal ganz vehement mit meiner Faust auf den Tisch geknallt hab, da scheint er auch gleich wieder einsatzfähig zu sein.

»Na gut. Pass auf, Franz«, sagt er nämlich plötzlich. »Ich hab überlegt. Mal angenommen, dass da tatsächlich so viel Geld im Spiel ist, wie du behauptest. Dann ist es tatsächlich sehr gut möglich, dass der Steckenbiller junior den Steckenbiller senior irgendwie auf die Seite geräumt hat. Denn vermutlich wird es ja wohl auch der Junior sein, der dieses ganze Vermögen dann erbt. Und wie wir aus alter Erfahrung heraus wissen, sind da schon Leute für deutlich weniger Kohle ums Eck gebracht worden. Oder lieg ich da falsch?«

»Vermutlich ja und nein«, entgegne ich jetzt, allein um seiner Klugscheißerei etwas den Schwung rauszunehmen.

»Geht's etwas genauer?«

»Diese Frage zum Beispiel, die kann ich mit einem glasklaren Ja beantworten. Denn natürlich sind da Leute – wie schon gesagt – für deutlich weniger umgebracht worden. Für eine Halbe Bier sogar. Aber ob der Steckenbiller Simon, also quasi der Junior, das alles erben wird, das weiß ich nicht. Noch nicht. Ist aber wohl schon sehr wahrscheinlich. Allerdings war es ausgerechnet der Steckenbiller Lorenz selber, also der Senior, der bis zuletzt ganz versessen darauf war, dass diese Grundstücke endlich Bauland werden und er es zu Geld machen kann. Das hat mir unser Dorfhäuptling lang und breit am Telefon erzählt.«

»Und jetzt, wo es endlich so weit ist, da soll er verreist sein, wie der Sohn behauptet? Das macht doch keinen Sinn«, überlegt der Rudi. »Da ist doch was faul.«

»Mag sein, aber die Sachen vom Steckenbiller Senior sind andererseits ja auch weg«, antworte ich und entfache damit eine weitere längere Gedenkminute bei meinem aktuellen Gesprächspartner.

»Du … du hast da am Telefon was von einem Goldzahn gesagt. Was ist damit?«, will er dann irgendwann wissen.

»Das ist der hier«, sag ich, steh auf und kram aus den Tiefen meiner Hosentasche das Tempo hervor, wo ich den Zahn gestern eingewickelt habe.

»Das ist jetzt nicht dein Ernst, Franz, oder? Was ist mit den Spuren? Mit der DNA und Pipapo? Hast du eigentlich irgendetwas davon mitgekriegt damals, was auf der Polizeischule so auf dem Plan stand? Irgendetwas? Ich mein: irgendwas Polizeiarbeitsrelevantes? Und nicht nur, dass der Kickerkasten auch prima mit Lire funktioniert?«

»Mit Schillingen ist er übrigens auch gegangen. Ganz einwandfrei«, sag ich, und einen kleinen Moment lang kommt mir die Erinnerung wieder hoch. Was waren das nur für Zeiten! Allein diese Kicker-Turniere … Mannomann, das sind damals schon echte Highlights gewesen. Und sagen wir einmal so, wenn der Rottbacher Sigi nicht gewesen wär … Wenn der nicht ausgerechnet mit links hätte grad so gut schießen können wie mit rechts … Ja, dann wär sonst eh keiner da gewesen, der auch nur den Hauch einer Chance gehabt hätt gegen mich. Nicht die geringste.

»Franz? Hallo-ho«, reißt mich der Rudi nun unsanft aus meinen Memoiren. »Bitte … Ha, bitte, Franz, sag mir nicht, dass du jetzt an diese dämlichen Tischfußballspiele zurückgedacht hast. Und dass dich die Sache mit dem Rottbacher Sigi immer noch ärgert.«

»Welche Sache? Mit wem? Wer soll das sein?«

»Na, dann bin ich ja beruhigt. Können wir weitermachen?«

»Ja, klar. Du, Rudi, hast du eigentlich gewusst, dass es Menschen gibt, die mit der linken Hand genauso gut umgehen können wie mit der rechten? Dass die praktisch alles gleich gut können, egal mit welcher Hand?«

»Ja, natürlich hab ich das gewusst, Franz. Und glaube mir, auch ich kann dich mit links genauso gut in den Arsch treten wie mit rechts. Könntest du dich also bitte wieder aufs Wesentliche konzentrieren?«

Und so gern ich dem Rudi seiner Gehirnakrobatik jetzt auch folgen würde, es geht leider nicht. Weil nun mein Telefon läutet und die Gisela dran ist. Sie sagt, der Max sei nirgends zu finden und dass sie inzwischen schon überall war und nachgefragt hat. Das Gleiche würde im Übrigen auch auf dieses blöde Luder zutreffen.

»Mei, Gisela«, versuch ich sie ein bisschen vom Gas runterzubringen. »Der Max ist halt erwachsen, auch wenn du das immer noch nicht wahrhaben willst. Und jetzt ist er eben verliebt, verstehst. Da macht man halt manchmal seltsame Dinge, du weißt doch selber, wie das ist, oder?«

»Nein, das weiß ich nicht. Ich weiß nur, dass der Max nirgends auffindbar ist, und dieses billige Weibsbild ist es auch nicht.«

»Ja, keine Ahnung. Vielleicht wollen die zwei halt einfach

ein bisschen Ruhe von euch. Grad wo ihr euch so uneinig seid, was die Hochzeit betrifft. Wahrscheinlich wollen die nur, dass ihr euch beruhigt, und sind deswegen erst einmal abgetaucht.«

»So, dann schaust du gefälligst, dass sie wieder auftauchen. Also, zumindest der Max. Was das blöde Weibsbild betrifft, die kannst gern abgetaucht lassen.«

»Drei Tage, Gisela«, entgegne ich und merk relativ klar, wie mir langsam, aber sicher der Grant hochkommt. »Wenn du in drei Tagen noch kein Lebenszeichen hast von ihm, oder meinetwegen auch von ihr, dann kannst du dich gern und jederzeit wieder hier melden. Und keine Sekunde vorher, kapiert? Denn bis dahin hast du Funkstille, haben wir uns da verstanden? Dein Max, der ist nämlich nicht der Einzige, der hier grad abgängig ist.«

»Wenn du den Max nicht gefälligst und umgehend aus deinem Hut zauberst, Eberhofer, dann kannst du die nächsten drei Tage lang fressen, was immer du findest. Von uns kriegst jedenfalls nix. Das gilt im Übrigen auch für deine ganze restliche Sippschaft«, kann ich sie noch keifen hören. Dann ist die Leitung tot.

»Möglicherweise gibt es noch zwei Vermisste«, sag ich mehr so zu mir selbst, als ich es zum Rudi sage.

»Ja, möglicherweise verschwinden jetzt der Reihe nach sämtliche Einwohner hier, und am Ende wird dieses Kaff endlich von einem großen schwarzen Loch verschluckt«, entgegnet der Rudi noch, und ich frage mich, ob ich eine Prise Zynismus dabei raushören kann.

Kapitel 11

Wie schon heute Morgen beim Frühstück achtet der Leopold auch beim Abendessen peinlich genau darauf, dass küchentechnisch alles seine Ordnung hat und sich jeder penibel an seinen ausgetüftelten Abläufen orientiert. Er hat wieder gekocht, was durchaus kein Grund zum Jammern ist. Weil es dieses Mal Schinkennudeln gibt mit gemischtem Salat und es erneut ein Gaumenschmaus ist. Das ganze Drumherum allerdings ist eher frustrierend, wie sich hinterher rausstellen soll.

»Also, alle müssen jetzt zusammenhelfen. Und zwar ausnahmslos, weil ich schließlich auch mal freihaben will. Ich hab mir das so gedacht, du räumst den Tisch ab, Papa«, sagt er, da hat er kaum den ersten Bissen runtergeschluckt, was den Papa dazu nötigt, seine Augen zu verdrehen. »Und am besten macht Franz den Abwasch und die Susi trocknet ab. Und du, Oma, du könntest dann wenigstens alles gleich wegräumen, oder? Das ist ja wirklich nicht zu viel verlangt, denn wenn wir alle ein bisschen zusammenhelfen, dann ist alles wieder ruckzuck blitzeblank und erledigt.«

Den letzten Part schreit er unserem alten Mädchen über den Tisch hinweg zu, und offensichtlich begreift sie die unerfreuliche Botschaft sofort.

»Du kannst mich mal. Ich mach gar nix, du Spinner«, antwortet sie nämlich prompt, schiebt sich noch hastig zwei Gabeln in den Mund, steht auf und verschwindet auch schon in die Diele hinaus, dass man so schnell gar nicht schauen kann.

»Also echt, Leute! Was ist denn das für eine Einstellung«, nörgelt der Leopold nun, nachdem auch von uns anderen keine Hurra-Rufe kommen. »Entschuldigt, wenn ich nerve, aber vermutlich müssen wir da jetzt alle durch. Wenn die Oma nämlich weiterhin streikt, und danach schaut es ja offensichtlich aus, dann muss halt eine andere Lösung her. Und dabei geht es in erster Linie ja noch nicht mal um diesen dämlichen Abwasch hier. Sondern ganz generell um unsere Zukunft. Ich meine, das ist doch unser Zuhause, unser Reich, oder etwa nicht? Wir können doch nicht einfach kapitulieren und dabei zuschauen, wie alles den Bach runtergeht.«

»Okay, Leopold, komm mal runter, ich helf dir«, tut nun die Susi kund, und ich glaube, sie macht das allein schon, um seinem nervtötenden Vortrag ein Ende zu bereiten.

»Das ist nett, Susi. Wirklich. Ich weiß das wirklich zu schätzen, und ich nehm dich natürlich gerne beim Wort. Aber in Zukunft, da muss grundsätzlich so was wie ein Arbeitsplan her, versteht ihr? Und der muss dann auch für alle gelten. Und zwar ausnahmslos. Denn schließlich kann nicht ich auf Dauer den kompletten Haushalt hier schmeißen. Immerhin hab ich eine Buchhandlung und eine Familie, um die ich mich kümmern muss. Deswegen werden wir hier in Zukunft alle mit anpacken. Also abwechselnd staubsaugen oder Fenster putzen und lauter so Zeug.«

»Wieso?«, muss ich jetzt wissen.

»Weil das halt einfach gemacht werden muss. Und jetzt sowieso wegen Frühjahrsputz halt. Und da es eben viel Arbeit ist, drum machen wir das gemeinsam. Deswegen fangen wir heute schon mal mit dem Abwasch an, gell. Sozusagen als Probelauf.«

»Du, Leopold, bei mir schaut das eher grad schlecht aus, weil ich gleich noch mit dem Paul ins Stadion rübermuss. Zum Fußballtraining, gell, Pauli?«, sagt der Papa und erntet damit prompt einen erstklassigen Schmollmund von seinem Enkel. Also wenn es eines gibt, das er mit Sicherheit von der Susi hat, dann ist es dieser Schmollmund. Im Grunde beherrscht er den ja jetzt schon besser, als sie es tut.

»Du, Papa«, muss ich mich aber dennoch kurz einmischen. »Die Susi und ich, wir haben beschlossen, dass wir das mit dem Fußball fürs Erste mal lieber lassen. Weißt, der Paul, der hat da irgendwie gar keinen rechten Spaß dran, und wenn man mal ehrlich ist, dann ist er ja auch nicht besonders geschickt mit dem Ball und …«

»Ja, und genau aus diesem Grund soll er eben auch ins Training, verstehst. Damit er es lernt«, unterbricht er mich prompt.

»Aber schau, es muss doch nicht ein jeder Fußball spielen können«, zitier ich nun mal die Susi, und im Grunde bricht es mir beinah das Herz.

»Ein Kerl, der nicht Fußball spielen kann, ist ein Krüppel. Von wem stammt dieser historische Spruch? Na, von wem, Franz?«, fragt der Papa nun ein bisschen arg provokant und wirft mir einen entsprechenden Blick über den Tisch. »Außerdem, und das wirst du ja wohl selber am besten wissen, warst du am Ball auch nie ein Ass. Da fällt der Apfel wohl nicht weit vom Stamm.«

Also, das ist ja jetzt wohl das Letzte! Lächerlich ist das. Wo ich sozusagen der geborene Fußballgott war, und zwar weit und breit. Das ist quasi legendär und müsste sogar der Papa noch wissen. Und genau aus diesem Grund kommt mir jetzt die wohl mehr als berechtigte Sorge hoch, dass er mittlerweile und vielleicht auch rein altersbedingt erinnerungsmäßige Defizite zu verzeichnen hat. Hoffentlich wird er uns jetzt nicht auch noch dement. Das würd uns momentan wirklich noch fehlen, wenn wir neben der Oma einen weiteren Totalausfall zu verbuchen hätten. Was sich momentan jedoch weder aufklären lässt noch eine größere Rolle spielt. Weil er aktuell eh nur drauf besteht, endlich mit dem Paul zum Fußballtraining zu fahren. Ob jetzt eher sein sportlicher Ehrgeiz der Grund dafür ist oder weil er sich doch ganz profan einfach vor diesem dämlichen Küchendienst drücken will, das bleibt dahingestellt.

»Wir sind dann also mal weg«, sagt er schließlich in einem Ton, der ohnehin kein Widerwort duldet, steht auf und schaut den Paul auffordernd an.

»Und was bitteschön ist mit dem Abwasch?«, versucht es der Leopold trotzdem, erhebt sich nun ebenfalls und stellt sich mit verschränkten Armen in die Küchentür. »Du kannst hingehen, wo immer du willst, Papa. Aber zuvor wirst du noch diesen verdammten Tisch abräumen. Hörst du? Also auf geht's, worauf wartest du? Das ist jetzt übrigens ein … das ist ein Befehl.«

»Geh mir bloß aus dem Weg, du Küchen-Hitler«, kriegt der Leopold es retour, schüttelt den Kopf und lässt die Fußballfraktion schließlich passieren.

Zu einem Zeitpunkt, den er nicht besser hätte treffen können, kommt ausgerechnet in dieser Sekunde ein Anruf vom Birkenberger Rudi.

»Du, sorry, Leopold«, sag ich und halte praktisch rein zu meiner Verteidigung das Telefon in die Höh. »Aber das hier ist erstens wichtig und zweitens ist es auch dienstlich.«

»Das nenn ich mal eine Punktlandung, Bruderherz. Und wer zum Teufel macht jetzt diese ganze Scheißarbeit hier?«

»Ja, keine Ahnung«, ruf ich noch über meine Schulter hinweg. Doch dann bin ich auch schon auf dem Weg zu meinem Wagen.

Wie ich nach dieser schier endlosen Haushaltsdiskussion endlich meine gesamte Konzentration auf den Rudi verlagern kann, übernimmt der wie bei einem Staffellauf quasi gleich den Stab vom Leopold und geht mir statt seiner auf die Eier. Weil er nämlich prompt wissen will, ob ich denn schon irgendwie in die Gänge gekommen bin, was unseren Goldzahn so betrifft. Weil er halt der Meinung ist, dass uns beispielsweise ein Zahnarzt bei der Suche nach dessen ehemaligem Besitzer womöglich durchaus nützlich sein könnte. Ja, vermutlich liegt er da nicht so verkehrt. Und drum muss ich in diesem Zusammenhang dann leider zu einer winzigen Notlüge greifen. Indem ich einfach behaupte, das hätte ich längst schon getan. Und ob er denn glaubt, dass ich auf der Brennsuppen dahergeschwommen bin, setz ich sogar noch eins drauf. Weil schließlich und endlich gehört es mit zu den ersten ermittlungstechnischen Schritten, dass man sich, wie in diesem Fall, eine zahnärztliche Diagnose einholt. Und genau deshalb muss ich unser Gespräch an dieser Stelle auch schon wieder beenden. Weil ich mich ja geradezu dazu genötigt fühl, den ganzen Abend und bis in die späte Nacht hinein nach sämtlichen Praxen im näheren Umland zu forschen. Den ganzen nächsten Vormittag bin ich dann übrigens damit beschäftigt, alle der Reihe nach abzuklappern, um möglicherweise irgendeinen brauchbaren Hinweis auf diesen elendigen Goldzahn zu finden. Und da es sich obendrein um einen Eckzahn handelt und solche ja eher selten vergoldet werden, kann ich schon rein durch ein Ausschlussverfahren relativ viel in Erfahrung bringen. Gegen Mittag bin ich schließlich fertig. Das Ergebnis allerdings dürfte ebenso eindeutig wie unbefriedigend sein. Einfach, weil es offenbar keinen einzigen Dentisten geben will, der je einen goldenen Eckzahn verarbeitet hätte oder auch nur je einen gesehen haben will. Allein die Vorstellung davon finden die meisten haarsträubend und lächerlich. Und so nachvollziehbar diese Erkenntnis auch ist, so zermürbend ist sie auch. Weil ich dadurch keinen einzigen Schritt weiter bin.

Ich hock an meinem Schreibtisch und schau mir dieses Foto noch mal an. Also praktisch das von jenem Klassentreffen, wo ich neulich bei der Mooshammer Liesl mitgenommen und somit sichergestellt habe. Und ich muss sagen, ja, da ist schon was dran. Denn obwohl der Steckenbiller Lenz auf diesem Bild wirklich nur ansatzweise lächelt, kann man ihn sehr deutlich funkeln sehen. Diesen goldenen Eckzahn. Und allzu viel Fantasie braucht es da freilich nicht, dass dir ein Vampir in den Kopf schießt. Ganz klar. Was aber in diesem Fall eher wurst ist. Weil es ja doch relativ unwahrscheinlich ist, dass der Steckenbiller inzwischen zur Fledermaus mutiert ist und mit dem Kopf nach unten von irgendeiner Decke hängt. Und grad will ich dem Rudi von meinen aktuellsten Erkenntnissen so erzählen, wie ein Auto vorm Rathaus anrollt. Es ist der Simmerl, der jetzt aussteigt.

»Du, Rudi. Ich melde mich gleich noch mal«, sag ich deswegen. Aber nein, sagt er. Das würd gar nicht notwendig sein, weil er ohnehin grad auf dem Weg zu mir ist und in Kürze eh hier sein müsste.

»Franz, es ist die Hölle«, stöhnt nur Augenblicke später mein unerwarteter Besucher, während er schwer schnaufend im Türstock lehnt. Er wirkt abgekämpft, frustriert und müde. Und so mach ich mich erst mal auf den Weg zur Kaffeemaschine, was ich heute relativ entspannt angehen lassen kann. Weil die Jessy aktuell nämlich krankgeschrieben und somit das Büro der Verwaltungsschnepfen verwaist ist. Denn wie wir ja alle schon wissen, hat sich die Susi schon längst das bürgermeisterliche Büro unter den lackierten Nagel gerissen.

Der Simmerl freut sich über den Kaffee, lässt sich in den Stuhl visavis plumpsen und nimmt erst mal einen ganz großen Schluck. Dann noch einen und noch einen. Irgendwie hat es beinah den Anschein, als würde er mit jedem Schluck Kaffee mehr und mehr zur Ruhe kommen. Erst wie die Tasse leer ist, beginnt er zu erzählen. Mit der Gisela, sagt er, da ist es kaum noch auszuhalten. Die würde mittlerweile völlig am Rad drehen. Wär sie ja seit diesen dubiosen Hochzeitsplänen ohnehin schon ziemlich gereizt gewesen, ist jetzt, wo der Max abgängig ist, praktisch völlig Land unter. Und er muss das nun ausbaden, der arme Simmerl. Rund um die Uhr sozusagen. Also in der Metzgerei genauso wie in den Privatgemächern. Der arme Kerl ist ja komplett am Ende. Hat sich daheim sogar schon ins Klo eingesperrt, nur um diesem ehelichen Dauergekeife für ein paar Minuten zu entkommen. Aber selbst da brüllt sie ihm noch durch die Klotür hindurch. Es gibt kein Entrinnen. Und ja, es gibt praktisch auch kein anderes Thema mehr. Nullkommanull. Und das, obwohl der Max doch seit Jahren volljährig und den elterlichen Wänden längst entschlüpft ist. Seit aber dieses ominöse Weibsstück auf dem Parkett steht, seitdem ist für die Gisela einfach eine Welt zusammengebrochen. Und nun ist der Max plötzlich auch nicht mehr greifbar, und somit kann sie ihn auch keiner ständigen Gehirnwäsche mehr unterziehen.

So könnte man fast sagen: Seit der Junior aus dem Schussfeld ist, muss der Senior als Zielscheibe herhalten. Und wenn es nicht so traurig wär, da wär's ja schon fast wieder lustig. Weil der Simmerl in seiner eigenen Jugend ja was ganz Ähnliches erleben hat müssen. Denn auch dem seine Mutter war mit seiner Brautwahl seinerzeit alles andere als einverstanden. Und das hat er ihr auch gesagt, seiner Gisela. Gisela, hat er gesagt. Meine Mama, die hätt sich damals auch eine ganz andere Schwiegertochter gewünscht. »Muss es denn unbedingt die Dicke mit der Warze sein«, hat sie mich nämlich damals gefragt. Und ja, hab ich gesagt, die muss es sein. Aber irgendwie hat das die Gisela gar nicht recht hören wollen. Das kann man doch gar nicht vergleichen, hat sie bloß bockig erwidert. Und, dass es heutzutag doch wohl auch völlig andere Zeiten sind.

»Da kommst du nicht durch«, sagt der Simmerl abschließend und stellt seine leere Tasse am Tisch ab. »Das Weib ist wie verbohrt. Aber wegen was ich hauptsächlich da bin, Franz. Sag mal, kannst du denn nicht schauen, dass wir den Buben finden, damit zumindest ansatzweise endlich wieder so was wie Frieden einkehrt bei uns daheim? Sodass sie wenigstens den Max zusammenfalten kann und mir meine Ruhe lässt?«

»Nein«, sag ich wahrheitsgemäß. »Zunächst einmal nicht. Weil, wie du ja schon gesagt hast, euer Max ist erwachsen. Und deshalb kann ich da gar nichts unternehmen. Also zumindest eben im Moment nicht.«

»Ja«, sagt der Simmerl und steht auf. »Herzlichen Dank

auch. Dann kann ich aber auch nichts dagegen unternehmen, wenn euch die Gisela bis auf Weiteres nix mehr verkaufen wird.«

»Da musst dir keine Sorgen machen, Simmerl. Wir werden schon nicht verhungern deshalb. Die Oma, die hat Vorräte angelegt, da würdest du staunen.«

»Würd ich nicht. Zumindest im Normalfall. Schließlich bin ich ja immer derjenige gewesen, dem sie seit Jahren sämtliche Angebote leergekauft hat. Aber das tut sie nun ja schon seit Wochen nicht mehr. Und irgendwann werden auch eure Vorräte aufgebraucht sein. Heute beim Wolfi?«

»Heute beim Wolfi«, kann ich grad noch entgegnen. Er tippt sich noch kurz einen Gruß an die Stirn, und dann fällt auch schon die Tür ins Schloss.

Ich lehn mich erst mal zurück und leg die Haxen auf den Schreibtisch. Wenn ich jetzt so nachdenk, muss ich schon sagen, dass ich es zumindest irgendwie fragwürdig find, wenn Mütter sich in die Partnerwahl ihrer Sprösslinge einmischen. Oder Großmütter, wie in speziell meinem eigenen Fall. Denn angenommen die Oma, die würd mir nicht schon jahrelang vorbeten, was für eine großartige Frau die Susi doch ist und dass ich im Leben keine bessere mehr finde, wer weiß, womöglich wären wir dann ja schon längstens verheiratet. Die Susi und ich. Wogegen mir dabei grad einfällt, dass sich beim Leopold seinen Weibern die Verwandtschaft immer schön rausgehalten hat. Vermutlich sind die alle einfach froh gewesen, dass sich überhaupt jemals irgendeine für ihn interessiert hat. Drum hat da wahrscheinlich keiner was gesagt. Wobei das nicht ganz stimmt. Ganz in meinem Hinterstübchen hab ich eine dunkle Erinnerung. Und zwar die, dass der Papa immer kurz vor der jeweiligen Hochzeit zu den jeweiligen Auserwählten vom Leopold (und das waren immerhin drei) gesagt hat, sie könnten es sich noch überlegen. Sie könnten noch abhauen. Jetzt wär die letzte Gelegenheit. Die allerletzte wahrscheinlich. Aber ich glaub, das haben die drei Mädels gar nicht richtig ernst genommen und dachten viel eher, das wär ein Spaß. War es aber nicht.

Doch jetzt bin ich völlig vom Simmerl und seinen Sorgen und Nöten abgeschweift. Ich jedenfalls könnte wetten, wenn ihm seine Mutter damals nicht ständig die Dicke mit der Warze madig gemacht hätte, dann wär seine Wahl vermutlich gar nicht auf die Gisela gefallen. Hundertprozentig nicht. Oder ... oder gehen wir noch einen kleinen Schritt weiter: Wenn seine Mutter sogar zu ihm gesagt hätte: Nimm doch die Dicke mit der Warze, Bub! Dann hätte der vermutlich geantwortet: Warum soll ich denn die Dicke mit der Warze nehmen, wenn ich beispielsweise auch die Dünne mit den Titten haben kann? Und dann hätt er wohl auch die Dünne mit den Titten genommen. Das vielleicht nur zum besseren Verständnis, warum es wenig zielorientiert ist, sich in derlei Entscheidungen einzumischen. Weil wenn er die Gisela nicht genommen hätte, dann würde es natürlich auch seinen Max gar nicht geben und somit würde er jetzt auch keine Probleme haben. Zumindest nicht diese. Aber wer kann schon wissen, was ihm stattdessen geblüht hätte? Bei der Dünnen mit den Titten meinetwegen. Das muss man dann schon auch einmal sagen.

Kapitel 12

Mitten in meinen ganzen Gedankenwirrwarr über diverse Partnerschaften oder solche, die es möglicherweise hätte geben können, platzt nun der Rudi herein. Und ja, den hatte ich völlig vergessen. Und obwohl ich mir wirklich die allergrößte Mühe geb, ihn das nicht merken zu lassen, merkt er es natürlich trotzdem sofort.

»Du hast mich vergessen, gib's zu«, sagt er, stemmt theatralisch seine Hände in die Hüfte und starrt mich dabei an, wie wenn er so eine Art Empörung zum Ausdruck bringen will.

»Ja, Rudi, tatsächlich. Ich hab dich vergessen«, entgegne ich, weil ich erstens keinen Bock habe, mich jetzt schauspielerisch in irgendeiner Weise verausgaben zu müssen, und er es mir zweitens sowieso nicht abkaufen würde. Wir kennen uns nun halt schon seit gefühlt hundert Jahren, und zwar wie aus dem Effeff heraus. Was manchmal hilft und meistens nervt.

»Jetzt pass mal auf, Franz. Ich hab dich nun geschlagene zwanzig Minuten lang durchs Fenster beobachtet …«

»Du hast mich jetzt geschlagene zwanzig Minuten lang durchs Fenster beobachtet?«, frag ich, weil mir da direkt die Spucke wegbleibt.

»In der Tat, das hab ich. Und zwar, ich betone es gerne noch einmal, geschlagene zwanzig Minuten lang.«

»Und warum genau machst du das, Rudolf Birkenberger? Ist dir grad irgendwie langweilig, oder was? Hast du nichts Sinnvolleres zu tun in deinem Leben oder mutierst zum Spanner?«

»Nein, ich finde das durchaus sinnvoll. Sehr sogar. Weil ich einfach mal einen Eindruck bekommen wollte, was er denn so treibt, der Franz. Wenn er in seinem Büro sitzt und eigentlich irgendwas arbeiten müsste.«

»Und? Was treibt er so, der Franz?«

»Nix. Er treibt gar nichts. Das ist ja das Faszinierende daran. Weil du nämlich nur mit hochgelegten Haxen an deinem Schreibtisch herumhockst, ein- und ausatmest und ansonsten bloß Löcher in die Luft starrst.«

»Ich starr keine Löcher in die Luft, Rudi. Ich denke, verstehst.«

»Ha! Du ›denkst‹! Quatschi, quatschi, du ›denkst‹!?«

»Ja, ob du's glaubst oder nicht, ich denke und starre keine Löcher in die Luft. Und das ist ein gravierender Unterschied. Ich denke nach, verstehst du. Was dir im Übrigen manchmal auch nicht schaden tät, besonders bevor du solch einen Müll raushaust wie gerade jetzt.«

»Aha. Du denkst also nach. Und worüber denkst du so nach, wenn die Frage gestattet ist?«

»Ja, mei, über dies und das. Über das Leben halt«, sag ich und schau aus dem Fenster. Er hat immer noch seine depperten Hände in seine depperten Hüften gestemmt, steht quasi mittig in meinem Büro und hört nicht auf, mich anzustarren: irgendwie nervig und provokant halt.

»Über das Leben denkst du nach, soso. Das ist allerdings interessant. Aber vielleicht solltest du stattdessen ja lieber mal über den Tod nachdenken. Oder besser gesagt über mögliche Tote. Über diesen Steckenbiller zum Beispiel.

Ich mein natürlich nur, wenn's dir nicht ungelegen kommt, denn immerhin wär das ja auch deine verdammte Aufgabe, oder nicht? Aber wenn du natürlich lieber weiterhin Löcher in die Luft starrst …«

»Bislang ist der Steckenbiller nicht tot, sondern nur verschwunden«, muss ich hier jetzt kurz reingrätschen, auch wenn ich da mittlerweile meinen Arsch nicht mehr drauf verwetten würde.

»Wenn dem so wäre, lieber Franz, dann solltest du mir aber gefälligst mal erklären, warum der Wilhelm dort draußen auf diesem dämlichen Acker grad regelrecht ausgeflippt ist. Also exakt auf dem Acker, wo dieser Spezi von deiner Oma, also der Geologe, grad zuvor auch unseren Goldzahn aufgespürt hat«, spricht er weiter, und zwar in Rätseln.

»Und wer zum Teufel ist der Wilhelm?«, muss ich deshalb nachfragen. Nun huscht ihm ein breites, überlegenes Grinsen übers Gesicht, doch wenigstens nimmt er endlich seine depperten Hände aus den depperten Hüften und gesellt sich neben mich ans Fenster rüber.

»Der da draußen in meinem Wagen, das ist der Wilhelm. Der, der dort hinten auf meiner Rückbank sitzt und mir die Scheiben vollhechelt. Der Wilhelm, das ist ein Leichenspürhund, den ich mir sozusagen heut kurzfristig ausleihen konnte, verstehst? Allerdings sollte er auch pünktlich um fünf Uhr wieder bei seinem Herrle zurück sein«, antwortet er verhältnismäßig stolz und schaut aus dem Fenster. Und ja, er hat recht. In seinem Auto hockt ein Hund, welcher ihm die Scheibe vollhechelt. Im Grunde kann man den Hund im Auto kaum noch erkennen, hinter diesen ganzen vollgehechelten Scheiben drum rum.

»Wie kommst du denn zu einem Leichenspürhund?«, frag ich, weil mich das jetzt echt interessiert.

»Ich bin ein Privatdetektiv, Franz. Schon vergessen? Und als Privatdetektiv, da musst du natürlich so deine Kontakte haben, um so ziemlich an alles ranzukommen, was du für dieses Berufsbild eben so brauchst. Sonst kannst du nämlich gleich einpacken. Aber woher solltest du das auch wissen, gell? Aber wurst. Wie gesagt, kommen wir zwei Hübschen eben grad von diesem Acker, wo der Wilhelm eine Fährte aufgenommen hat. Und zwar ganz zweifelsohne eine Fährte von menschlichen Überresten, woraufhin er eben ganz gezielt ausgebildet wurde, der Wilhelm. Und wie erwartet hat er seine Arbeit erstklassig gemacht. Ich hab's sogar auf Video. Apropos Wilhelm, ich geh mal lieber kurz raus und mach ihm eins von den Autofenstern auf. Nicht, dass er mir am Ende noch erstickt. Du kannst ja derweil schon mal überlegen, wie wir jetzt weiter vorgehen wollen?«

Wie wir weiter vorgehen wollen? Ja, keine Ahnung! Immerhin hab ich davor noch nie in einem Fall ermittelt, wo es keine Leiche gibt, sondern nur einen güldenen Eckzahn und die bizarre Einschätzung vom Rudi beziehungsweise dessen fragwürdigem Leichenspürhund. Und je mehr ich nun durch das inzwischen offene Fenster von diesem Profischnüffler erkennen kann, desto mehr wächst mein Zweifel an seinen gepriesenen Fähigkeiten. Und zwar nicht nur, weil er immer noch hechelt und hyperventiliert wie ein stark Asthmakranker. Nein, irgendwie hab ich generell das Gefühl, dass er nicht so besonders fit, sondern eher sehr alt und gebrechlich ist. Ehrlich gesagt, hat mein Ludwig – Gott hab ihn selig – noch wenige Stunden, bevor er mir dann im Wald weggestorben ist, einen deutlich rüstigeren Eindruck gemacht.

»Der Jüngste ist er aber auch nicht mehr, dein Wilhelm«,

muss ich deswegen gleich loswerden, kaum dass der Rudi zurück ist.

»Das mag wohl stimmen, denn immerhin ist er ja auch schon über ein Jahr in Pension. Übrigens genau wie sein Herrle, ein ehemaliger Hundestaffelführer. Doch er muss ja auch keinen Marathon laufen, der Wilhelm. Sondern einfach nur Leichen aufspüren, so wie er das halt sein ganzes Leben lang gemacht hat. Oder eben Leichenteile, wie in unserem Fall. Und das hat er getan, wie wir anhand unserer Ausbeute sehen, und zwar mit Bravour«, kann der Rudi noch siegessicher entgegnen, wie plötzlich zwei, drei … nein, warte … vier Polizeikastenwagen am Rathaus vorfahren.

»Ah, da sind sie ja schon«, trällert der Rudi nun, und zwar just in dem Moment, wo obendrein noch mein Telefon läutet. Was ist denn heute wieder los? Im ersten Moment weiß ich jetzt gar nicht, worauf ich mich zuerst fokussieren soll.

»Eberhofer«, sag ich, wie ich mich schließlich fürs Telefon entscheide.

»Sind sie schon da?«, tönt es nun aus dem Hörer und es ist eindeutig die Stimme vom Richter Moratschek.

»Wer?«

»Ja, wer wohl? Die Spusi halt. Sagens einmal, Eberhofer, sind Sie wieder mal gar nicht im Bilde, oder was? Der Birkenberger, der hat mich doch grad noch angerufen, ’zefix. Und hat von seinem zunächst zwar eher mutmaßlichen, aber aller Wahrscheinlichkeit nach dennoch grandiosen Fund erzählt. Und da hab ich natürlich gleich die Kollegen von der Spusi verständigt. Ja, was denn sonst? Schließlich müssen jetzt so schnell wie möglich die Spuren gesichert werden. Also, was ist los, sind sie jetzt schon da oder nicht?«

»Doch, doch. So wie's ausschaut, sind sie da«, antworte ich, während ich durchs Fenster hindurch den Rudi beobachten kann, wie er mordswichtig von Polizeiwagen zu Polizeiwagen wieselt und Anweisungen verteilt. Großer Gott, schau runter!

»Hervorragend, Eberhofer«, kann ich den Moratschek nun weiter vernehmen. »Das ist wirklich hervorragend. Dann sinds doch so gut und zeigens den Kollegen am besten gleich, wo sich dieser ominöse Acker befindet, damit die ihre Arbeit aufnehmen können.«

Und keine halbe Stunde später, kaum dass wir an diesem unsäglichen Acker endlich eingetroffen sind, da beginnt es zu schütten, so was hab ich echt selten gesehen. Es bleibt mir ja praktisch gar nichts anderes über, als im Wagen sitzen zu bleiben, so gern ich auch tatkräftig mit anpacken tät. Aber mein Scheibenwischer schafft es ja noch nicht mal, mir eine freie Sicht auf das Geschehen da draußen zu verschaffen. Und ehrlich gesagt, wenn man nix tut und obendrein noch nicht mal sehen kann, was die anderen tun, dann ist ein weiteres Verweilen hier genauso spannend wie ein Tanztee in Bad Griesbach. Aus diesem Grund fahr ich dann lieber ins Büro zurück und harre der Dinge, die da kommen. Die Susi ist die Erste, die kommt. Sie ist wieder schick wie aus einem Journal geplumpst und streckt ihre perfekte Aufsteckfrisur auch nur einen Spaltbreit durch meine Bürotür hindurch. Weil sie im Grunde auch bloß kurz nachfragen will, ob ich den Paul heute eventuell noch einmal abholen könnte. Immerhin hätte sie um Punkt vier eine unumgängliche Gemeinderatssitzung, und zwar wegen den neuen Baugrundstücken, und deswegen würde sie es selber nicht schaffen. Jetzt werde ich hellhörig.

»In dieser Sitzung, geht's da möglicherweise auch um die Grundstücke von den Steckenbillers?«, muss ich nun wissen, womit ich ein Augenrollen bei der Susi auslös.

»Ja, natürlich geht's auch um diese, Franz. Aber ehrlich gesagt, wenn du auch nur einmal den Aushang am Schwarzen Brett lesen würdest, oder wenigstens den internen Verteiler, dann wüsstest du immer und zu jeder Zeit, was auf der Tagesordnung steht. Dort kann man solche Informationen nämlich finden«, antwortet sie ziemlich bürgermeisterlich.

Und trotzdem hat sie damit wohl recht. Wenn ich zu meiner Verteidigung auch sagen muss, dass es bei diesen besagten Tagesordnungspunkten sonst eher darum geht, wann die Papiertonne das nächste Mal geleert werden wird. Oder ob wir in Zukunft lieber ein ColaMixx statt einem Spezi im gemeindeeigenen Kühlschrank hätten. So richtig spannend sind diese Infos also in der Regel eher nicht.

»Also, wie schaut's aus? Erde an Eberhofer«, sagt sie weiter, und ihr Tonfall färbt sich langsam ins Ungeduldige. »Kannst du das Paulchen jetzt holen, oder nicht?«

»Eher nicht. Nein, Susimaus, da muss ich leider passen. Weil diese Sitzung heute, die ist nämlich aller Wahrscheinlichkeit nach auch für meinen aktuellen Fall von brisanter Wichtigkeit. Und deshalb muss ich da selber hin«, entgegne ich.

»Ich leite diese Sitzung, Franz. Und wie du weißt, beginnt eine Sitzung mit einer Begrüßung. Mit meiner Begrüßung, um genau zu sein. Ihr werdet also alle auf mich warten müssen …«

»Das ist kein Problem, lass dir ruhig Zeit. Wir können ja schon mal ein Bier trinken derweil«, kann ich grad noch entgegnen, bevor mit einem Wumms die Bürotür zuknallt.

Irgendwie ist es grad echt nicht so geschmeidig mit ihr. Denkt sie ernsthaft, dass ich für ihren Stellvertreterjob meine eigenen Aufgaben hinten anstell? Die Verantwortung meinen Mitbürgern gegenüber? Dass ich einen möglichen Mörder frei rumlaufen lasse, nur damit sie ihr Grußwort pünktlich abliefern kann?

Irgendwann später ruft dann der Birkenberger an, um mitzuteilen, dass die Spurensicherung mittlerweile abgeschlossen ist, die Fundstücke ordnungsgemäß eingesammelt und abtransportiert sind, der arme Wilhelm aber jetzt rein wetterbedingt von oben bis unten voll eingesaut wär. Und er will wissen, ob er ihn denn möglicherweise bei mir daheim ganz kurz baden könnte. Weil er ihn halt ums Verrecken nicht in diesem grausigen Zustand zu seinem Herrle zurückbringen kann. Nein, sag ich. Nicht kurz und nicht lang, sondern er kann ihn überhaupt nicht baden. Allein schon wegen dem ganzen Neubau und so. Doch so schnell lässt er nicht locker, der Rudi. Weil ihm nun nämlich mein Saustall als potenzieller Wellnessbereich für betagte Leichenspürhunde in den Sinn kommt. Denn dort wär's schließlich egal, sagt er. Ist es aber nicht. Denn nicht umsonst ist es ja mein heiliger Saustall, gell. Und bevor sich der arme Rudi nun in Rage und mich um den Verstand textet, muss ich ihm kurzerhand einen Alternativvorschlag machen, dass er den blöden Köter doch in die Waschstraße bringen kann. Dort kenn ich nämlich auch den Besitzer, und der hat mir schon des Öfteren die eine oder andere, sagen wir, eher unkonventionelle Reinigung durchgehen lassen. Bei unseren Gartenmöbeln meinetwegen. Da leih ich mir dann immer den Sauhänger vom Simmerl aus, pack die Möbel drauf und zurre sie fest. Und dann geht es quasi auch schon mit

Volldampf durch exakt diese Waschstraße hindurch. Hinterher ist alles blitzeblank sauber und praktisch wie neu, samt dem Hänger vom Simmerl, und alle sind zufrieden. Win-win-Situation, quasi.

Der Rudi allerdings, der findet meinen Vorschlag eher unbefriedigend und will wissen, ob ich denn auch meinen Ludwig dort durchgejagt hätte. Selbstverständlich, sag ich. Hunderte Male. Was ja auch stimmt. Wobei ich jetzt schon sagen muss, dass der Ludwig freilich schon immer brav bei mir im Auto war und nicht etwa dort hinten im Hänger. Schließlich bin ich nicht irre. Der Birkenberger aber, der sieht das Ganze wohl anders, weil er nämlich sagt, ich wär nicht ganz dicht. Dann legt er mir auf.

Nur einige Atemzüge später aber läutet mein Telefon erneut, und gleich denk ich mir so: Ja, klar. Jetzt tut's ihm auch schon wieder leid, dem Rudi. Deshalb lehn ich mich weit in meinem Sessel zurück, um seine kleinlaute Abbitte nur ja auch gebührend genießen zu können. Doch dazu kommt es erst gar nicht. Weil erstens ist der Anrufer gar nicht der Rudi, sondern der Leopold, und zweitens vernehme ich keine Entschuldigung, sondern eher einen Vorwurf. Womit meine ganze Vorfreude freilich auch schon wieder dahin ist.

»Das ist wirklich der Gipfel, Franz. Wir kriegen kein Fleisch und keine Wurst mehr vom Simmerl. Du musst da sofort was tun«, sagt er. »Ich bin nämlich grad dort gewesen, um fürs Abendessen einzukaufen. Und die Gisela hat gesagt, dass sie lieber ihre gesamten Vorräte in den Gully kippen würde, bevor sie einem von uns Eberhofers auch nur ein einziges Raderl Wurst verkaufen tät. Natürlich wollte ich dann wissen, weswegen. Und da hat sie gesagt, ich soll meinen beschissenen Bruder fragen, womit sie vermutlich dich gemeint hat. Also, was zum Teufel ist da los, Franz?«

»Schau einfach in die Tiefkühltruhe, Leopold. Da muss doch noch einiges drin sein, oder?«, frag ich retour, wobei mir über der Gisela ihre Manieren jetzt direkt der Hals anschwillt.

»Ja, ja, da ist schon noch was drin. Aber eigentlich wollte ich heute mal nichts kochen, weil ich mich ja schließlich auch mal wieder um meine Buchhandlung kümmern muss. Es ist nämlich schon ziemlich zeitintensiv und stressig, so Tag für Tag ein Abendessen für so einen Haufen Leute zu zaubern. Drum hätt ich jetzt einfach nur schnell eine kalte Platte bestellen wollen, und fertig. Aber wie gesagt, die Gisela, die rückt kein einziges Raderl Wurst heraus.«

»Schau einfach in die Tiefkühltruhe und koch uns was Feines, Leopold.«

»Franz, mir platzt echt gleich der Kragen! Ich hab nämlich noch so was wie ein eigenes Leben, stell dir vor. Ich hab eine Firma und ich hab eine Familie, um die ich mir momentan echt große Sorgen mache und die ich schon wochenlang nicht mehr gesehen hab. Weißt du eigentlich, was ich da grad durchmach?«

»Aber schau, Leopold, genau aus diesem Grund ist es doch ohnehin das Beste, wenn du uns was Feines kochst. Es wird dich wunderbar ablenken, dich auf andere Gedanken bringen. Was meinst? Ein feines Rahmgeschnetzeltes vielleicht? Mit Spätzle«, schlag ich so vor und merke prompt, wie mir das Wasser im Mund zusammenläuft.

»Ach, leck mich am Arsch«, kann ich noch hören. Dann ist die Leitung tot.

Bin ich jetzt eigentlich von lauter Irren umzingelt, oder was? Der Leopold mit seinen Sorgen und Nöten privater und beruflicher Natur. Die Susi, vom Ehrgeiz zerfressen und komplett dem Karrierewahnsinn verfallen. Eine Oma, deren jahrzehntelange familiäre Verpflichtungen jüngst einem zwar durchaus nachvollziehbaren, aber dennoch egozentrischen Phlegmatismus geopfert werden. Und als würde dies alles nicht reichen, hab ich hier ein paar sonderbare Leichenteile sowie einen Langzeitvermissten auf dem dienstlichen Buckel. Jackpot quasi.

Kapitel 13

Wie zweifelsohne vorauszusehen war, startet die Gemeindesitzung natürlich nicht pünktlich um vier. Was jedoch nicht allein daran liegt, dass die arme Susi um diese Zeit den Paul von der Kita abholen muss. Sondern auch, weil ausgerechnet heute so arg viele Mitbürger das offensichtliche Bedürfnis verspüren, daran teilhaben zu wollen, sodass wir kurzerhand umziehen müssen. Und zwar vom Sitzungssaal von unserem schönen Rathaus rüber in die Turnhalle von der Schule. Fast könnte man meinen, ganz Niederkaltenkirchen sei auf den Beinen, was durchaus ungewöhnlich ist. Und als die Susi dann mit einstündiger Verspätung endlich das Grußwort spricht, da ist sie komplett durchgeschwitzt, auffallend nervös und hat obendrein noch das Paulchen auf dem Arm. Trotzdem könnte man eine Stecknadel fallen hören, so leise ist es plötzlich im Raum. Ob es der erste öffentliche Auftritt von der Susi ist, der die Massen nun hierher getrieben hat, oder eher die Sache mit den Baugrundstücken, bleibt mir vorerst ein Rätsel und ist im Grunde auch wurst. Je länger ich meinen Blick nun durch die Reihen schweifen lasse, desto mehr wird klar, dass aus fast jedem hiesigen Haushalt mindestens ein Vertreter hier anwesend ist. Das ist allerhand und in unserer Dorfgeschichte vermutlich einmalig. Und wenn der Bürgermeister davon erfährt, dann wird er sich wohl ziemlich ärgern und womöglich so lang in seinem Krankenbett umdrehen, bis sein zweiter Hax auch noch im Arsch ist, jede Wette. In einer der hinteren Reihen kann ich nun den Papa erkennen, der neben der Steckenbiller Josefina steht und mir erst vorwurfsvolle Blicke sendet, um anschließend nach vorne zu eilen und der Susi den Paul abzunehmen, was sie sichtlich erleichtert.

Dann geht's auch schon los. Und zunächst einmal ist der Ablauf der Sitzung sehr gesittet, die Leute hören aufmerksam zu, und die Susi wird auch mit jedem Wort gelassener. Sehr souverän. Alle Achtung, muss ich da sagen. Sie erklärt die Notwendigkeit der Erweiterung des Kindergartens genauso einleuchtend wie den Ausbau des Internets. Und auch das Thema Biotonnen hat sie einem jeden hier ratzfatz plausibel gemacht, und somit ist auch das rasch vom Tisch. Erst als man zum Tagesordnungspunkt der neuen Baugebiete gelangt, da wird es schlagartig lauter und unruhig unter den Leuten, was wohl zum größten Teil daran liegen mag, dass der eine Teil dafür ist und der andere dagegen. Aber wie's halt mal so spielt im Leben, man kann es ja nicht allen recht machen, obwohl alle gern recht hätten. Und genau aus diesem Grund haben sich dann im Nullkommanix zwei Fraktionen gebildet und bei der Pro-Fraktion hebt sich plötzlich die Familie Kneißl als Wortführer deutlich heraus. Die Kneißls, das sind ja neben den Steckenbillers die größten Bauern im ganzen Landkreis. Dementsprechend umfangreich ist halt ihr Besitz an Wäldern, Wiesen und Feldern. Und somit auch das Bauland. Oder eben Bauerwartungsland, das jetzt zu Bauland werden soll. Und genau das scheint nun auch der Apfel des Zankes zu sein. Weil die Contra-Fraktion nämlich steif und fest behauptet, es würde gar kein Bauland nicht geben, sondern lediglich Bauerwartungsland. Und es sei noch längst nicht drüber entschieden, ob es überhaupt jemals ein Bauland werde. Die Pro-Fraktion aber hält wacker dagegen und versichert stattdessen, dass diese Entscheidung sehr wohl und schon vor Ewigkeiten gefällt worden wär, und man sollte doch einfach mal den Bürgermeister fragen, denn der sei im Bilde. Was freilich gut sein kann, aber der ist halt nicht da, sondern auf seiner Reha, wo er tagsüber aufgrund diverser medizinischer Anwendungen telefonisch nicht erreichbar ist. Na bravo.

Nur Augenblicke später, da geht es praktisch zu wie auf einer Bundestagsdebatte in den Achtzigern, und damit entsprechend grob zur Sache. Spekulationen und Behauptungen fliegen durch die Luft, und binnen weniger Minuten glaubt freilich prompt ein jeder, völlig unaufgefordert seinen fragwürdigen Senf dazu beitragen zu müssen. Am Ende aber sind nur noch zwei übrig, die sich den Ball zuschmettern. Die dafür aber umso aktiver. Bei diesen beiden Hitzköpfen handelt es sich dann übrigens um den Kneißl junior und den Herrn Karpfen, von dem ich leider den wirklichen Namen nicht weiß. Doch ganz offensichtlich ist es der Vater vom Paulchen seinem Busenfreund, also dem Ansgar. Und obwohl dieses Match nun nicht gerade ausgewogen wirkt: bemerkenswert ist es allemal.

»Es kann doch wohl nicht angehen«, sagt der Herr Karpfen mit einer dicken Hornbrille aus seinem grauen Rollkragenpulli heraus, »dass all diese Ländereien gerade eben noch Ackerflächen und Kartoffelfelder waren, und plötzlich, quasi über Nacht, da sind es Baugrundstücke und somit wohl auch ein Hundertfaches wert. Das hätte ich doch gern einmal erklärt.«

»Und ob das angehen kann«, entgegnet der Kneißl junior mit verschränkten Armen und einem auffallend stolzen Vater an der Seite.

»Ja, dann können Sie mir womöglich auch sagen, wer das zu welchem Zeitpunkt entschieden hat? Ich gehe ja davon aus, dass hier der offizielle Amtsweg eingehalten wurde, dass Vorverträge und Verträge abgeschlossen wurden auf der Basis entsprechender behördlicher Genehmigungen. Nach meinem Kenntnisstand dauern diese Genehmigungsverfahren Jahre. Wann genau soll das denn hier passiert sein?«, kontert der Rolli.

»Bei uns geht das eben schneller«, entgegnet der Kneißl und erntet damit löbliche Blicke väterlicherseits.

»Aber entschuldigen Sie bitte, das schreit ja zum Himmel. Ich hätte da doch gern einmal Akteneinsicht. Es wird sicherlich beglaubigte Verträge oder Vereinbarungen geben, richtig?«, will der Karpfen nun wissen.

»Nein, selbstverständlich nicht«, entgegnet der Junior.

»Was heißt das: ›Nein, selbstverständlich nicht‹? Dann können Sie doch gleich einpacken, wenn Sie nichts Offizielles vorzuweisen haben.«

»Keineswegs«, unterbricht der Kneißl junior hier prompt, womit er seinem Kontrahenten gleich den Anflug eines Triumphs aus dem Gesicht fegt. »Es hat einen Handschlag gegeben. Und bei uns hier, in Niederkaltenkirchen, da zählt der noch was. So ein Handschlag ersetzt jeden depperten Vertrag.«

»Es hat einen … einen Handschlag gegeben?«, lacht nun der Rolli, dass seine Hornbrille grade so wackelt. »Mon Dieu, machen Sie sich doch nicht lächerlich. Kein Gericht dieser Welt würde einen Handschlag als Vertrag anerkennen. Mit Verlaub, ich bin Anwalt, erzählen Sie das Ihrer

Großmutter! Sollte es also tatsächlich nur diesen Handschlag geben und keinen beglaubigten Vertrag, ja dann, guter Mann, können Sie sozusagen und mit an Sicherheit grenzender Wahrscheinlichkeit relativ zeitnah …«

»Und Sie gehen jetzt scheißen, und zwar hurtig«, brummt nun der Kneißl retour, doch dieses Mal ist es der Senior. »Und anschließend könnens sich mit Ihren depperten Verträgen und Agreements gefälligst Ihren Allerwertesten wischen. Hamms mich?«

Bei diesen Worten geht nun ein Gemisch aus Lachen und Raunen durch die Reihen. Nur die Frau Karpfen, die reißt es nun regelrecht, und sie beginnt ein bisschen angespannt am Ärmel ihrer besseren Hälfte zu zupfen. Wahrscheinlich macht ihr das Ganze hier grad gar keinen Spaß und sie würd lieber nach Hause gehen. Erst recht, wo sie doch so schwanger ist. Ihr Gatte allerdings macht eher nicht den Anschein, als möchte er schon weg hier, weil er erneut den Ball zurückschlägt, wenn auch eher flach.

»Ja, sagen Sie mal, was erlauben Sie sich?«

»Kümmern Sie sich um Ihren eigenen Dreck und mischen Sie sich gefälligst nicht in unsere Angelegenheiten, das rat ich Ihnen gut. Wir machen das nämlich schon immer so, und daran wird sich auch nix ändern, nur weil jetzt ein paar Spinner aus der Stadt da hergezogen sind«, entgegnet der Senior nun, was beinah kollektives Kopfnicken auslöst.

»Ich fasse es nicht: Das ist ja die reinste Anarchie hier. Man könnte fast den Eindruck gewinnen, in einem Tal voller Hinterwäldler gelandet zu sein«, echauffiert sich der Rolli nun weiter, während er fieberhaft nach beipflichtenden Blicken im Publikum sucht. Aber nix. Weil halt die eine Hälfte davon nur den Kneißl anstarrt und offenbar schon gierig auf dessen Rückpass wartet, und die andere eh nur geschlossen in den Boden starrt.

»Wenn man zu den Hinterwäldlern zieht, dann darf man sich nicht wundern, wenn man dann auch unter Hinterwäldlern gelandet ist, verstehens das? Man kann doch nicht einfach hierherkommen, nur weil der Bauplatz billig ist, und wenn dann plötzlich andere Leut auch einen Bauplatz haben wollen, dann ist man auf einmal dagegen und regt sich über die Entscheidungen von den Hinterwäldlern auf, gell. So geht's eben auch nicht, mein Freund. Selbst dann nicht, wenn man ein elender Rechtsverdreher ist. Am besten, Sie tun uns allen einen Gefallen und gehen dahin zurück, wos hergekommen sind. Gehen denen dort in der Stadt wieder gehörig auf die Eier und lassens uns eine Ruh«, scheint nun der Senior das Duell zu beenden.

Das Ehepaar Karpfen dreht sich jedenfalls ab, um unter dem Getuschel der Leute, doch hoch erhobenen Hauptes und Seite an Seite den Saal zu verlassen. Wobei ich persönlich das schon fast ein bisschen bedauerlich finde, weil der Unterhaltungswert einfach grad großartig war.

Die Susi, wo bis zum jetzigen Zeitpunkt eigentlich auch mehr als Zaungast fungiert hat, wird nun wieder aktiv und versucht, das Ruder erneut an sich zu reißen. Doch es ist schon zu spät. Denn gleich nachdem die Karpfens durch die Tür entschwunden sind, da wird es wohl auch unseren Mitbürgern fad. Wie auf Knopfdruck schieben sich alle dem Ausgang entgegen und ehe sich's die Susi versieht, ist die komplette Versammlung beendet. Freilich wird hier und da noch geratscht, gewettert und abgelästert, was das Zeug hält. Aber das geht ja auch prima, während man sich Richtung Ausgang bewegt und dann den Heimweg antritt.

Wodurch ich selber notgedrungen zum Gegenverkehr mutiere, weil ich jetzt freilich erst mal zur Susi nach vorn will.

Sie steht da nämlich noch immer wie angewurzelt auf ihrem Podest, das Mikro vor der Nase, und gafft der flüchtenden Meute hinterher, wie das ein Kind bei seiner Mutter macht. Allerdings nur einen Moment lang. Denn kaum dass sie mich wahrgenommen hat, da erwacht sie aus ihrer Starre und kommt mir entgegen.

»Wie war ich?«, will sie gleich wissen und schaut mich ganz eindringlich an. »Ich mein, wie war ich, bevor diese zwei Idioten plötzlich alles an sich gerissen haben?«

»Gut«, entgegne ich wahrheitsgemäß und grinsend.

»Wie gut genau?«

»Sehr gut.«

»Schulnote? Eins bis sechs?«, fragt sie mit ihrem Schmollmund.

»Eins mit Stern«, entgegne ich und streich ihr eine Haarsträhne aus dem erhitzten Gesicht, die ihr dort angeklebt war. »Dir sind ja praktisch alle zu Füßen gelegen.«

»Macht dich das an?«, fragt sie, kommt noch einen Schritt näher und schaut mir ganz tief in die Augen.

»Worauf du deinen schönen Arsch verwetten kannst.«

Jetzt sagt sie nichts mehr. Stattdessen nimmt sie mich bei der Hand und zieht mich durch die Hintertür hindurch zu den Umkleidekabinen. Und während sie mir dort dann das Hemd aufmacht und auch die Hose, muss ich ihr noch unzählige Male beteuern, wie toll sie heut war. Doch das macht mir nichts aus und die Susi macht es wohl an. Das letzte Mal, wo ich Sex in einer Umkleidekabine hatte, ist übrigens in unserm Freibad gewesen, und zwar mit mir selber. Aber das ist freilich nicht im Entferntesten mit heute vergleichbar. Nicht im Entferntesten.

Wie wir uns dann selber auf den Heimweg begeben, da stehen draußen vor der Turnhalle noch immer eine Handvoll Menschen umeinander und sind völlig ins Gespräch vertieft. Vermutlich durch ihre heutige Erfolgsbilanz beflügelt, gesellt sich die Susi gleich darunter, was aber wohl auch zu den Pflichten einer stellvertretenden Bürgermeisterin zählt. Ich persönlich dagegen hab jetzt so gar keinen Bock mehr auf irgendwelchen zwischenmenschlichen Austausch, und so mach ich mich stattdessen über den Hof hinweg auf den Weg Richtung Pforte. Doch kaum bin ich ein paar Schritte gegangen, da seh ich aus den Augenwinkeln heraus, dass dort hinten im Dunkeln der alten Eichen ein paar Leute stehen. Genau genommen sind es zwei, die ganz offenbar sehr angeregt diskutieren. Oder streiten sie etwa? So genau lässt sich das nicht eindeutig klären. Was sich dagegen eindeutig ausmachen lässt, ist die Tatsache, dass es ein Mann und eine Frau sein müssen. Und bei genauerer Betrachtung kann ich dann auch sehen, dass es sich um die Steckenbiller Josefina handelt und den Kneißl junior. Was die da wohl zu klären haben? Da hilft wohl alles nix, schon aus rein dienstlicher Neugier heraus muss ich da hin.

»Ich hab dir das doch schon hundert Mal gesagt, Nepomuk, lass mich einfach zufrieden, okay?«, kann ich die Josefina vernehmen.

»Fina, bitte«, sagt nun der Kneißl, und es klingt ausgesprochen zärtlich. »Du gehörst doch zu mir. Du hast immer zu mir gehört. Warum will das nicht in dein hübsches Köpfchen?«

Durch die Zweige hindurch kann ich erkennen, dass er ihre Wange streichelt. Nun versucht er sie zu küssen. Nein, er küsst sie. Und grad wie ich denke: Holla, die Waldfee, da stößt sie ihn zurück.

»Hör auf, Nepomuk. Lass mich zufrieden. Hörst du? Lass UNS zufrieden. Und jetzt lass mich los, du tust mir weh«, zischt sie und klingt ziemlich aufgebracht.

»Überleg dir das gut, Fina. Es dauert nämlich gar nicht mehr lange und ich hab endlich genug Kohle, dass wir hier abhauen können. Das war doch unser Traum. So war's doch besprochen. Oder, Fina? Du willst doch schließlich nicht den Rest deines Lebens hier in diesem verdammten Kaff abhängen, oder? Zwischen Kühen und Scheiße. Bei einem Biobauern, der grad mal so über die Runden kommt. Wir können uns die ganze Welt anschauen, Fina. Die ganze Welt«, entgegnet der Kneißl, und sein Ton hat fast etwas Flehendes.

»Lass mich jetzt los. Sofort«, zischt sie aber retour. Und das tut er auch, wobei er die Arme relativ theatralisch in die Höhe reißt.

»Ja, dann hau doch ab und vergammle meinetwegen in diesem Dreckskaff«, ruft er noch hinter ihr her, während sie schon aus dem Schatten der Bäume heraus und direkt in meine Arme taumelt. Einen Wimpernschlag lang starrt sie mich an und wirkt völlig entgeistert. Dann aber fasst sie sich wieder und eilt von dannen.

»Kneißl«, ruf ich irgendwann zwischen die Äste, weil er offenbar keinerlei Anstalten macht, seinen Posten verlassen zu wollen.

»Was?«, ruft er zurück.

»Diese Sache mit der Steckenbiller Josefina, was ist da los? Habt ihr zwei ein Verhältnis, oder was?«

»Geht dich nix an.«

»Möglicherweise schon. Weil es durchaus sein kann, dass ihr Schwiegervater, der alte Steckenbiller, einem Verbrechen zum Opfer gefallen ist. Und da ermittle ich zufällig grad«, entgegne ich und merk, wie mir jetzt langsam der Hunger hochkommt. »Also, was ist?«

»Warum redest du mit einem Baum?«, kann ich nun die Susi vernehmen, die urplötzlich neben mir steht.

»Ich rede nicht mit einem Baum, ich mach grad ein Verhör«, antworte ich.

»Ja, wen verhörst du denn. Da ist doch niemand, Franz.«

»Doch, natürlich ist da jemand«, sag ich, während ich mich Richtung Kneißl begeb. »Da ist jemand, und von dem möchte ich jetzt auch allmählich eine Antwort auf meine Frage.«

Doch da ist niemand mehr. Nicht vor und nicht hinter und nicht zwischen den Eichen. Er ist einfach weg.

Kapitel 14

Der Leopold, unser kleiner Küchen-Hitler, hat heute geflissentlich davon Abstand genommen, irgendwelche Aufgaben familienintern zu verteilen. Stattdessen hat er selbst Hand angelegt und uns eine wunderbare Brotzeit kredenzt. Was jetzt auch keine allzu große Aktion war, weil die Oma und der Papa ohnehin mit Abwesenheit glänzten, das Paulchen schon im Auto eingeschlafen war und die Susi wahrscheinlich vor lauter Adrenalinschub eh keinen Hunger gehabt hat. So sind es am Ende nur der Leopold und ich, die nun am Abendbrottisch sitzen und sich schon rein routinemäßig anschweigen. Erst beim Streit um das letzte Essiggurkerl kommen wir sozusagen eher unfreiwillig ins Gespräch.

»Würdest du bitte das letzte Gurkerl zurücklegen?«, sagt der Leopold da nämlich und schaut mich ganz aufgebracht an.

»Du hättest gern das letzte Gurkerl? Warum?«

»Weil du schon fast das ganze Glas alleine gegessen hast und ich auch gern eins abbekommen hätte.«

»Wird das jetzt eine Grundsatzdebatte?«

»Nein. Ich hätte nur einfach gern das letzte Gurkerl. Ist das so schwierig? Also, kann ich es jetzt haben oder nicht?«

»Nein«, entgegne ich, grad wie ich es mir in den Mund steck.

Ui, jetzt, glaub ich, wird er aber wütend, der Leopold. Jedenfalls schmeißt er seine Serviette auf das Brotzeitbrettl, wird rot wie ein Ferrari und kriegt einen Schaum vor dem Mund.

»Du bist der größte Egozentriker, den ich überhaupt kenne. Weißt du das, Franz?«, zischt er über die Pfeffersalami hinweg und springt dann so rot, wie er ist, von seinem Stuhl auf. Drama quasi. Ich steh mal auf und bring mein Geschirr rüber zur Spüle.

»Leopold«, antworte ich, während ich zwei Bier aus dem Kühlschrank schnappe. »Das, was jetzt kommen würde, das kennen wir beide doch schon in- und auswendig, und zwar über vierzig Jahre lang. Weil du nämlich bist, wie du eben seit über vierzig Jahren bist, und ich so bin, wie ich seit über vierzig Jahren bin. Also, wenn eh jeder von uns zweien haargenau weiß, wie der andere so tickt, dann müssen wir das hier und jetzt doch nicht ein weiteres Mal durchdiskutieren, oder? Setz dich einfach wieder nieder, trink ein Bier mit mir, und anschließend werd ich dir dann meinetwegen auch beim Abwasch helfen. Ist das ein Deal?«

Zuerst mag er ja nicht so recht, der Leopold. Lehnt nur dort am Küchenbüfett, wie ein verklemmter Schulbub, zwirbelt ein Küchentuch zwischen den Händen und schaut mich an, als hätt ich ihm seine Frau geklaut. Dabei war's nur ein deppertes Gurkerl. Aber genau weil ich ihn halt durch und durch kenne, widme ich mich nun erst mal der Tageszeitung, womit ich sozusagen kein weiteres Interesse an seiner Gesellschaft signalisiere, was ihn in den allermeisten Fällen – so auch jetzt – erwartungsgemäß ziemlich prompt umstimmt.

»Na gut«, sagt er schließlich und setzt sich wieder nieder. »Und anschließend könnt ich uns die Sauna einheizen.«

Da gibt er wohl nie auf, aber immerhin öffnet er sich sein Bier und stößt sogar mit mir an. Gut, er sagt »Arschloch« dabei, aber das hat er bestimmt nicht so gemeint. Ich leg die Zeitung beiseite, die ich eh vom Büro her schon rauf- und runterwärts kenne, um mich nun halt dem Leopold zu widmen. Schlecht schaut er aus. Irgendwie wirkt er sehr müde und blass. Und ganz nebenbei scheint seine ohnehin kaum vorhandene Aura nun gänzlich verschwunden zu sein. Aber das sag ich ihm natürlich nicht. Das mit der Aura. Sonst haben wir hier gleich die nächste Scheiße am Dampfen.

»Du schaust beschissen aus«, sag ich stattdessen.

»Ja, herzlichen Dank auch. Aber ist das ein Wunder?«, entgegnet er, zuckt ein bisschen hilflos mit den hängenden Schultern und nimmt dann einen großen Schluck Bier.

»Keine Ahnung. Ist es eines?«, kann ich grade noch fragen, bevor er urplötzlich so was von gesprächig wird, dass mir direkt die Kinnlade runterfällt. Und beim dritten Bier, da hat er mir praktisch so viel aus seinem Leben berichtet, was ich überhaupt jemals nicht hätte wissen wollen, was mich zum einen erstaunt und am Schluss ganz schön ermüdet. Und grad wie mir dann die Augen zufallen wollen, genau da will er auf einmal meine Meinung wissen. Sozusagen zu seinem ausführlichen Monolog von soeben. Herrje, das hat mir grad noch gefehlt. Hat er mich doch zuvor noch nie um meinen Rat gebeten, erst recht nicht in Familiensachen. Weil er nämlich ohnehin der festen Überzeugung ist, dass ich exakt in diesem Metier sowieso der vollkommene Loser bin, was natürlich jeder Grundlage entbehrt. Aber wurst. Und bevor mir dann überhaupt etwas in den Sinn kommen würde, was ich ihm vielleicht raten kann, da hat er abermals das Mikro in der Hand.

»Sei ehrlich, du hast mir gar nicht zugehört. Stimmt's, Franz?«, mutmaßt er nun, während er mir vorwurfsvolle Blicke über den Tisch wirft.

»Natürlich hab ich dir zugehört«, entgegne ich und versuch eine aufrechtere Sitzhaltung einzunehmen. »Klar hab ich zugehört, Leopold. Ganz genau sogar. Du machst dir Sorgen, weil deine Familie nun schon wochenlang wegen dieser Drecksepidemie in Thailand rumhängt, weil deine Frau mittlerweile die halbe Nachbarschaft pflegen muss und die kleine Sushi inzwischen besser Thai spricht als Deutsch. Darüber hinaus befürchtest du, dass dich dein Sohnemann gar nicht mehr wiedererkennt, wenn sie dann endlich irgendwann mal nach Deutschland zurückkommen werden.«

Nun muss ich sagen, bin ich selber überrascht. Bin überrascht, in welcher Kürze man all diese Informationen hätte auf den Punkt bringen können. Also praktisch in so zwei, drei Sätze verpackt, ratzfatz und gut ist es. Der Leopold aber, der hat dafür drei Bier und geschlagene anderthalb Stunden gebraucht. Das ist allerhand, muss man schon sagen. Immerhin scheint er ein bisschen beeindruckt zu sein. Und das ist tatsächlich, zumindest was meine Person betrifft, schon eher eine Ausnahme. Oder anders gesagt, selbst wenn er jemals von mir beeindruckt gewesen wäre, dann hätte er es ums Verrecken nicht zugegeben. Nur ein einziges Mal, seit wir zwei auf der Welt sind, da war der Fall anders. Und zwar war das, wie mein Sohn geboren wurde. Da ist er wohl ein wenig beeindruckt gewesen von mir, und das hat er mir auch wirklich gesagt. Allerdings war er damals auch ziemlich besoffen, das sollte man vielleicht noch erwähnen. Nur der Vollständigkeit halber.

»Und? Hast du möglicherweise eine zündende Idee, was ich jetzt tun soll, Franz?«, reißt er mich nun aus meinen Gedanken heraus. »Ich meine, ich kann nicht zu meiner Familie rüber und sie können nicht zurück. Mensch, so kann das doch nicht weitergehen. Es ist wirklich zum Kotzen mit dieser Seuche.«

»Ja, Seuchen haben schon rein generell so gar nix Positives«, sag ich und will mir grad noch ein Bier aus dem Kühlschrank holen, wie mein Telefon läutet. Dran ist der Buengo und er soll mir von der Oma ausrichten, dass sie abgeholt zu werden wünscht. Und zwar augenblicklich, wenn's keine Umstände macht. Diese alte Diva, die treibt mich allmählich echt dem blanken Irrsinn in die Arme. Doch freilich weiß sie haargenau und schon seit immer, dass ich ihr ums Verrecken keinen Wunsch nicht abschlagen kann, sei er im Moment auch noch so nervtötend. Andererseits schießt mir jetzt ein relativ positiver Gedanke in den Kopf. Nämlich der, dass dadurch für mich der dämliche Abwasch schon mal wegfällt, wo ich mich jetzt ohnehin nicht drum reiße. Von den dubiosen Saunaplänen vom Leopold mal ganz abgesehen, gell.

Dass meine Chauffeurdienste letztendlich doch noch einen Sinn ergeben, liegt dann weniger an der Oma als vielmehr am Buengo oder besser an einer Mitteilung, die er so eher nebenbei und sicherlich unbedacht macht. Während ich nämlich jetzt vor der Mooshammerin ihrer Haustür von einem Fuß auf den anderen trete und darauf warte, dass die Oma ihre Abschiedszeremonie dort drinnen endlich beendet hat und hier bei mir aufschlägt, da plaudert unsere schwarze Fußballperle nämlich ein wenig über den Verlauf des heutigen Nachmittags, was halt so alles nach der Gemeindesitzung gemacht worden ist und worüber geredet wurde. Und dabei kommt er dann irgendwann auch auf den Steckenbiller und dass sich die Liesl halt so arg schlimme Sorgen macht um ihn. Was aber auch weiter kein Wunder ist, meint er am Ende.

»Warum?«, frag ich, weil ich diese Aussage so gar nicht recht zuordnen kann.

»Mei«, sagt der Buengo breit grinsend, dass seine weißen Beißerchen grade so blitzen. »Der war halt ihr big love, weißt.«

»Wer war ihr big love? Der Steckenbiller? Der Steckenbiller Lenz war die große Liebe von der Mooshammerin? Das ist doch wohl ein Witz, oder?«, frag ich und bin grad relativ sprachlos.

»No Witz«, entgegnet der Buengo, und ob man's nun glaubt oder nicht, sein Grinsen ist dabei tatsächlich noch viel breiter geworden.

Die Mooshammerin und der Steckenbiller. Das wär ja ein Ding. Aber warum weiß ich davon nix? Warum nervt mich die Liesl seit einer schieren Ewigkeit mit dieser blöden Geschichte um den Steckenbiller Lenz und sein wertes Verbleiben und erwähnt dabei mit keinem einzigen Wort, dass da mal was lief zwischen den beiden! Erst recht nicht, dass er ihre große Liebe war.

»Liesl«, sag ich Augenblicke später, wie ich die kerzengeschwängerte Idylle ihrer Küche betrete. »Warum weiß ich eigentlich nichts davon, dass der Steckenbiller deine große Liebe war?«

»Ratschkatl«, sagt sie, meint aber offensichtlich damit den Buengo, der hinter mir steht.

»Also?«, muss ich hier nachbohren.

»Weil's dich nix angeht«, antwortet sie relativ unfreundlich, und dieses Mal ist die Botschaft vermutlich an mich gerichtet. »Der Lenz ist vermisst, und das schon seit Wochen. Und du bist Polizist und hättest dich darum kümmern müssen. Aber jetzt hat sich das ja wohl eh alles erledigt, gell. Weil er jetzt gehäckselt auf seinem Acker flaggt.«

»Also, Liesl, das ist ja die reinste Spekulation, wo wir ja noch nicht einmal wissen, ob es sich bei diesen Überresten nicht einfach um die einer Wildsau handelt«, muss ich da einwerfen.

»Ich mag jetzt heim, weil mir die Haxen wehtun«, mischt sich nun die Oma ein und beginnt an meiner Jacke zu zerren.

»Das geht aber grad nicht, Oma. Weil ich nämlich ...«

»Das ist mir furzegal, was du grad tun musst«, unterbricht sie mich barsch und boxt mich in die Hüfte. »Ich mag jetzt heim, und zwar sofort. Also, auf was wartest noch? Auf geht's.«

»Buengo«, sag ich nach einer kleinen Gedenkminute und schmeiß ihm meinen Autoschlüssel entgegen. »Geh, sei so gut und fahr die Oma schnell heim. Ich hab hier noch was zu ermitteln.«

»Ich kann nix Oma fahren heim«, antwortet er.

»Warum nicht?«

»Weil ich kein driving license habe. Hast du mich genommen, Franz. Silvester. Do you remember?«, fragt er retour, und: ja, da fällt mir was ein. Ich hab ihn nämlich am Neujahrsmorgen um kurz vor vier in der Früh stockbesoffen in einem Auto angetroffen. Nicht, dass ich um diese Uhrzeit etwa schon freiwillig aus den Federn und unterwegs gewesen wäre, das nicht. Erst recht nicht am Tag nach Silvester.

Es war viel eher so, dass mich die Bahnpolizei um diese unsägliche Uhrzeit angerufen und somit aufgeweckt hat. Da würde ein Fahrzeug neben den Gleisen stehen und es würde wohl rauchen, hat es geheißen. Und dass ich doch bitte mal nachschauen soll. Also bin ich da halt notgedrungen und aufs Übelste fluchend hingefahren. Und ja, es war tatsächlich ein Fahrzeug neben den Gleisen, und es hat auch tatsächlich geraucht. Allerdings war es nicht das Fahrzeug, das geraucht hat, sondern vielmehr der Fahrer davon. Also der Buengo. Und obwohl ich selber bei Gott nicht besonders nüchtern war, hab ich doch ziemlich schnell rausfinden können, dass er da mit zwei Komma eins Promille hinterm Lenkrad sitzt und sich in aller Ruhe einen riesigen Joint reingezogen hat. Gut, den Rest kann man sich dann ja wohl denken, oder? In Anbetracht der aktuellen Situation hilft es nun aber halt alles nix, und so zieh ich meinen Geldbeutel hervor, fisch seinen Führerschein heraus und überreiche ihm den feierlich, worauf der Buengo sein breitestes Grinsen grinst. Er hakt die Oma unter und die beiden verschwinden durch die Türe.

»Also«, sag ich nun wieder zur Liesl und zieh mir einen Stuhl hervor.

»Möge dich der Blitz beim Scheißen treffen«, entgegnet sie und nimmt ebenfalls Platz.

»Ich werde mich unter den höchsten Baum stellen, sobald es auch nur zu regnen anfängt. Also?«, versuch ich sie noch zu motivieren. Doch sie ziert sich nicht lang, sondern fängt auch gleich damit an, aus ihrem amourösen Nähkästchen zu plaudern. Und so erfahr ich dann doch endlich mal einiges Neues. So sind die Mooshammer Liesl und der Steckenbiller Lenz also vor knapp fuchzig Jahren wohl das heißeste Paar im ganzen Landkreis gewesen, was man sich heute kaum mehr vorstellen kann. Doch so ist es gewesen. Love and peace und ganz viel Rock'n'Roll quasi. Die Eltern der beiden sind von dieser Liaison aber alles andere als begeistert gewesen und haben ihnen Steine in den Weg gelegt, wo sie nur konnten. Und so ist schließlich gekommen, was zwangsläufig wohl kommen musste, weil sich so ein frisch verliebtes Hippie-Pärchen weder Vorschriften machen noch trennen lässt. So hat der Lenz einfach mitten in der Nacht den Mercedes von seinem Alten geklaut, die Liesl abgeholt und ist mit ihr auf und davon und über alle Berge. Ein paar Monate lang sind sie dann glücklich und frei und ständig unterwegs gewesen. Ibiza, Südfrankreich, und am Ende war es sogar Afrika. Das bisschen Geld, was sie brauchten, das haben sie sich hier und dort erarbeiten können, waren ansonsten nichts und niemandem verpflichtet und hatten die beste Zeit ihres Lebens. Irgendwann vor Weihnachten, da hat der Lenz dann doch wieder heimfahren wollen. Ob es das schlechte Gewissen war, Heimweh oder ob er einfach genug hatte von dem ganzen Dolce Vita, das kann die Liesl nicht sagen. Fakt aber ist, dass der Lenz sie gebeten hat, dass sie mit ihm heimkommen soll und ihn heiraten. Aber das hat sie nicht mögen, die Liesl. Sie war in ihrem Paradies gelandet. Warum hätte sie das aufgeben und verlassen sollen? Erst ein Jahr später, als sie ihm schließlich nachgekommen ist, da hätte sie seinen Antrag liebend gern annehmen wollen. Doch da ist es schon zu spät gewesen. Denn da ist er bereits seit acht Wochen verheiratet gewesen, und seine Frau war im siebten Monat schwanger.

»Und seitdem kriegst du immer ein Reh zu Weihnachten?«, frag ich abschließend.

»Und seitdem krieg ich immer ein Reh zu Weihnachten. Vielleicht einfach, weil er mir immer noch einen kleinen

Liebesbeweis schenken wollte«, sagt sie nachdenklich oder eher wehmütig und erhebt sich schwerfällig. »Aber wenn ich ganz ehrlich bin, dann wär das eh nix geworden mit uns zwei. Er hat sich zum erfolgreichen Landwirt hochgearbeitet und seine Frau – Gott hab sie selig –, die hat ihn dabei unterstützt, wo sie nur konnte. Mein Körper ist nicht gebaut für die Feldarbeit, weißt. Das war schon alles richtig so.«

»Verstehe«, sag ich und muss grinsen.

»Wie geht's jetzt weiter?«, kann die Liesl grade noch fragen. Dann geht die Tür auf und der Buengo kommt zurück.

»Wir warten jetzt erst mal die Ergebnisse von der Spusi ab, und dann schauen wir weiter. Sag einmal, Liesl, wie ist eigentlich das Verhältnis unter den Steckenbillers so gewesen? Also so familienintern, mein ich?«

»Mei, die Steckenbillerin, die war halt eine Bäuerin, wie es im Buch steht und hat alles für die Familie getan, was man sich nur vorstellen kann. Mei, und der Lenz … den hat schon öfters mal wieder das Fernweh gepackt. Da ist er nicht mehr recht rausgekommen aus der Nummer. Das war vermutlich nicht sehr leicht für sie.«

»Und der Junior? Also, der Simon?«

»Der Simon? Der ist der Augapfel. Und das war er immer schon. Er war ja das einzige Kind, und der Bub hat die totale Narrenfreiheit bei denen gehabt. Aber im Grunde hab ich schon immer geglaubt, dass er ein sehr feiner Kerl ist.«

Also wenn man es mal genau betrachtet, dann ist mein kleiner Ausflug hierher doch relativ ergiebig gewesen. Und weil mir jetzt für den Moment ohnehin nix mehr einfällt, kann ich mich auch genauso gut wieder auf den Heimweg machen.

»Autoschlüssel«, sag ich zum Buengo, wie ich nun den Ausgang anpeil, und er überreicht ihn mir prompt.

»Führerschein«, sag ich weiter.

»You are joking?«

»Nein, ich jogge nicht, ich fahre mit dem Auto. Also, Führerschein«, sag ich, und er überreicht ihn mir ohne jegliches Grinsen.

Kapitel 15

Da ja unsere Frühstücksgöttin, also die Oma, aus nun allseits bekannten Gründen ihre treuen Dienste quittiert hat, ist heute mein erster Weg zur Metzgerei Simmerl. Diese Sache mit dem Eberhofer-Nahrungsmittel-Embargo, die hatten der Simmerl und ich ja letztens beim Wolfi geklärt. So von Mann zu Mann. Ich stell also den Wagen ab, betrete den Verkaufsraum und brauch noch nicht mal rein orientierungsbedingt in die Vitrine zu schauen, weil ich längst weiß, wonach mir grad ist. Nichtsdestotrotz stellt sich mir grad eine schier elementare Frage. Nämlich Leberkässemmeln mit heißem Leberkäs und Senf oder mit kaltem und Gurkerl. Am Ende wird's dann doch der heiße, weil ich mich ehrlich gesagt gestern an Gurkerl ein bisschen überfressen hab. Und grad wie der Simmerl zur Tat schreiten will und dicke Scheiben abschneidet, um mir meinen morgendlichen Heißhunger zu stillen, genau da kommt ein neuer Kunde durch die Tür. Wobei das die Sache nicht exakt trifft. Er joggt durch die Tür. Joggt durch die Tür, wirft hechelnderweise einen generellen Gruß durch den Laden und stellt sich dann artig hinter mir an. Trotzdem hört er nicht auf zu joggen. Schaut auf seine Uhr, oder ist es ein Pulsmesser, zieht sein Handy hervor und während er offensichtlich seinen aktuellen Status abcheckt, joggt er unbeirrt weiter. Freilich tut er das an Ort und Stelle. Weil, wo soll er auch hin? Irgendwie macht er mich nervös, und offenbar ergeht es dem Simmerl ganz ähnlich, er hört nämlich auf, meine Brotzeit zu richten, und fragt stattdessen unseren Neuzugang, was er denn gern möchte. Er möchte Pute. Das war sonnenklar und ebenso wenig überraschend ist seine Wahl einer Sportlersalami. Unser Metzger runzelt die Stirn, bedient ihn aber in einem Tempo, das ich noch nie zuvor an ihm gesehen habe. Und so schnell unser Hopser hier grade erschienen ist, so schnell ist er auch wieder weg. Jetzt ist der Simmerl erst einmal müde. Stemmt die Hände in die Hüfte und schnauft einmal tief durch.

»Fällt dir das eigentlich auch auf, Franz?«, fragt er schließlich und schaut mich dabei an.

»Nein«, sag ich, weil mir wirklich nichts auffällt.

»Die werden immer mehr«, sagt er weiterhin bewegungslos.

»Simmerl«, sag ich, weil mir inzwischen das Wasser im Mund stockt. »Erzähl, was immer du erzählen willst, aber bitte mach mir derweil meine Semmeln zurecht, sonst spring ich dir übern Tresen.«

»Fällt dir nicht auf, dass die immer mehr werden, Franz?«, sagt er und widmet sich endlich wieder meiner Brotzeit. »Diese … diese ganzen Jogger, das werden immer mehr. Wo du auch hinschaust. Ich finde, die werden allmählich regelrecht zur Plage, verstehst. Inzwischen sind die echt immer und überall. Pass auf, Beispiel: Früher, wenn ich meinetwegen einmal schnell zum Rathaus rübergelaufen bin, da hab ich halt kurz aufpassen müssen, dass mich kein Auto über den Haufen fährt. Und heute? Heute, da muss ich aufpassen …«

»Dass dich kein Jogger über den Haufen rennt«, unterbrech ich ihn, weil er schon wieder seine Hände in die Hüften stemmt und mir rein arbeitstechnisch in eine weitere Ruhephase abzugleiten droht.

»Exakt«, sagt er, grad wie er im Begriff ist, den Senf auf meinen Semmeln zu verteilen.

»Simmerl, das mach ich schon selber«, sag ich aber hier und streck ihm schon mal die Hände entgegen. Er versteht mich auf Anhieb und reicht mir den Senf sowie meine Semmeln über die Glasfront.

»Aber das ist wohl der Zeitgeist«, seufzt er währenddessen. »Offensichtlich haben jetzt plötzlich alle irgendwie das Bedürfnis, laufen und rennen zu müssen. Vielleicht um fit zu bleiben oder weil jetzt halt alles so furchtbar schnell ist und jeder den Eindruck hat, er muss mithalten, sonst ist er weg vom Fenster. Keine Ahnung. Zu unserer Zeit, mei, da hat's das alles einfach nicht gebraucht, gell. Wir waren ja quasi tiefenentspannt, und überhaupt war alles noch viel ruhiger. Die Zeit ist langsamer vergangen. Da hat man sich nicht schicken müssen, verstehst. Uns hat es doch schon völlig gereicht, wennst in deinem BMW gehockt bist, den Weibern auf den Arsch schauen konntest, und AC/DC ist rauf und runter gelaufen. Dann vielleicht noch eine entspannte Halbe oder zwei und eine Tschick aus dem Fenster raus rauchen. Dann war doch alles paletti. Oder hast du jemals das Bedürfnis verspürt, durch Niederkaltenkirchen zu hetzen wie ein Berserker? Nein, hast du nicht. Und bevor du fragst: Nein, ich auch nicht.«

Ich hatte nicht vorgehabt, danach zu fragen.

»Stimmt«, entgegne ich trotzdem spartanisch, weil ich zum einen seinen Redefluss gar nicht erst ausbremsen will und ich zum anderen eh einen randvollen Mund hab. Jetzt geht ein weiteres Mal die Ladentür auf, und die Gisela erscheint.

»Hast du unseren Max inzwischen finden können?«, fragt sie mich gleich komplett ohne Vorwort. Den Max? Den hatte ich ja völlig vergessen.

»Bin dran«, quetsch ich mir durch den Leberkäs.

»Ja, dann«, entgegnet sie brummig und schnappt sich meine zwei restlichen Semmeln, die ich noch fest zum Verzehr eingeplant hatte. »Dann kannst aufessen, wennst ihn gefunden hast, Eberhofer.«

Mit meiner Brotzeit in den Händen verschwindet sie dann durch die Tür hinter ins Schlachthaus, und für einen kurzen Moment frag ich mich ernsthaft, ob ich ihr hinterherrennen soll. Einzig der Gesichtsausdruck von ihrem Gatten hindert mich daran, welcher mir nämlich grad signalisiert: Entspann dich, Franz! Wenn sie weg ist, dann mach ich dir gleich ein paar Neue. Ja, so einen Freund an seiner Seite zu wissen, das grenzt schon fast an ein Wunder. Zumindest an ein kulinarisches.

»Simmerl!«, ertönt es nun aber aus dem Hinterhalt heraus. »Wenn du es wagst, diesem Mistkerl jetzt noch einmal was zum Essen zu geben, dann kannst deine grindigen Unterhosen packen und auch gleich bei ihm einziehen. Haben wir uns?«

»Wenn du grindige Unterhosen hast, Simmerl, dann kannst du auf keinen Fall bei mir einziehen«, grins ich und versuche damit, die Bombe zu entschärfen.

»Kannst du denn nix machen, Franz? Also, mit unserem Max sozusagen«, will der Simmerl nun wissen und wirft mir einen fast flehenden Blick entgegen. Wahrscheinlich hat er schon die ganze Zeit über ein rechtes Gfrett mit seiner Gisela, seitdem ihnen der Bub halt so einfach durchgebrannt ist.

»Gib mir seine Handynummer und zwei neue Leberkässemmeln«, sag ich noch so und kann förmlich sehen, wie ihm dabei ein ganzes Gebirge von der Seele plumpst.

Und keine zwei Stunden später, da hab ich das Handy vom Max auch schon geortet, und somit vermutlich auch den Max selber. Beides befindet sich offenbar grad in Salzburg. Genauer in einem Hotel. Noch genauer in einem ziemlich teuren Edelschuppen mit Wellness und Sterneküche und allem möglichen nur erdenklichen Pipapo. Und ich kann getrost meinen Arsch drauf verwetten, dass er dort nicht alleine rumhängt. Das aber ist auch schon alles, was ich für den Metzger meines Vertrauens aktuell tun kann, denn immerhin ist der Max längst nicht mehr minderjährig und kann sich somit aufhalten, wo immer er möchte, und auch, mit wem. Dankbar ist der Simmerl trotzdem über die Info. Und ich glaube, auch ein bisschen erleichtert, was in Anbetracht von der Gisela ihrer derzeit vorherrschenden Grundstimmung ja durchaus nachvollziehbar erscheint.

Was man aber vielleicht schon zur simmerlschen Ehrrettung sagen muss, die haben ja sonst nix als ihren Buben, gell. Also sie haben natürlich einander. Aber da frag ich mich ja rein generell schon seit Jahren, ob das jetzt völlig gegenseitig gesehen mehr ein großer Segen oder eher ein Fluch ist. Wir wissen es nicht. Dann haben sie freilich auch noch ihre Metzgerei, welche ganz ohne jede Frage die beste ist, und das vermutlich weltweit. Aber selbst die haben sie ja inzwischen nur noch, damit der Max dort endlich mal andockt. Arbeiten müssten die zwei nämlich schon lange nix mehr. Doch nicht nur, dass der Max, was das betrifft, schon rein vegan gesehen schwer vorbelastet ist, gleich so Nullkommanull Bock auf tote Tiere hat und ihm der Laden im wahrsten Sinne des Wortes relativ wurst ist. Nein, jetzt schleppt er auch noch eine potenzielle Schwiegertochter hier an, die ums Verrecken nicht in die Wunschwelt der Eltern passt und die schon deshalb keiner haben will. Da kann man dann auch irgendwie wieder verstehen, wenn den beiden dann langsam mal der Hut hochgeht und rein familiär gesehen die Harmonielage ziemlich schiefhängt. Allen voran bei der armen Gisela. Wobei mir das Wort »arm« im Zusammenhang mit der Gisela eigentlich kaum über die Lippen kommen mag.

Ich bin einigermaßen überrascht, wie ich dann bereits am frühen Nachmittag die erste Auswertung der Spuren vom Acker erhalte. Die sind ja fix, die Kollegen, das muss man schon sagen. Und ja, dabei handelt es sich wohl eindeutig und ohne jeden Zweifel um die Überreste eines menschlichen Körpers. Das muss ich jetzt erst einmal sacken lassen, obwohl ganz hinten in meinen Hirnwindungen schon lange ein Verdacht bestanden hat. Und es ist grad mal bis zur Hälfte gesackt, da ist mein erster Gedanke: Das ist jetzt aber mit an Sicherheit grenzender Wahrscheinlichkeit ziemlich scheiße. Weil da ein ganz großer Haufen Arbeit auf mich zukommt. Und exakt, wie ich anfange, mich selbst zu bedauern, kommt die Susi zur Tür rein und will etwas von einer mordswichtigen Abendveranstaltung am heutigen Abend vom Stapel lassen, auf der sie, wie könnte es auch anders sein, natürlich wieder mal unverzichtbar ist.

»Frau Bürgermeisterin«, kann ich sie aber gleich getrost unterbrechen, bevor sie auch nur weiter ausholen könnte. »Da drüben auf einem der Acker von den Steckenbillers, da liegt ein Toter quasi geschreddert zwischen Erde und Jauche. Vermutlich handelt es sich um einen unserer hiesigen Mitbürger, mit größter Wahrscheinlichkeit um den

Steckenbiller selber. Und somit ist es meine und dürfte es auch deine oberste Priorität als Bürgermeisterin sein, dieses äußerst grausame Verbrechen unmittelbar und sofort aufzuklären. Schon rein im Sinne unserer wunderbaren Gemeinde. Findest du nicht?«

Jetzt weiß ich ehrlich gesagt gar nicht, wer mehr beeindruckt ist. Also ich selber bin es auf alle Fälle, weiß der Geier, wer mir diesen unglaublich intelligenten Text grad eingeflößt hat. Und ganz offenbar ergeht es der Susi genauso. Jedenfalls steht sie vor mir in ihrem grünen Etuikleid und den schärfsten Pumps, die ich jemals an ihr gesehen hab, und starrt mich aus ihrem Lidschatten heraus ganz fasziniert an.

»Ach so. Ja, dann ... dann musst du wohl ...«, beginnt sie irgendwann, kommt aber zu keinem brauchbaren Ende.

»Genau, Susimaus. Ich muss. Bin dann mal weg«, entgegne ich, drück noch ein Bussi auf ihren schmolligen Erdbeermund und mach anschließend einen ziemlich geschmeidigen Abgang.

Natürlich ist zwischenzeitlich auch der Rudi längstens im Bilde. Und ganz ehrlich gesagt, im Grunde wundere ich mich noch nicht einmal drüber. Vielmehr wundere ich mich drüber, warum ich mich drüber nicht wundere. Und nicht nur, dass er im Bilde ist, der Rudi. Nein, er ist sogar schon beim Günter. Genauer in der Gerichtsmedizin, sozusagen also in München, und gschaftelt mir von dort aus so dermaßen in den Hörer, dass mir jetzt direkt eine morgendliche Übelkeit hochkommt. Unter den Leichenteilen, die momentan wohl exakt vor ihm auf dem Sektionstisch liegen, da befinden sich nur noch wenige menschliche Gebeine, lässt er mich gleich großzügig wissen. Außer ein paar Zähnen sind allerdings nur größere Stücke darunter, wie etwa das Schädeldach und eine Beckenschaufel, was immer das auch sein mag. Alles andere jedoch wär wohl ohne jede Frage einer Biogasanlage zum Opfer gefallen, die somit sämtliche Überreste quasi aufs Gründlichste recycelt hat. Biogas eben. Dennoch könne man freilich schon allein anhand der vorhandenen Beweisstücke völlig problemlos das Geschlecht und das Alter des Opfers bestimmen. Das allerdings würde wohl noch etwas dauern, aber die Kollegen aus dem Labor werden gleich mal Gas und anschließend auch umgehend Bescheid geben, fährt er dann munter und relativ hochmotiviert fort. Der Rudi und seine verschobene Weltanschauung, das ist wirklich ein ganz spezielles Thema für sich. Denn nicht nur, dass die Kollegen aus dem Labor ja sowieso gar keine Kollegen nicht sind. Weil keine Polizisten. Sondern der Rudi selber ist ja quasi von Haus aus gar kein Kollege. Wie gesagt, von denen aus dem Labor ohnehin nicht, und das war er noch nie. Aber er ist halt auch kein Polizeikollege. Oder nicht mehr. Um genau zu sein, also praktisch seit seiner wenig ruhmreichen Entlassung seinerzeit, welche schon gefühlte hundert Jahre zurückliegt und ihn auf den Status eines popeligen Privatdetektivs degradiert hat. Das aber will wohl nicht in sein kleines Hirn rein. Nicht ums Verrecken.

»Franz, hörst du mir eigentlich zu?«, reißt er mich jetzt aus meinen Gedanken heraus.

»Nein«, antworte ich wahrheitsgemäß, und das nicht nur, weil ich, sagen wir mal, gegenwärtig konzentrationsmäßig ein bisschen abtrünnig geworden bin. Sondern eher, weil nun aus unserem Korridor heraus ein Radau wahrzunehmen ist, das ist echt kaum zu glauben.

»Franz?«, kann ich den Rudi nun wieder hören.

»Rudi, du, ich muss«, entgegne ich nur noch sehr knapp. Dann zwingt mich allein schon die Neugierde hinaus in die amtlichen Gänge.

»Franz, hast es schon gehört?«, schreit mir dort die Mooshammerin schon von der Pforte entgegen, an ihrem Ellbogen klebt meine Oma. Wenn es so ist, wie ich vermute, und diese zwei Grazien hier sind jetzt auch schon auf dem kriminalistischen Laufenden, wär ich nicht wirklich verblüfft. Ich weiß nicht exakt, wie ich es erklären soll. Aber hier bei uns heraußen, da gibt es eine schier kommunikationslose Kommunikation, da würden sich alle Geheimdienste drum reißen.

»Stimmt es, dass der alte Steckenbiller geschreddert auf seinem Acker flaggt?«, will nun die Oma wissen, während sie sich von der Liesl löst und ganz aufgeregt ihrem Lieblingsenkel entgegenwatschelt.

»Woher …«, will ich grade noch fragen, weil mich ihre Informationsquelle tatsächlich unglaublich interessieren tät.

»Das spielt doch keine Rolle, woher wir das wissen«, unterbricht mich die Liesl nun barsch, und auch sie ist inzwischen dicht vor mich getreten. »Aber wenn es stimmt und es tatsächlich so ist, wie ich dir schon seit Wochen herbete, dann schlag hier keine Wurzeln, Franz. Sondern finde endlich den Täter.«

»Liesl, ich warte noch auf die Bestätigung, dass es wirklich der Steckenbiller …«

Just in diesem Moment, da geht die Tür visavis auf und die Susi steckt ihr gestyltes Köpfchen durch den Türspalt. Sie wirkt erschöpft und auch irgendwie grantig.

»Könnt ihr euren Weibertratsch bitte woanders abhalten? Ich muss mich hier echt konzentrieren«, sagt sie, und ihre Wimpern klimpern im Takt ihrer Worte.

»Der Steckenbiller liegt geschreddert auf seinem Acker«, sagt die Oma in ihre Richtung und erwartet nun wohl auch von der Susi ihrer Seite her ein berechtigtes Interesse. Doch da hat sie die Rechnung ohne die Frau Bürgermeisterin gemacht.

»Wenn der Steckenbiller tatsächlich geschreddert auf seinem Acker liegt, Oma«, sagt die Susi wimpernklimpernderweise und so, als würde sie zu einem geistig Umnachteten reden, »dann handelt es sich mit ziemlicher Wahrscheinlichkeit um einen Toten. Eher noch einen Ermordeten. Was somit eindeutig in das Aufgabengebiet vom Franz fallen dürfte. Gell, Franz? Mein Aufgabengebiet allerdings, das sind die Lebendigen. Unsere Mitbürger hier. Also die Niederkaltenkirchner, die noch wohlauf und munter sind. Und damit das so bleibt und alle hier weiterhin wohlauf und munter sind, muss ich mich hier konzentrieren. Und das kann ich verdammt noch mal nicht, wenn ihr exakt vor meiner Bürotür euren blöden Stammtischtalk abhaltet. Hab ich mich jetzt irgendwie verständlich ausgedrückt?«, sagt sie weiter und ist mittlerweile so dermaßen aufgeheizt, dass ihr die Brust unter dem froschgrünen Fetzen geradezu bebt.

»Jetzt zieh mal den Stöpsel, wir sind ja gleich wieder weg, Frau Gschaftelhuber«, sagt nun die Liesl ganz ruhig und mit einem deutlich abfälligen Unterton. »Nur eins noch, Franz: Ich muss wissen, ob es tatsächlich der Lenz ist, der …« Nun versagt ihre Stimme. Sie hat ihren Blick von der Susi abgewendet, einen winzigen Zwischenstopp auf dem Linoleum eingelegt und schaut mir nun direkt in die

Augen. Die ihren sind glasig und so voll mit Tränen, dass es mir beinah die Kehle abschnürt.

»Ich weiß es noch nicht, Liesl«, sag ich und versuche meinen Blick aus ihrem zu lösen, was mir kaum gelingen will. »Aber ich verspreche dir, sobald ich …«

»Schwör es, dass ich die Erste bin, die …«, unterbricht sie mich prompt.

Ich nicke. »Du bist die Erste, versprochen.«

»Warum, zum Teufel, schaust du eigentlich nie mir so in die Augen?«, wirft die Susi noch in den Korridor, und irgendwie hab ich den Eindruck, als hallten ihre Worte hundertfach von den Wänden zurück.

Kapitel 16

Am späteren Abend führt mich mein Weg heute direkt zum Wolfi, aber diesmal nicht wegen dem Bier. Zumindest nicht in erster Linie. Sondern vielmehr aus ermittlungstechnischen Gründen heraus. Weil ich halt haargenau weiß, dass sich das Gerücht um unseren gehäckselten Landwirt mittlerweile über alle Dorfgrenzen hinweg rumgesprochen haben dürfte. Und da sich bei Nachrichten solcher Sorte die Mehrheit der Menschen sowohl als Spanner, aber nichtsdestotrotz auch durchaus als mögliche Informationsquelle entpuppen kann, muss ich eben dorthin. Es hilft alles nix. Erwartungsgemäß ist die Bude so rappelvoll, dass man fast annehmen könnte, der Wolfi, der hat den Steckenbiller höchstselbst geschreddert, nur um seinen Umsatz wieder mal ein bisschen zu pushen. Hat er aber wahrscheinlich nicht. Ich schau mich mal um. Und ja, die wo hier grad mit Anwesenheit glänzen, kenn ich fast alle. Zum einen sind die da, die halt immer da sind. Und dann sind auch die da, die nur zu ganz bestimmten Anlässen kommen, bei einer Fußball-WM meinetwegen. Oder wenn's Freibier gibt. Oder eben wenn's wieder mal ein Verbrechen gibt hier bei uns in Niederkaltenkirchen, was durchaus vorkommt. Der Einzige, wo mir grad auffallend fehlt und glasklar zu Kategorie eins gehört, das ist der Simmerl. Wofür ich aber umgehend eine plausible, wenn auch knappe Erklärung vom tatsächlich schwer beschäftigten Wirt erhalte. Unser Metzger, der wär nämlich aktuell mit seiner Gisela auf dem Weg nach Salzburg, was immer er dort auch möchte.

»Aufstehen«, sag ich exakt in dem Moment, wo mir der Wolfi mein Bier zwischen zwei Köpfen hindurch reichen möchte.

»Warum?«, fragt mein aktueller Ansprechpartner im Jeanshemd, der heute dummerweise ausgerechnet auf meinem Stammhocker Platz genommen hat.

»Weil ich es sage«, entgegne ich, inzwischen mit dem Glas in der Hand.

»Weil du es sagst …«, grinst er mich an.

Hab ich grad irgendwie missverständlich kommuniziert? Ich glaube nicht. Drum nicke ich.

»Du möchtest, dass ich aufstehe, damit du dich hinhocken kannst, oder was? Ist das dein Ernst?«, fragt der Denim nun und grinst ein sehr breites Grinsen. Ich nicke ein weiteres Mal.

»Darf ich fragen warum, Eberhofer?«, will er nun wissen. Er kennt mich also. Weshalb mich seine Frage umso mehr überrascht.

»Weil es mein Hocker ist, auf dem du sitzt.«

Er nimmt seine Beine auseinander und starrt auf die Sitzfläche dazwischen.

»Dein Name steht aber gar nicht drauf«, entgegnet er fröhlich. Meine Güte, ich hab jetzt keinen Bock auf Spielchen.

»Muss er auch nicht, es weiß ein jeder«, antworte ich und merk, dass mir langsam der Gaul durchgeht.

»Ich weiß es nicht«, lächelt er dämlich über seine Schulter hinweg.

»Dann hättest du vielleicht besser aufpassen sollen. Und jetzt hurtig«, sag ich, und mein Tonfall wird nun ziemlich eindeutig. Langsam sollte sogar er wissen können, wohin die Reise geht.

»Du möchtest also tatsächlich, dass ich von diesem Hocker aufstehe, nur damit du dich hinhocken kannst?«, fragt er mich nun tatsächlich erneut, und allmählich frag ich mich, wie jemand eine so unendlich langsame Auffassungsgabe haben kann.

»Du hast aber eine schnelle Auffassungsgabe«, entgegne ich und zieh als wirklich allerletzte Warnung meine rechte Augenbraue hoch.

»Ich hab auch eine sehr schnelle Faust, Eberhofer. Soll ich dir das einmal zeigen?«

»Das kannst du gerne tun, wenn du mit einer zerschossenen Kniescheibe leben kannst«, antworte ich, während ich meine Knarre nur einen winzigen Moment aufblitzen lass. Jetzt hat er vermutlich auch keine Lust mehr auf Spielchen. Jedenfalls nimmt er sein Bierglas und einen Schlüssel vom Tresen und steht auf, ohne auch nur den kleinsten Versuch, einen weiteren Kommentar abzuschießen.

Der Rest des Abends ist dann im gleichen Maße gesellig wie informativ, wobei man bei Letzterem schon ganz genau abwägen muss. Was nämlich unseren verstorbenen Mitbürger so betrifft, da ist an Spekulationen so ziemlich alles vertreten, was man sich überhaupt so vorstellen kann. Ja, unsere Gemeinde ist halt schon eher von der kreativen Sorte, und da kann man durchaus von Glück reden, dass ich persönlich ja eher ein nüchterner und klar denkender Zeitgenosse bin. Sonst würde ich mich von diesen ganzen wirren Geschichten wahrscheinlich nur beeinflussen und eventuell sogar auf eine falsche Fährte bringen lassen. Um die Übersicht nicht zu verlieren, mache ich mir selbstverständlich ein paar Notizen. So notiere ich zum Beispiel Folgendes: Erstens, der Steckenbiller hatte ein Verhältnis mit seiner Schwiegertochter. Zweitens, er war bis über beide Ohren verschuldet, weil er sich hoffnungslos an der Börse verspekuliert hatte und deswegen dringend Land verkaufen musste. Drittens, er hatte eine Zweitfamilie in Südafrika, die ihn gnadenlos ausgebeutet hat. Und viertens, der Bub, also der Simon, stammt eigentlich gar nicht von seiner Ehefrau, sondern von der Mooshammerin, die ihn dann in ihrer ganzen Not und Verzweiflung in einem Weidenkorb ausgesetzt hat, wo der Lenz ihn schließlich gefunden und vor dem Ertrinken gerettet hat.

Erst bei Punkt siebenunddreißig, da hör ich dann auf mitzuschreiben. Nicht nur, weil mein Notizheft inzwischen randvoll ist, sondern auch, weil es mein in der Zwischenzeit einzig verbleibender Gesprächspartner, übrigens ein relativ neuer Mitbürger aus den relativ neuen Bundesländern, ebenfalls ist. Und der in seinem Suff steif und fest behauptet, der Steckenbiller, der wär ein Denunziant der übelsten Sorte gewesen, hätt von jeher und bis zum letzten Atemzug hin für die Stasi spioniert und wollte wohl jetzt auf seine alten Tage nach Westdeutschland türmen. Weshalb man ihn nun halt aus dem Weg hätte räumen müssen. Das ist ja wohl klar, oder? Doch diese Art von Geschichten, die muss ich mir gar nicht erst aufschreiben. Die kann man sich nämlich auch so ganz einwandfrei merken. Selbst dann noch, wenn man selber schon drei oder vier Bier intus hat.

Wie ich am nächsten Tag gleich in aller Herrgottsfrüh merke, hat der Birkenberger Rudi am gestrigen Abend grob geschätzte hundert Mal bei mir angerufen. Was ich wahrscheinlich im dienstlichen Eifer völlig überhört haben muss.

Jedenfalls hat er mir dann irgendwann die komplette Mailbox vollgequatscht und sein Vorwurf, dass er mich nicht erreichen hat können, ist aus jeder einzelnen Silbe sehr klar zu vernehmen. Selbst jetzt, also viele Stunden lang später, erscheint er mir noch ziemlich zickig.

»Warum gehst du nicht an dein verdammtes Telefon«, knurrt er mir entgegen, was mich schier dazu nötigt, die Augen in alle Richtungen zu verdrehen. »Ich hab dich zigmal angerufen. Glaubst du, ich hab mit meiner Zeit nix Besseres zu tun?«

»Offenbar ja nicht, Rudi«, entgegne ich, während ich mir einen Kaffee einschenk. Die Jessy sitzt hier im Büro keine zwei Meter weiter und ist ebenfalls grad aufs Eifrigste am Telefonieren.

»Doch, da hätte ich durchaus ein paar Ideen, meinen Abend zu gestalten, statt dir hinterherzutelefonieren«, zischt der Rudi immer noch hörbar verärgert. Und natürlich könnte ich ihn jetzt fragen, was für tolle Ideen das denn wären. Und natürlich würde er mir dann die Story vom toten Pferd erzählen und was für ein aufregendes Leben er hat. Aber weil wir das erstens schon millionenfach hatten und ich uns beiden zweitens diese Peinlichkeit ersparen will, drum tu ich es nicht.

»Rudi«, sag ich stattdessen. »Es würde vollkommen ausreichen, wenn du ein einziges Mal bei mir anrufst, verstehst. Weil dann sehe ich ja, dass du angerufen hast, und kann dich einfach zurückrufen.«

»Das tust du aber nicht, Franz! Das tust du nicht«, schreit er mir nun in den Hörer.

»Tu ich doch grade.«

»Nein, tust du nicht. Also schon, aber nicht gleich. Also nicht sofort. Umgehend. Ich meine, ich hätte ja möglicherweise in Lebensgefahr sein können oder so was. Und das wär dir völlig egal. Bis du dann irgendwann zurückrufst, da bin ich vermutlich schon … Ja, was weiß ich? Vermutlich bin ich da längst schon verblutet«, schreit er ein weiteres Mal. Hat sie der noch alle? Worüber reden wir hier eigentlich?

»Warst du denn in Lebensgefahr?«, frag ich nun und bemüh mich schon allein wegen der Jessy um einen entspannten Tonfall.

»Darum geht es doch hier überhaupt nicht, Franz. Wir sind Freunde, und von Freunden erwarte ich, dass sie rund um die Uhr für einen da sind, ganz egal, wann man anruft. Und erst recht, wenn man an die hundert Mal anruft. Denn da sollte ein Freund schon ahnen, dass es etwas wirklich Dringendes ist.«

»Ich war unterwegs und hab wohl mein Handy daheim liegen lassen«, lüg ich, nur um diesem Elend ein Ende zu machen.

»Hast du nicht, das weiß ich genau. Weil ich nämlich bei euch daheim gewesen bin. Und die Susi hat gesagt, du musst es dabeihaben, weil es im ganzen Haus nirgends aufzufinden war.«

Jetzt wird's aber hinten höher als vorn.

»Okay, Rudi«, sag ich, um das Ganze abzukürzen. »Wenn du also nicht in Lebensgefahr gewesen bist, was also ist in Gottes Namen so dringend gewesen, dass du hier so ein Fass aufmachen musst?«

»Das würdest du jetzt zu gerne wissen, gell?«, fragt er nun, und seine hysterische Stimme gleitet ins Überhebliche ab.

»Nein, Rudi. Ganz ehrlich, es ist mir scheißegal, verstehst. Ich versuche nur, dich wieder in die Spur zu bringen«, antworte ich und merke, wie nun in meinem eigenen Tonfall die Lautstärke wächst. Prompt legt sich die Jessy den Zeigefinger auf ihren Mund, womit sie wohl ausdrücken will, dass ich akustisch ein wenig zurückrudern soll. Auch sie ist immer noch am Telefonieren. Weiß der Geier, mit wem.

»Weißt du was, Franz«, kommt nun der Rudi wieder zum Einsatz. »Weißt du, was du bist? Du bist unprofessionell und … Unprofessionell und gemein. Ja, ziemlich gemein. Genau das bist du. Gemein und unprofessionell.«

»Sag einmal, hast du deine Tage, oder was?«, muss ich jetzt nachfragen, weil ich – wenn er jetzt nicht gleich zum Punkt kommt – anfange, mir Sorgen zu machen.

»Weißt du eigentlich«, sagt er weiter und atmet einmal ganz dramatisch durch, »dass Männer ihre Ehefrauen immer dann fragen, ob sie ihre Tage hätten, wenn sie sich von ihnen in die Enge getrieben fühlen? Das ist Fakt, Franz. Und es bedeutet reine Hilflosigkeit.«

»Ich bin hilflos, Rudi. Weil du mir seit Anbeginn dieses Gesprächs ganz tierisch auf die Eier gehst. Ich bin nicht dein Ehemann und du nicht meine Frau. Gott bewahre. Und was immer es gewesen ist, das du mir gestern hättest mitteilen wollen, Rudi. Sag es oder lass es bleiben. Aber zick hier nicht rum, verdammt!«

»Es war klar, dass du jetzt deine Eier ins Spiel bringen musstest. Was für ein erbärmlicher Macho du doch bist.«

Dass ich das Gespräch nun hier kappe, liegt nicht etwa an dem Macho oder dem ganzen restlichen haarsträubenden Müll, den der Birkenberger grad so verzapft hat. Nein, es liegt einzig und allein daran, dass wir hier nicht weiterkommen. Dass wir uns im Kreise drehen. Dass sich der Rudi inzwischen so dermaßen auf den bösen Franz eingegroovt hat, dass er einfach kein Land mehr sieht. Würde ich den Rudi nicht schon so lange und auswendig kennen, wie ich es nun einmal tu, da würde ich vermutlich schon etwas mehr Nachsicht walten lassen. Aber so ist es nun einmal nicht. Deshalb cut. Game over. Tilt. Sonst kommen wir vom Hundertsten ins Tausendste, und ganz am Ende haben wir uns dann gar nicht mehr lieb. Und wem wäre damit geholfen? Wem?

Dass es ausgerechnet unser Bürgermeister ist, der mich nun aus meinem aufziehenden Tiefdruckgebiet reißt, damit hätt ich nun so gar nicht gerechnet. Er ist es nämlich, der unsere Jessy schon seit über einer geschlagenen halben Stunde am Telefon fixiert und sie am Ende bittet, den Hörer an meine Wenigkeit weiterzureichen. Was sie auch tut. Und nach ein paar artigen Begrüßungsfloskeln möchte er dann den Status quo von mir wissen. Also quasi, was grad so abgeht hier bei uns in Niederkaltenkirchen. Und doch, freilich ist er bereits von der Jessy auf den aktuellsten aller Stände gebracht worden. Und natürlich ist er über den derzeitigen Status, was einen seiner ältesten und hochgeschätzten Mitbürger betrifft, mindestens ebenso beunruhigt wie über die feministische Kriegsführung in seinen heiligen Hallen. Und genau aus diesem Grund will er neben Jessys nun quasi ein zweites Gutachten einholen. Eine Gegenmeinung sozusagen. Damit er sich im Anschluss selber ein möglichst objektives Bild der unmittelbaren Lage machen kann. Das leuchtet irgendwie ein. Allerdings zwingt er mich dadurch natürlich geradezu auch, einen relativ großen Spagat hinzulegen. Weil ich zum einen der Susi nicht in ihre Aktivitäten als stellvertretender Bürgermeister grätschen kann und auch gar nicht will. Mir momentan zum anderen aber die Jessy gegenübersitzt, und zwar nur eine Armlänge entfernt und mich mit einem Blick fixiert, der fraglos ganze Bände spricht. Jetzt also nur keinen Fehler machen. So jongliere ich mich akustisch durch die letzten Tage, indem ich zwar durchaus die Leistung von der Susi erwähne, dabei jedoch den Ball äußerst flach halte. Am Ende meiner Ausführung bin ich ziemlich erleichtert und schon auch zufrieden. Und unser Ortsvorsteher ist es offenbar auch. Die Wahrscheinlichkeit, dass ein exzellenter Diplomat an mir verloren ging, ist regelrecht greifbar – und steht quasi mitten im Raum.

Ebenso mitten im Raum steht aber auch nur Augenblicke später der Simmerl. Steht da in seinem blutverschmierten Kittel und den weißen Fleischerstiefeln vor mir, und ja, wenn er nun noch ein Beil in der Hand hätt, dann würde er mit Sicherheit in jedem Horrorfilm die Hauptrolle kriegen. Gar keine Frage. Und nachdem ich schließlich auch für ihn einen Kaffee eingeschenkt habe, gehen wir zwei Hübschen nach hinten in mein eigenes Büro. Wo er sich prompt blutbesudelt, wie er ist, in meinen blitzsauberen Besucherstuhl hockt. Danach schweigt er ein Weilchen. Sitzt nur da, starrt in sein dampfendes Haferl oder nimmt ab und zu einen Schluck, nur um anschließend weiter in sein Haferl zu starren. Himmelherrgott noch mal, was ist denn da wieder los! Doch da ich in Anbetracht meiner heutigen Gesprächspartner eh schon ein wenig mürbe bin, steht auch mir gegenwärtig nicht der Sinn nach Konversation. So genieße ich diesen Moment der Stille im Grunde sogar deutlich mehr, als dass er mich nervt. Die Frühlingssonne scheint geradezu großartig durch die Rathausfenster herein, die Bäume draußen werden langsam, aber sicher grün und grüner, und mein Kaffee ist noch relativ heiß. Das ist astrein. Was will man da mehr? Irgendwann aber muss ich wohl eingeschlafen sein. Denn als ich den nächsten Schluck Kaffee nehmen will, ist der inzwischen eiskalt, es dämmert schon draußen, und der Simmerl ist weg. Und grad wie ich so nachdenke, ob er denn überhaupt hier war, da fällt mein Blick auf einen Zettel. Exakt dort, wo der Simmerl grad zuvor noch gesessen hat, da liegt ein Stück Papier auf dem Tisch, und es ist zweifellos seine krakelige Handschrift, die ich dort lese:

Deinen Job möchte ich haben, Dorfsheriff!
Wenn es dein stressiger Polizeialltag zulässt, dann melde dich. Wir müssen zur Tat schreiten. Der Wolfi weiß schon Bescheid.

Kapitel 17

Der Papa sitzt völlig bekifft in unserer Küche, wie ich heimkomm. Er raucht einen Joint, und ich frage mich gleich, der wievielte es heute wohl schon ist. Sonst raucht er niemals drinnen im Haus, immer nur draußen, und wenn irgendeine Möglichkeit besteht, dann achtet er sogar in den allermeisten Fällen aufs Peinlichste drauf, dass niemand davon etwas mitkriegt außer der Oma und mir. Momentan aber scheint es ihm komplett am Arsch vorbeizudriften, ob er Publikum hat bei seinem seltsamen Hobby. Ganz im Gegenteil. Der obligatorische Aschenbecher steht nun eben nicht auf dem kleinen Tischchen hinten im Garten unter den alten Obstbäumen, sondern mitten auf dem Küchentisch, und er quillt förmlich über. Dahinter auf der Eckbank hockt er höchstselbst im Bademantel und in eine schier undurchdringliche Nebelwand gehüllt und gafft mich mit einem Blick an, den ich nur allzu gut an ihm kenne. Irgendwie fehlen mir grad die Worte. Drum leer ich zunächst mal den Aschenbecher aus und befrei mithilfe eines Lappens den Tisch von zahllosen Tabakkrümeln und verflogener Asche.

»Wer zum Putzen neigt, der hat Dreck in seiner Seele«, brummt der Papa und nimmt einen weiteren, sehr tiefen Zug.

»Ja, schon recht«, entgegne ich wenig beeindruckt, weil

mir diese Art von Unterhaltung in gleichem Maße vertraut ist, wie sie mir auch auf die Nerven geht.

»Der Leopold, der putzt zum Beispiel auch grad ständig umeinander«, fährt er unbeirrt fort. »Und warum putzt er, der Leopold? Weil er seine Familie vermisst und durch das Putzen das Gefühl hat, seine traurige Seele damit reinigen zu können. Aber, und jetzt kommt's, der Leopold, der möchte, dass auch wir anderen alle putzen. Alle, wie wir hier sind, sollen wir plötzlich putzen. Er will das nicht alleine machen. Und warum will er das nicht alleine machen, der Leopold? Weil er denkt, dass wir alle, wie wir hier sind, Schuld haben, dass seine Familie weg ist. Was natürlich ein Schmarrn ist, ein elendiger. Aber das kapiert er nicht, der Leopold. Drum putzt er eben ständig und will, dass wir mitputzen. Aber irgendwie ist das doch komplett nachvollziehbar, oder etwa nicht?«

»Nein, für mich eher nicht. Findest du nicht, dass du so rein drogenmäßig für heute Schluss machen solltest, Papa?«

»Schluss machen? Warum? Weil ich die Wahrheit sage? Außerdem hab ich ja noch gar nicht richtig angefangen.«

Lieber Gott, schau runter!

»Papa, du rauchst hier mitten in unserer Küche den inzwischen was weiß ich wievielten Joint und gibst unkontrollierten Müll von dir. Drum glaub ich, es ist jetzt besser …«

»Was weißt du schon, was besser ist? Ha, sag mir das! Du bist eine emotionale Ruine, jawohl, das bist du. Und, und das ist der Punkt, ich rauche in meinem Haus, wo immer ich mag. Weil erstens eh niemand da ist, und es zweitens auch keinen was angeht. Und was den unkontrollierten Müll angeht, da kann ich nur sagen: Ich bin der Einzige, wo hier bei uns überhaupt noch einen Hauch von Überblick hat, verstehst. Schau dich doch einmal um, Burschi. Nimm deine Susi zum Beispiel. Deine Susi, die glaubt nun allen Ernstes, dass sie die neue Bürgermeisterin von Niederkaltenkirchen ist. Lächerlich! Allein schon, weil sie eine Frau ist. Was ich über den Leopold denke, das hab ich ja bereits erwähnt, und du … du fischst doch eh nur im Trüben. Als wär dieses Familienkonstrukt nicht schon himmelschreiend genug, nein, da meint auch noch die Oma auf ihre uralten Tage, sie müsste jetzt noch unbedingt einen auf Hippie machen, oder was immer sie sich dabei denkt. Geh, hör mir doch auf, ihr seid doch alle miteinander nicht mehr ganz dicht. Und ausgerechnet ich bin dann der Spinner hier, nur weil ich mir ab und zu mein Graserl gönn«, gibt er von sich und zieht dann ein weiteres Mal an seinem Tütchen.

Im ersten Moment fehlen mir nun die Worte. Das war ja jetzt mehr Text vom Papa als sonst in einem Jahr. Was aber auch wieder wurst ist. Denn was dann passiert, das ist einfach unglaublich. Und es passiert quasi im Minutentakt. Die Susi ist die Erste, die das Spielfeld betritt. Sie kommt zur Küchentür rein und hat den schlafenden Paul auf und eine fette Akte unter dem Arm.

»Es ist der absolute Wahnsinn«, sagt sie gleich ganz ohne Servus und überreicht mir das Paulchen, nur um Augenblicke später in diesem dubiosen Ordner zu wühlen. »Hier, ich bin heut den ganzen lieben langen Tag über irgendwelchen beschissenen Plänen gehockt und hab mir das Hirn zermartert, nur um herauszufinden, welche Parzellen nun eben Bauland, Bauerwartungsland oder einfache landwirtschaftliche Nutzflächen sind. Dreimal hab ich deswegen mit dem Landrat telefoniert, aber offenbar hat der ebenso wenig Durchblick, wie ich es habe. Der reinste Saustall ist das hier bei uns. Echt allerhöchste Zeit, dass sich daran was ändert. Doch da sieht man's einmal wieder: Nichts passiert ohne Grund. Noch nicht einmal der depperte Skiunfall von unserem Bürgermeister.«

Der Papa wirft mir einen alles sagenden Blick über den Tisch, und zwar genau in dem Moment, wo der Leopold zur Türe reinkommt. Welcher einen kollektiven, aber sehr knappen Gruß an die Anwesenden richtet, sich anschließend aber eindeutig dafür entscheidet, lieber zu schweigen. Stattdessen stülpt er sich Gummihandschuhe bis zu den Ellbogen über und beginnt, unsere Küche zu putzen. Der Papa sendet mir einen weiteren Blick und raucht unbeirrt weiter, was außer mir selber keiner zur Kenntnis zu nehmen scheint. Vermutlich aber hängt hier grad jeder so dermaßen seinen eigenen Gedanken nach, dass er sein Umfeld komplett ignoriert. Ich kenn das. Das passiert mir selber ja auch manchmal. Bei Leberkässemmeln zum Beispiel. Also wenn ich da am Vormittag in meinem Büro so völlig gechillt vor meiner Brotzeit hocke, ja da kann's rund um mich herum praktisch Mord und Totschlag geben. Das würde mich zunächst einmal nicht sonderlich tangieren.

Die Oma ist die Nächste, wo diese illustre Runde hier nun erweitert, indem sie nämlich kurz darauf die Küchentür öffnet, einen winzigen Augenblick innehält und dann in selbiger wie angewurzelt stehen bleibt. Sie schnauft einmal tief durch und stemmt ihre Hände in die Hüften.

»Sagts einmal, habt ihr noch alle Latten am Zaun?«, ist das Erste, was sie von sich gibt. Dann aber stürmt sie die Küche, reißt dem Papa seinen Joint aus der Hand, um ihn anschließend im Aschenbecher auszudrücken, grad so, als müsste sie eine lebensgefährliche Tarantel eliminieren. Anschließend reißt sie das Fenster sperrangelweit auf.

»Bring gefälligst den Buben ins Bett, bevor er uns noch erstickt«, schnauzt sie dann die Susi an, die immer noch über irgendwelchen Plänen rumhängt. »Und dann räum den Tisch ab, immerhin ist das hier kein Büro nicht, sondern eine Küche. Und zwar meine Küche, um genau zu sein.«

»Ist ja schon gut, Oma«, sagt die Susi ein bisschen genervt, klappt aber brav ihren Ordner zu.

»Nein, nix ist gut«, poltert die Oma weiter und wendet sich dann an den Leopold. »Und was genau machst du da, wenn ich fragen darf?«

»Ja, freilich darfst du fragen, Oma«, entgegnet der wie auf Kommando, und irgendwie wirkt er jetzt leicht eingeschüchtert. »Ich putze die Küche. Also deine Küche sozusagen.«

»Und womit putzt du meine Küche? Mit Salzsäure, oder was? Das stinkt ja bis auf den Gehsteig raus«, sagt sie und nimmt nun das Putzmittel unter die Lupe, das dort an der Spüle rumsteht.

»Das ist gut, das nehm ich zuhause auch. Antibakteriell, weißt. Da gehen praktisch komplett alle nur erdenklichen Keime zugrunde«, versucht der Leopold, die Kurve zu kriegen.

»Ja, das glaub ich gern. Und wir wahrscheinlich gleich mit. Da nimmt man einen Essig oder man nimmt einen Spiritus meinetwegen. Aber man nimmt doch um Gottes willen kein so ein teuflisches Gift, so ein ätzendes«, zischt die Oma weiter und drückt dem Leopold die Flasche in die Hand, der gummibehandschuht, wie er nun mal ist, ungeschickt danach zu greifen versucht. Jetzt ist die Stimmung irgendwie endgültig im Arsch. Und ich frage mich ernsthaft, wann ich denn nun an der Reihe sein werde, um mein Fett abzukriegen.

»Gibt's eigentlich nix zum Essen bei euch?«, will die Oma nun wissen, und anscheinend hat keiner von uns eine zufriedenstellende Antwort. Oder es traut sich keiner. Wer weiß. Wir schauen uns nur reihum an und schweigen. Quasi im Team.

»Also was ist jetzt? Hat's euch die Sprache verschlagen?«, fragt die Oma nun weiter, und ihr Blick wandert von einem zum andern.

»Hat's denn bei der Mooshammer Liesl heut nix zum Essen gegeben?«, ist das Erste, was mir grad einfällt und schließlich über die Lippen kommt.

»Nein, die fastet. Trauerfasten, hat sie gesagt. Und sie erwartet, dass alle um sie herum mitmachen. Aber da kann sie mich mal. Ich verhungere doch nicht, nur weil die einer Liebe nachtrauert, die bald ein halbes Jahrhundert zurückliegt und die sie seinerzeit so leichtfertig aufgegeben hat. Also, wie schaut's aus, was ist jetzt mit Essen?«

»Mei, so generell hätt ich nix einzuwenden«, sag ich, womit ich gleich kollektive Zustimmung ernte. Und keine zehn Minuten später, da bin ich auch schon auf dem Weg zum Heimatwinkel rüber, um die Pizzen und Salate abzuholen, die wir soeben telefontechnisch geordert haben. Der Leopold erklärt sich großzügig bereit, die Zeche zu bezahlen. Wahrscheinlich, weil er ein schlechtes Gewissen hat, wo er doch der Oma um Haaresbreite ihre heilige Küche weggeätzt hat. Ja, das treibt ihn jetzt schon ein bisschen um, das merkt man genau. Und das, obwohl dieses ominöse Putzmittel ja gar nicht von ihm selber stammte, sondern von der Oma. Und ich nur zu genau weiß, dass sie es selber auch ständig benutzt. Erst recht in ihrer heiligen Küche.

Aber wurst. Die Pizzen sind jedenfalls durchaus genießbar, gar keine Frage. Auch wenn sie nur noch lauwarm sind und ein leichtes Aroma von Kartonage aufweisen. Und der Wein, den wir dazu geschenkt bekommen haben, der schmeckt der Susi und mir hinterher prima. Sogar in unserem nagelneuen Schlafzimmer. Und trotz der ganzen nagelneuen Möbel und dieser unsagbar kitschig romantischen Bettwäsche. Doch eines muss man der Susi und ihrem fragwürdigen Einsatz in unserer Gemeindeverwaltung lassen. Etuikleiderfummel und Lidschatten hin oder her, von ihren Aufsteckfrisuren ganz zu schweigen. Aber ein bisschen Karrieretussi – das ist bei all diesem Chichi dennoch durchaus erkennbar – steht ihr schon auch ausgesprochen gut. Und ist obendrein äußerst reizvoll. Denn selbst ihre Unterwäsche ist jetzt anders, als sie es vorher immer war. Keine dämlichen Bärchen oder fliegende Delphine mehr auf den Höschen. Sondern vollkommen anders, eher gegensätzlich. Irgendwie erwachsener halt. Und das kann einen nach all den routinierten Jahren dann schon ziemlich heiß machen, frag nicht.

»Mein Gott, was ist los mit dir?«, will die Susi völlig erschöpft, wenn auch sehr selig, gleich nach dem Schnackseln von mir wissen.

»Du kannst ruhig Franz zu mir sagen«, entgegne ich und geb ihr ein Bussi auf die Stirn. Sie grinst.

»Also gut, Franz. Was ist los mit dir?«

»Nix. Du machst mich halt schon ganz schön scharf, so wie du dich grad entwickelst. So von der kleinen Verwaltungsschnecke zu einer richtigen … ja, keine Ahnung. Irgendwie einem voll sexy Weib halt«, versuch ich, meine Fantasie in Worte zu fassen, die mir irgendwie nicht so recht einfallen wollen.

»Ja, das hat der Rudi gestern auch gesagt«, entgegnet sie und schmiegt sich ganz eng an meine Brust, die noch immer ziemlich verschwitzt ist.

»Der Rudi?«, frag ich und schieb sie ein bisschen von mir runter. »Wieso, was hat der Rudi damit zu tun? Wann hast du den denn getroffen? Und warum sagt der zu dir, dass du sexy bist?«

»Weil es die Wahrheit ist?«, fragt sie mit ihrem astreinen Schmollmund. Jetzt muss ich sie endgültig von mir runterschubsen.

»Ach, richtig, er war ja hier gestern Abend. Auf der Suche nach meinem Handy. Was wollte er eigentlich?«

»Mir sagen, dass ich sexy bin«, grinst sie mit geschlossenen Augen.

Wenn sie so weitermacht, dann muss ich die zweite Runde einläuten.

»Susi, entweder du erzählst mir jetzt, was mit dem Rudi gestern war und was er hier wollte, oder …«

»Oder!«, haucht sie noch kurz, ehe sie unter der Bettdecke verschwindet. Und zwar komplett.

Wie man sich vielleicht unschwer vorstellen kann, ergeben sich am nächsten Morgen ein paar nicht unwesentliche Probleme. Erstens verschlafen wir beide. Zweitens krieg ich die ganze Zeit über mein blödes Grinsen nicht aus dem Gesicht. Und drittens hat sich ein Muskelkater bei mir breitgemacht, und zwar an Stellen, wo ich noch nicht einmal wusste, dass ich da überhaupt Muskeln habe. Jedenfalls ist es gleich halb zehn, wie ich an der Seite einer noch immer selig schlummernden Susi erwache. Und wahrscheinlich würde ich selber auch noch tief und fest schlafen und weiterhin unfassbar schmutzigen Träumen hinterherjagen, wenn nicht ausgerechnet das Paulchen mitsamt seinem Plüschelefanten plötzlich mitten im Schlafzimmer stehen würde. Mit einem einzigen Hopps springt er prompt zu uns ins Bett, während er sich noch die nächtlichen Hinterlassenschaften vom Sandmännchen aus den Äuglein reibt.

»Na, erzähl mal, wie war deine Nacht, Paul?«, frag ich, während ich ihn unter die Bettdecke kriechen lass. »Hast du denn den bösen Drachen getötet?«

»Es gibt keine bösen Drachen, Papa. Das hat mir der Ansgar erzählt«, antwortet er ganz aufmerksam.

»Wie, es gibt keine bösen Drachen? Glaubst du denn dem Ansgar mehr als deinem Papa?«, muss ich hier nachfragen und gebe zu, dass mich nun seine Antwort doch schon arg interessiert.

»Nein, erzähl du mal lieber, Papa«, versucht er diplomatisch, das Thema zu wechseln. Mein Sohn eben. »Wie war denn deine Nacht? Hast du denn den bösen Drachen getötet.«

»Mein Drache, der war eigentlich nicht böse, Paulchen. Zumindest nicht sehr. Er war vielleicht eher ein bisschen übermotiviert, weißt du. Und im Grunde hab auch nicht ich ihn getötet, sondern deine Mama war das.«

»Echt?«, fragt er und scheint durchaus beeindruckt.

»Echt«, entgegne ich.

»Drum ist sie jetzt auch noch so müde, gell. Weil sie den Drachen getötet hat, die Mama«, sagt er, und ich nicke. Ein schlaues Bürschlein ist er schon, unser Paul. Daran besteht gar kein Zweifel. Nicht der geringste.

Kapitel 18

Es ist gegen Mittag mit einer leichten Tendenz zum Nachmittag hin, wie ich schließlich im Rathaus aufschlage. Und nach dem obligatorischen Servus bei der passioniert grantigen Jessy und der Beschaffung meines Kaffees mach ich mich auch prompt und zielorientiert auf den Weg in mein Büro. Dort angekommen versteh ich dann auch den Kommentar unserer einzig verbleibenden Verwaltungsschnepfe und kann nun zuordnen, was es damit auf sich hat, als sie soeben gemurmelt hat, die Warze an meinem Arsch, die wär schon längst da. Der Rudi hockt nämlich in meinem Bürostuhl, hat ordnungswidrig die Haxen auf dem Schreibtisch und seine Nase in einem Leitz versenkt.

»Birkenberger, was verschafft mir die Ehre?«, will ich deswegen wissen, kaum dass ich im Raum bin.

»Ah, der Herr Eberhofer«, entgegnet er, ohne jedoch seinen Blick aus den Akten zu nehmen, und irgendwie spricht er heute mehr durch die Nase als durch den Mund, was ihm einen seltsamen englischen Akzent verleiht. »Haben wir es doch noch geschafft, den Dienst anzutreten. Welch Freude. Weil, es hätte ja sein können, dass wir es vorziehen, die Toten ruhen zu lassen und stattdessen den heutigen Tag zu verbummeln, gell.«

Warum spricht er in der Mehrzahl? Und was will er eigentlich von mir? Ist er mein Vorgesetzter, oder was?

Zahlt er mein Gehalt? Oder was treibt ihn sonst zu dieser irrwitzigen und nervig nasalen Behauptung?

»Wenn du bitte aufstehen würdest«, sag ich, ohne überhaupt auf sein dubioses Vorspiel einzugehen, und stell mich direkt vor ihn. Jetzt erst nimmt er den Ordner aus seinem Gesicht und schaut mich mit riesigen Augen an.

»Sonst?«, fragt er glupschäugig und mit einem provokanten Grinsen.

»Sonst schmeiß ich dich runter«, antworte ich und trete schon mal gegen den Bürostuhl. Drohgebärde quasi.

»Musst dich gar nicht aufpumpen«, sagt er, während er sich extrem langsam erhebt. »Es ist besser, du sparst dir deine Kräfte, Franz. Du wirst sie nämlich gleich brauchen, wenn ich dich wissen lass, was ich schon längst weiß.«

Uh, jetzt macht er mich aber neugierig, der kleine Schlauberger.

»Also?«, frag ich und kann mir ein Grinsen nicht wirklich verkneifen. Und freilich weiß ich, dass ich ihn damit wütend mach. Sehr wütend von Zeit zu Zeit. Um das Spielchen ein bisschen auf die Spitze zu treiben, schalte ich meinen PC ein. Zum einen natürlich schon auch, um dienstbeflissen, wie ich nun mal bin, die aktuelle Lage zu checken. Zum anderen aber halt freilich auch, damit der Birkenberger jetzt nicht denkt, er sei der Zenit meines Arbeitslebens und ohne seine Mithilfe würde ich hier nur im Trüben fischen.

Und jetzt passieren zwei Dinge quasi gleichzeitig. Für einen völlig durchschnittlichen Polizeibeamten, da wären die gerade einprasselnden Informationen womöglich zu viel. Da ich aber eine Auffassungsgabe hab wie kein zweiter weit und breit, behalte ich nicht nur den Überblick. Nein, ich kombiniere und assoziiere, dass es mir beinah ganz schwindelig wird. Und während der Rudi mir nun gegenübersitzt und großkotzig kundtut, dass er abermals vollkommen illegale Ermittlungen angestellt hat, da erfahr ich quasi zeitgleich live vom Rudi selbst und per E-Mail, dass die menschlichen Überreste von unserem Acker tatsächlich und ohne jeden Zweifel vom Steckenbiller Lenz stammen. Nicht dass ich daran noch irgendwelche Zweifel gehegt hätte. Das nicht. Aber wenn man so was schwarz auf weiß hat, dann ist es halt schon irgendwie besser und obendrein auch sehr amtlich. Gar keine Frage.

»Du willst also damit sagen, Rudi, dass du wieder einmal völlig unerlaubterweise deine kleine Schnüffelnase in Dinge gesteckt hast, in die du sie nicht stecken solltest, und dabei in einer mehr als fragwürdigen Nacht- und Nebelaktion auf menschliche Blutspuren im Stall der Steckenbillers gestoßen bist?«, muss ich am Ende seiner Ausführung fragen.

»Nicht ich bin auf menschliche Blutspuren gestoßen«, antwortet er in seiner nasalen Tonart, die momentan gönnerhafter gar nicht sein könnte. »Sondern der Wilhelm ist es. Ja, dieser alte, pensionierte Leichenspürhund, den im Grunde keiner mehr recht haben will, der macht seinen Job doch tatsächlich noch ziemlich erstklassig, wenn du mich fragst. Und wir zwei, wir müssen nun praktisch nur noch rausfinden, ob dieses Blut vom alten Steckenbiller stammt, und schon können wir loslegen.«

»Das Blut stammt ganz bestimmt vom alten Steckenbiller, Rudi. Da kannst du getrost deinen englischen Akzent drauf verwetten«, entgegne ich und seh genau, wie er nun kurz stutzt.

»Frage, Franz. Nein, eigentlich zwei. Weil erstens: woher willst du das wissen, dass der Tote der Steckenbiller ist? Und zweitens: wie kommst du darauf, dass ich einen englischen Akzent habe?«, fragt er, und ich frag mich grad auch was. Und zwar, ob er es wirklich nicht merkt, dass er hier nun schon seit einer geschlagenen Stunde rumhockt und spricht, als wär er Prinz Charles höchstpersönlich.

»Erstens weiß ich das von der Spusi«, entgegne ich und dreh meinen Bildschirm nun so, dass auch seine Majestät einen Blick drauf werfen kann. »Und zum zweiten redest du die ganze Zeit über, als hättest du entweder einen Katarrh, einen unglaublich schlimmen. Oder aber einen Stock im Arsch. Keine Ahnung, such es dir aus.« Tut er aber nicht. Stattdessen widmet er sich jetzt sehr konzentriert der computereigenen Botschaft, die ich ihm grad hingedreht hab.

»Es ist tatsächlich der Steckenbiller! Also doch«, sagt er ein paar Minuten später, als diese doch relativ überschaubaren Informationen endlich auch den Weg durch seine Gehirnwindungen gefunden haben. »Gut, dann müssen wir jetzt handeln, Franz. Was machen wir zuerst?«

Er kommt nicht recht raus aus der Nummer. Obwohl er mittlerweile schon seit gefühlten hundert Jahren gar kein Bulle mehr ist, ist er dennoch der wohl eifrigste im ganzen Land.

»Vielleicht sollten wir zuerst mal die vernehmen, die dem Opfer am nächsten waren«, schlag ich so vor, weil es in jedem Polizeihandbuch auf der ersten Seite steht.

»Ja, warum bin ich da nicht selbst draufgekommen?«, näselt er so mehr in seine eigene Richtung.

Keine Viertelstunde später stehen wir dann auch schon auf dem Hof der Steckenbillers, um dort zum einen die nun unabwendbare Gewissheit mit ihnen zu teilen. Zum anderen aber natürlich auch, um ein mögliches Tatmotiv zu finden oder gegebenenfalls auch auszuschließen. In so einem Fall, da muss man diplomatisch vorgehen. Frag nicht! Fingerspitzengefühl unabdingbar, quasi.

Es ist die Josefina, auf die wir als Erstes treffen, weil sie vor der Haustür steht und die Stufen abkehrt. Wie gesagt, es ist alles picobello auf diesem Anwesen hier. Und das war es schon immer.

»Hallo«, sagt der Rudi, gleich wie er aus dem Wagen steigt und die Route zur Treppe einschlägt.

»Hallo«, entgegnet die junge Frau und hört prompt auf zu fegen. Sie wirkt schmal und zerbrechlich, und ihre Lippen sind blass. »Ist … ist was passiert?«

»Das versuchen wir gerade zu klären«, antworte ich, während ich mich ans Auto lehne. Der Rudi steht nun genau vor den Stufen und blickt zu ihr hoch, grad so, als würde er eine Madonna anbeten. Und wenn man einmal ganz genau hinschaut, dann wirkt sie auch irgendwie so, die Josefina. Grad so, als wenn sie eine Heilige wär.

»Ist was mit dem Schwiegervater?«, fragt sie nun fast tonlos und hält sich inzwischen so dermaßen am Besenstiel fest, dass nun die Knöchel ihrer Hand ganz weiß hervorstechen.

»Ja, er ist tot«, nimmt mir der Rudi den unliebsamen Part ab, und im ersten Moment bin ich direkt erleichtert darüber.

»Er ist – tot?«, stößt sie nun hervor.

»Ja, tot. Verstorben, dahingeschieden, heimgegangen«, versucht er nahtlos fortzufahren. »Und apropos heimgegangen. Mit an Sicherheit grenzender Wahrscheinlichkeit, ist er auch ausgerechnet hier auf dem Hof heimgegangen, der werte Schwiegervater. Womöglich in eurem Stall. Da könnte man ja direkt sagen, er ist daheim heimgegangen, gell.«

Meine Güte, Birkenberger! Was hat denn den nur geritten?

»Das ist ja …«, entfährt es nun der Josefina, und falls diese Möglichkeit rein grundsätzlich besteht, dann ist sie jetzt noch einen Touch blasser, als sie es grade noch war. Ich glaub, ich muss mich da jetzt dringend mal einmischen. Wer weiß, was dem Birkenberger sonst noch so einfällt.

»Na ja, so genau kann man das eigentlich noch gar nicht sagen«, versuch ich das aktuell aufkeimende Drama ein bisschen zu dimmen. »Also erst mal – ja, also: mein Beileid. Das nur so weit erst mal vorab. Und dann, dann müssen ja noch kriminaltechnische Untersuchungen durchgeführt werden.«

»Und was denkst du, hab ich dort gemacht, Eberhofer? Und der Wilhelm? Also, was denkst du, haben der Wilhelm und ich hier gemacht vor zwei Nächten? Kühe gemolken, oder was?«, will nun der Rudi wissen und stemmt seine Hände in die Hüften. Was in Kombination mit seinem englischen Akzent und den Kühen wirklich zum Brüllen komisch ist. Ich muss mich zusammenreißen. Und ja, ich muss mich auch konzentrieren.

»Und wer … wer ist der Wilhelm?«, will die Josefina nun wissen und schaut ziemlich erschöpft zwischen dem Rudi und mir hin und her.

»Das würden Sie jetzt gerne wissen, gell?«, kommt nun mein unvermeidlicher Komplize wieder zum Einsatz. »Das kann ich Ihnen schon sagen, Frau Steckenbiller. Der Wilhelm, das ist ein Hund. Und ein sehr talentierter ganz obendrein. Er ist nämlich ein Leichenspürhund. Und oh Wunder, der Wilhelm hat hier, und zwar keine zehn Meter weiter, also praktisch dort drüben in eurem Kuhstall, zum einen Spuren menschlichen Blutes aufgespürt. Und wiederum keine zwei Meter weiter, hinter den Heuballen, einen Jutebeutel mit Waschzeug und Pipapo. Welches ganz eindeutig dieselbe DNA wie die Leichenteile aufweist. Weil, ja, lieber Franz«, spricht er jetzt in meine Richtung, »natürlich hab ich das alles an deiner Stelle bereits untersuchen lassen, schließlich arrangiert sich das ja nicht von alleine. Und wie immer natürlich sehr gern geschehen.«

Ich verdreh mal die Augen und frag mich grad ernsthaft, was der heut gefrühstückt hat. Ist der noch ganz dicht, oder was?

»Also, Josefina«, muss ich jetzt eingrätschen, »wenn wir jetzt eins und eins zusammenzählen, was kommt dann raus?«

»Wie meinst du das?«, fragt die Josefina und wirkt zunehmend verwirrter.

»Na, zwei, wahrscheinlich, oder?«, triumphiert der Rudi. »So, und jetzt Schluss mit diesen albernen Spielchen. Wo ist Ihr Mann eigentlich? Und, geh ich recht in der Annahme, dass er der künftige Hoferbe ist?«

»Ich versteh kein Wort. Was genau wollt ihr denn?«, fragt das arme Mädchen äußerst verzagt.

Meiner Meinung nach überspannt er den Bogen im Moment nicht nur, er bringt ihn förmlich zum Zerreißen. Höchste Zeit, dass ich da mal dazwischengrätsche.

»Rudi, tu uns allen was Gutes. Geh zum Auto, öffne die Tür, setz dich rein und entspann dich, okay?«, muss ich deswegen jetzt anordnen. Mein Blick tut das Übrige. Von meiner Körpersprache mag ich gar nicht erst reden. Und so hockt Prinz Charles nur wenige Augenblicke später, wenn auch ziemlich angepisst, dennoch artig auf meinem Beifahrersitz und schaut bockig aus dem gegenüberliegenden Fenster. Heuchelt praktisch Desinteresse.

»Können wir vielleicht einen Moment reingehen?«, frag ich, kaum dass der Rudi verräumt ist, und die Josefina nickt kaum merklich. Sie stellt den Besen beiseite und öffnet die Tür.

»Also, Josefina, noch mal von vorne. So wie es aussieht, deutet tatsächlich alles darauf hin, dass Ihr Schwiegervater ermordet wurde«, läute ich meine Ausführung ein, kaum dass wir in der gemütlichen Wohnstube angelangt sind. Sie steht vor mir mit hängenden Armen und einem ebensolchen Kopf und starrt auf den Fleckerlteppich unter ihren Füßen. Und wenn ich sie hier so betrachte, würde ich jedem anderen Menschen eher einen Mord zutrauen als diesem hilflosen Wesen. Sogar der Oma. »Und damit wir den Täter so schnell wie nur möglich dingfest machen, kann jetzt jede noch so kleine Kleinigkeit von größter Bedeutung sein, verstehen Sie? Also, Josefina, setzen wir uns einen Augenblick nieder, und dann erzählen Sie mir einfach alles, was Ihnen so in den Sinn kommt. Von den letzten Tagen womöglich, von dem Moment, wo Sie Ihren Schwiegervater das letzte Mal gesehen haben, und von Ihrem Verhältnis zu ihm. Es zählt wirklich jedes Detail.«

Sie nickt wieder kaum merklich und sinkt dann aufs Kanapee. Legt die Hände in den Schoß und scheint einen Augenblick lang nachzudenken. Ich zieh mir einen der Stühle hervor, sowie mein Notizbuch, und so verbringen wir die nächsten zwei Stunden damit, dass sie erzählt und ich notiere. Es dämmert bereits, wie wir schließlich fertig sind. Und wahrscheinlich wären wir selbst da noch nicht zu einem Ende gelangt. Einfach, weil das Mädchen plötzlich ein Mitteilungsbedürfnis hat, das ist wirklich unglaublich. Fast könnte man meinen, es tut ihr gut, sich alles mal von der Seele zu reden, was hier so abgeht auf diesem vermeintlich idyllischen Hof. Dass ihr Redefluss aber ausgerechnet von ihrem Gatten ausgebremst wird, ist zwar schade, aber auch nicht zu ändern. Der steht nämlich plötzlich in seiner bäuerlichen Arbeitskluft, wenn auch strumpfsockig, mitten im Türrahmen und schaut uns beide an. Relativ entgeistert, würd ich mal sagen.

»Was ist denn hier los?«, ist das Erste, was er von uns wissen will, und schaut dabei äußerst argwöhnisch zwischen uns beiden hin und her.

»Simon«, ruft die Josefina, kaum dass sie ihn erblickt hat, und steht auch prompt auf. Sie geht auf ihn zu und bleibt direkt vor ihm stehen. »Der … der Vater …«

»Was ist mit dem Vater?«, fragt er, nachdem ihr nun die Stimme wegbleibt. Sie wendet den Blick von ihm ab, schaut mich kurz hilfesuchend an und blickt dann erneut auf den Teppich.

»Dein Vater, Simon«, muss ich wohl das Ruder wieder übernehmen und steh dabei ebenfalls auf. »Dein Vater, der ist offenbar ermordet worden. Und so, wie's ausschaut, ist er exakt hier ermordet worden. Hier auf eurem Hof, verstehst. Dort drüben im Kuhstall, um ganz genau zu sein. Mein Beileid, Simon.«

Ein paar Atemzüge lang beherrscht nun eine äußerst seltsame Ruhe das Geschehen hier im Raum. Die Josefina starrt unbeirrt auf den Boden, während der Simon die Josefina anstarrt und ich selber den Simon. Eigentlich könnte man sagen, wir starren sozusagen im Kreis, wobei der Fleckerlteppich freilich nicht zurückstarrt. Und grad wie ich anfang, mir Gedanken zu machen, wie wir aus dieser dämlichen Nummer nun am elegantesten wieder rauskommen, ohne jetzt in irgendein Fettnäpfchen zu hüpfen, da geht die

Tür auf und der Rudi kommt rein. Den ich ehrlich gesagt schon längstens vergessen hatte.

»Aha, das ist ja perfekt«, sagt er, gleich wie er die aktuelle Lage hier ausgepeilt hat. »Es scheint so, als wären alle Verdächtigen nun schön beieinander. Also, worauf wartest du noch, Franz? Verhör sie. Oder verhafte sie. Oder wartest du drauf, dass sie sich von alleine ins Gefängnis begeben?«

Doch noch bevor ich eine Antwort finde, die mir grad eh gar nicht einfallen will, da läutet mein Telefon und der Simmerl ist dran. Den schickt wohl der Himmel. Oder die Gisela. Was mir augenblicklich aber so was von wurst ist.

»Da muss ich jetzt kurz«, sag ich so zur anwesenden Allgemeinheit und heb zur besseren Verständigung obendrein das Handy in die Höh. Die Steckenbillers allerdings scheinen das eh gar nicht recht wahrzunehmen, und der Rudi verdreht seine Augen in alle erdenklichen Richtungen.

»Franz, heute ist es so weit«, kann ich dann aber den seines Zeichens dorfeigenen Metzger und verzweifelten Ehemann und Vater deutlich vernehmen. Die Funktion seines Anrufs liegt, so wie's ausschaut, eher bei Zweiterem. »Wir machen es genau so, wie wir es besprochen haben. Der Wolfi, der ist schon im Bilde, und den Max, den hat die Gisela unter ihre Fuchtel genommen. Er muss sie zum Treffen der Fleischfachangestellten nach Moosburg begleiten. Das dauert summa summarum locker drei bis vier Stunden. Bis dahin dürfte der Adler gelandet sein.«

»Welcher Adler?«, frag ich, weil ich es wirklich nicht weiß.

»Mein Gott, das sagt man halt so. Also in geheimen Missionen, quasi. Das müsstest du doch wissen, Mann. Du bist doch bei der Polizei. Sagt man denn so was nicht bei der Polizei?«, will er nun wissen. Und nein, so was sagt man nicht bei der Polizei. Zumindest nicht, dass ich davon wüsste.

»Nein«, antworte ich deswegen wahrheitsgemäß. »Wann soll er denn landen, der Adler?«

»Wir haben gedacht, so gegen halb acht. Der Max und die Gisela sind jedenfalls ab drei viertel sieben unterwegs. Und vom Max seinem Handy aus hab ich seinem blöden Flittchen geschrieben, dass er sich um acht mit ihr beim Wolfi treffen will. Das läuft, wirst sehen. Also, wann kannst du da sein?«

Und weil es halt im Leben eines Mannes auch noch andere Dinge gibt, als die berufliche Karriere zu pimpen, drum muss ich jetzt los. Der Rudi will vorher schon noch alle möglichen Leute verhaften. Die Steckenbillers zum Beispiel. Wegen akuter Fluchtgefahr, wie er sagt. Doch wenn ich mir die beiden hier so anschau, dann muss ich sagen, die sind ja noch nicht mal in der Lage, uns zur Haustür zu bringen. Und wohin sollten sie auch flüchten, gell?

Kapitel 19

Die Sache beim Wolfi, die läuft dann so dermaßen geschmeidig ab, dass es schon beinah unheimlich ist. Würde in meinem Leben auch nur die Hälfte so ablaufen, ich schwör's, ich tät jeden einzelnen Tag einen Rosenkranz beten. Oder zumindest einmal pro Woche. Aber wurst. Jedenfalls erscheint die ungeliebte Schwiegertochter der Simmerls in spe pünktlich im Lokal, ist aufgebrezelt, dass es dir wirklich ganz schwindelig wird, und trotzdem ist sie meilenweit davon entfernt, in auch nur irgendeiner erdenklichen Weise attraktiv zu sein. Im Grunde ist es die Sorte von Frau, die könntest du mir anschweißen, sie würde mir wegrosten. Doch nun sitzt sie hier eben in ihrem billigen Fetzen und den hohen Hacken in einem dezenten Knallrot am Tresen und beobachtet den Wolfi aus ihrem angemalten Gesicht heraus, wie er ihren Prosecco einschenkt. Und der gibt einen Schauspieler ab, das kann man kaum glauben. Wär, sagen wir mal, grad ein Kamerateam anwesend, das hier alles mitfilmt, der Wolfi würde zweifellos jeden Oscar abräumen. Gar keine Frage. Er legt sich ins Zeug, überreicht ihr formvollendet das Glas, und zwar mit einem Augenaufschlag, der sich gewaschen hat und der sogar mir den Puls in die Höhe treibt. Und das, obwohl ich nicht im Geringsten in irgendeiner Art und Weise auf Männer stehe und obendrein eh alles nur durchs Fenster hindurch beobachten kann, weil es momentan eben mein Job ist, dort draußen sozusagen Schmiere zu stehen. Auf dem ganzen Tresen stehen heut sogar brennende Kerzen, und aus dem Lautsprecher heraus tönt der Eros Ramazotti. Alles ist aufs Äußerste hin sehr romantisch inszeniert, das muss man schon sagen. Und sieht man mal vom Tisch der Kartenspieler ganz hinten ab, ist auch kein weiterer Gast anwesend. Doch wie gesagt, es ist halt auch meine Aufgabe, dass alles so bleibt. Zwei verdutzte Stammkunden hab ich vorher eh schon wegschicken müssen. Wegen kriminalistischer Ermittlungen, wie ich ihnen ganz offiziell verkündet habe. Im Grunde aber natürlich nur, dass diese zwei hier auch tatsächlich schön alleine bleiben können. Einfach um eben auszuloten, ob da was läuft.

Und da läuft allerhand. Daran besteht überhaupt gar kein Zweifel nicht. Denn gleich nach dem zweiten italienischen Schmachtfetzen und dem dritten Prosecco, da sind sie nämlich schon so am Flirten, dass dir der Mund offen bleibt. Keine halbe Stunde danach, da tanzen sie Wange an Wange, und nur Augenblicke später, da steckt der Wolfi seine Zunge in ihren Hals, dass ich tatsächlich befürchte, sie wird dran ersticken. Tut sie aber nicht, vermutlich ist sie einfach zu gut geübt. Stattdessen macht sie sich nun sehr offensiv an seinem Hosenstall zu schaffen, was dem Wolfi jetzt wahrscheinlich doch ein bisschen too much wird. Jedenfalls fasst er prompt nach ihren Händen, während er einen verstohlenen Blick auf seine Armbanduhr wirft.

Wahrscheinlich hat sein aufopferungsvoller Einsatz zur Rettung der simmerlschen Familienehre doch auch irgendwo seine Grenzen, gell. Die ganze Zeit über halten wir zwei übrigens Augenkontakt, der Wolfi und ich. Nicht dass er am Ende dann seinen wichtigsten Einsatz verpasst. Denn das wär ja wohl zu dämlich. Dass wir uns am Ende hier nicht die Nacht um die Ohren schlagen für völlig umsonst, gell. Doch diese Befürchtung sollte sich als komplett grundlos erweisen. Weil, wie dann kurz darauf der Simmerl Max schließlich hier vor dem Lokal anrollt, da lasse ich es beim Wolfi wie vereinbart bloß einmal kurz anläuten. Damit er halt weiß, es ist an der Zeit, das Finale einzuläuten. Und grad wie der Max dann nach ein paar schwungvollen Schritten die Wirtshaustür öffnet, da ist unser Wirt mit seiner Gespielin so dermaßen im erotischen Austausch, dass mich so viel Freundschaftsdienst einen ganzen Augenblick lang direkt ein bisschen sprachlos macht. Dem Max, dem ergeht es wohl ähnlich. Was das Ganze allerdings exakt bei ihm auslöst, das mag ich mir lieber gar nicht erst vorstellen. Und ich erspar mir jetzt hier auch, die peinlichen Einzelheiten der aktuellen Situation genauer zu durchleuchten. Nur so viel vielleicht, dass der Wolfi noch immer einen BH um den Hals hängen hat, wie ich den völlig aufgelösten Max längst schon mit meinem Wagen heimgebracht hab und wieder zurück beim Wolfi bin.

Da steht er hinter dem Tresen mit seinen hochgekrempelten Ärmeln und poliert seine Gläser in alter Manier, nur mit eben diesem dubiosen BH um den Hals. Der ja als solcher eigentlich generell schon gar nicht durchgehen dürfte, viel eher wohl als eine Art Nippelauffanggitter, oder so. Was jedoch hier keine Rolle spielt. Dennoch ist die Gesamtkonstellation quasi sehr grotesk, und ich weiß auch gar nicht so recht, was ich jetzt sagen soll. Übrigens geht es dem Wolfi offensichtlich ganz ähnlich. Drum schweigen wir grad lieber ein bisschen. So wie's ausschaut, haben die Kartenspieler hinten an ihrem Tisch von alledem wohl eher nix mitbekommen. Jedenfalls ist bei denen alles, wie es halt immer ist. Doch ich denke mal, wenn die in ihre Karten schauen, dann vergessen sie ohnehin die ganze Welt um sich rum.

»Ich glaub, es ist gescheiter, ihr gehts«, kann ich ein bisschen später den Beppo vernehmen, seinen Blick in die Karten vertieft und ohne irgendeine menschliche Regung.

»Genau, Beppo, träum weiter! Lass lieber mal schauen«, entgegnet sein Visavis prompt und offenbar nicht weniger emotionslos. Keinen Sekundenbruchteil später landen sämtliche Karten in der Mitte des Tisches, und jetzt zeigt der Beppo sein breitestes Grinsen. Der Kontrahent grinst nun freilich nicht, und auch sein Mitspieler nicht. Wie auch? Es kann ja nicht jeder gewinnen. Vielmehr schmeißen beide einen Zwickel auf den Tisch, klopfen dann auf denselben, während sie sich erheben und ein eher mürrisches Servus in die Runde werfen. Dem Wolfi legen sie dann noch ihre Zeche auf den Tresen, ehe sie schließlich durch den Ausgang verschwinden. Kurz darauf tun es ihnen die zwei Übriggebliebenen dann gleich, wodurch ich nun mit dem Wirt alleine bin, der grad dabei ist, mir eine Halbe zu zapfen.

»Lang hätt ich das übrigens nicht mehr ausgehalten«, murmelt er mir her, wie er das Glas vor mir abstellt.

»Die Kartler?«, frag ich.

»Schmarrn, die Kartler sind mir doch wurst. Ich mein dieses Weib«, sagt er und schüttelt kurz seinen Kopf. »Immerhin bin ich auch nur ein Mann, und wenn ich so nachdenk, dann hatte ich wohl in den letzten Jahren deutlich mehr Zahnarzttermine als Weiber.«

Wenn ich mir seine Zähne so anschau, dann wird's mir jetzt direkt ganz anders.

»Verstehe«, entgegne ich und nehm einen Schluck.

»Prima, wenn du das verstehst. Dann sei bitte so gut, und trink dein Bier etwas schneller, weil ich jetzt absperren will.« Irgendwie muss ich den Abend grad noch ein bisschen verarbeiten, sagt er und zwinkert mir zu. Und weil ich freilich längst weiß, was ihn jetzt umtreibt, drum tu ich halt, wie mir geheißen.

Wie ich mir am nächsten Tag in der Früh mein schmerzlich vermisstes Frühstück beim Simmerl ersetzen will, da ist eine Stimmung im Laden, so was hab ich echt selten erlebt. Im Grunde noch nie. Zumindest nicht bei der Gisela und ihrem Gatten. Doch die beiden versprühen eine Lebensfreude heute, das ist wirklich erstaunlich. Einige Sekunden lang irritiert mich das regelrecht.

»Franz, komm, hau raus! Bestell, was immer du möchtest, heut geht für dich alles aufs Haus«, ruft mir die Gisela komplett übermütig über den Tresen hinweg, und der Simmerl nickt dazu Beifall aufs Eifrigste. Es geht alles aufs Haus. Aha. Da weiß man ja praktisch gleich gar nicht, für was man sich entscheiden soll, gell. Um mir die Auswahl zumindest ein wenig zu erleichtern, nehm ich am besten einfach von allem etwas. Was zum einen meine kulinarische Grundversorgung für einige Tage aufs Feinste absichert und mir obendrein noch ordentlich Geld einspart. Was will man da mehr?

»Und, bei eurem Max auch alles gut?«, frag ich gleich nach meiner Bestellung und während ich das eifrige Metzgerpaar beim Schneiden und Eintüten beobachte. Sie arbeiten Hand in Hand, praktisch direkt synchron.

»Alles astrein«, antwortet der Simmerl und tauscht einen vielsagenden Blick mit seiner besseren und unglaublich gutgelaunten Hälfte. »Gleich nachdem du ihn heimgebracht hast, ist er rauf in sein Zimmer und hat dort dann diese unleidige Geschichte quasi verarbeitet. Gut, jetzt braucht's ein paar neue Möbel, aber mei …«

»Geh, jetzt hör doch auf! Die haben doch eh dringend wegmüssen«, unterbricht ihn die Gisela hier. »Das ganze Zeug ist ja schon bald an die dreißig Jahr alt gewesen. Jetzt sind sie wenigstens zerlegt und zumindest so handlich und klein, dass ich sie problemlos in den Transporter krieg und zum Wertstoffhof rüberfahren kann.«

»Stimmt«, räumt der Simmerl gleich ein und nickt zustimmend. »Ja, da hat er uns ja direkt einen Gefallen getan, unser Max.«

Jetzt brechen sie in ein albernes Gelächter aus. Wie zwei Schulkinder, wirklich.

Wie auf Kommando erscheint nun der Junior höchstselbst in der Schlachthaustür und – Grundgütiger! – er schaut elendig aus, frag lieber nicht! Die Augen geschwollen und rot, dass er kaum noch rausschauen kann. Seine Haare sind klebrig und verfilzt und stehen ihm in alle Richtungen ab. Er trägt noch immer dieselben Klamotten wie gestern Abend beim Wolfi, wenn auch das penetrante Rasierwasser inzwischen einem Geruch gewichen ist, der eher konträr, aber deswegen längst nicht weniger penetrant ist. Ein Bild des Elends, das kann man ruhig sagen.

»Kannst mir einen Kaba machen, Mama?«, fragt er nun und meint wohl die Gisela damit.

»Wie heißt das Zauberwort, Muckilein?«, will die nun wissen und schaut ihn dabei an, als würd sie mit einem Säugling sprechen.

»Bitte«, entgegnet er artig.

»Ja, freilich macht dir die Mama einen Kaba«, sagt sie nun zufrieden.

»Kannst einen Schuss Schlagrahm reinmachen? Bitte«, kommt es retour.

»Einen Schuss Schlagrahm? Weißt was, Bubsi. Jetzt tust schön duschen gehen und ziehst dir was Frisches an, und derweil macht dir die Mama einen ganzen Eimer voller Kaba mit extra viel Schlagrahm. Und wennst recht brav bist, dann mach ich dir noch ein paar Marshmallows obendrauf. Na, was meinst?«, schlägt nun das Muttertier vor. Der Max nickt, während ihm ein kaum erkennbares Lächeln über das käsige Antlitz huscht.

Ich hab diese seltsame Situation noch kaum registrieren, geschweige denn verarbeiten können, da geht die Tür auf und der Rudi erscheint.

»Stör ich möglicherweise in irgendeiner Form?«, ist das Erste, was er von sich gibt, und starrt auf die unzähligen Pakete und Tüten, die mir das Metzgerpaar mittlerweile über den Tresen reicht.

»Was machst du hier?«, erkundige ich mich, ohne seiner albernen Bemerkung überhaupt eine Audienz zu geben.

»Ich warte auf die Spusi, die gleich bei den Steckenbillers eintreffen wird«, entgegnet er und wirft einen informativen Blick in die heiße Vitrine.

»Die Spusi? Wieso die Spusi? Die hab ich ja gar nicht angerufen«, überleg ich jetzt mehr so vor mich hin.

»Das war mir klar, deswegen hab ich sie auch angerufen. Geh, Simmerl, machst mir zwei Leberkässemmeln mit scharfem Senf.«

»Scharfem Senf?«, will der Metzger nun wissen und hebt eine seiner Augenbrauen äußerst unheilverkündend.

»Nein, nicht zwingend. Süßer passt auch«, lenkt der Rudi prompt ein, während er sein versöhnlichstes Lächeln über den Tresen wirft.

»Dann ist es ja gut«, kann ich den Simmerl just in dem Moment akustisch vernehmen, wo ich durch die Scheiben hindurch die Ankunft der Spusi visuell ausmachen kann. Also blas ich zum Aufbruch.

Kapitel 20

Während die Spusi in den darauffolgenden Stunden nun jeden verdammten Strohhalm am Steckenbillerhof umdreht, fotografiert oder gegebenenfalls auch eintütet, bin ich selber momentan eher zur Untätigkeit verurteilt. Was jetzt zugegebenerweise weiter kein Drama ist, schließlich hab ich jede Menge Nahrungsvorräte bei mir, jedenfalls nicht im klassischen Sinn. Langweilig ist es mir aber trotzdem. Und so bin ich zu meiner eigenen Überraschung direkt ein bisschen erleichtert, wie irgendwann mein Handy läutet. Dran ist zwar der Bürgermeister aus seinem medizinischen Exil heraus, und er gehört für gewöhnlich definitiv nicht zur ersten Wahl meiner Gesprächspartner. Aber wie gesagt, ehe ich hier noch ins Langeweile-Koma falle, ist auch dieser Anruf im Moment mehr als willkommen.

In den ersten Minuten ist es ihm wohl ein ausgesprochen wichtiges Anliegen, mir all seine Heilungsprozesse, Anwendungen und Fortschritte bis ins kleinste Detail hinein zu erklären, was ich zum einen weder verstehe und es mich zum zweiten null interessiert. Dennoch leg ich aus den oben genannten Gründen nicht auf. Was sich hinterher als relativ sinnvoll herausstellen sollte, denn der zweite Teil seines Anrufes ist dann umso aufschlussreicher. Praktisch da, wo unser Ortsoberhaupt quasi beginnt, aus dem gemeindeinternen Nähkästchen zu plaudern. Und da wird's plötzlich spannend. Denn er ermöglicht mir mit seinen Ausführungen einen völlig neuen Blickwinkel auf sämtliche Machenschaften hier in unserem Kaff. Und obwohl mir längst klar ist, dass kein Politiker auf der Welt einen Gutmenschen abgibt und auch nicht im Entferntesten mit der Mutter Teresa verwandt ist, so sind diese Informationen für mich doch ziemlich neu. Gut, wenn man einmal ehrlich ist, dann schrammen auch meine eigenen Dienstwege oft nur haarscharf an der Legalität vorbei. Das schon. Und trotzdem ist da ein Unterschied. Weil Erpressung bleibt halt Erpressung, ganz egal, wie elegant man sie verpackt oder aus welcher Position heraus man das betreibt. Doch jetzt lieber alles der Reihe nach.

Im Grunde war es wohl so, dass der Steckenbiller gleich nach dem Tod seiner Gattin, also vor etwa anderthalb Jahren, den Entschluss gefasst hat, einen Großteil seines landwirtschaftlichen Territoriums verkaufen zu wollen. Diese Nachricht, wie übrigens auch jede andere Nachricht zuvor und danach, hat sich wie ein Lauffeuer durch unser ganzes Dorf verbreitet und somit, gelinde gesagt, zumindest Unverständnis bei der hiesigen Bevölkerung ausgelöst. Ich selbst kann mich sogar noch ganz dunkel dran erinnern, dass die Oma irgendwann beim Abendessen mal davon was erwähnt hat. Aber Themen, die mich nicht unmittelbar betreffen, schrammen meistens nur an meinem Gehör vorbei, und nur in den allerseltensten Fällen schaffen sie es rein in mein Großhirn. So wie halt auch in diesem Fall. Aber wurst. Trotzdem hat es offenbar nur einen Einzigen gegeben, der den Entschluss vom Steckenbiller für großartig gefunden hat. Und das war ausgerechnet sein ärgster Kontrahent, der Großbauer Kneißl. Der muss nämlich, kaum dass er von dessen Plänen Lunte gerochen hatte, dem Lenz prompt ein Angebot unterbreitet haben, was dieser, wohl zur Überraschung aller anderen, angenommen und sogar mit einem Handschlag besiegelt hat.

Jetzt aber kommt, ob man das glaubt oder nicht, unsere Gemeinde zum Einsatz. Und zwar in der Form, dass in einer außerordentlichen Sitzung dann letztendlich tatsächlich beschlossen wurde, dieses Gebiet sozusagen in einer Nacht- und Nebelaktion plötzlich zum Bauland aufzuwerten. Und an und für sich wär diese Sache ja nun erfreulich, zumindest wär sie es für den Steckenbiller gewesen, schon rein finanziell gesehen. Wär da nicht ein winziger Haken dran gewesen, und zwar der, dass diese Aufwertung damit verknüpft war, das ganze Gebiet eben auch an unsere Gemeinde zu verkaufen, weil die nämlich aufs Dringendste hin endlich neues Bauland braucht.

Der langen Rede kurzer Sinn: Der Steckenbiller ist somit nun in einer Zwickmühle gesteckt und hätte sich schließlich entscheiden müssen. Entweder sein Wort halten und dem Kneißl die Fläche für einen Apfel und ein Ei verkaufen. Oder aber abwarten, bis alles zum Bauland wird, und von der Gemeinde einen hohen Millionenbetrag abkassieren. Wofür er sich letztendlich dann entschieden hat, das lässt sich nun ja leider nicht mehr zweifelsfrei klären, weil wir ihn ja nicht mehr fragen können. Apropos fragen: Ich persönlich frage mich nun freilich schon, ob diese ganze dubiose Grundstücksangelegenheit in irgendeiner Art und Weise mit seinem unerwarteten Ableben im Zusammenhang steht. Komplett auszuschließen ist es jedenfalls nicht. Doch wer käm dann als Täter infrage? Der Kneißl? Dessen Sohn, der ja ohnehin alles mal erbt und schon jetzt seinen Hals nicht vollkriegen kann – und ohnehin ganz woanders von einem neuen Leben im Idealfall an der Seite von Josefina träumt? Oder doch jemand ganz anderes, den ich noch gar nicht auf dem Schirm hab? Jemand, der einfach ein unfassbares Interesse daran hat, dass die Gemeinde dieses Areal erhält?

Möglicherweise aber befinde ich mich grad total auf dem Holzweg, und das Tatmotiv ist ein gänzlich anderes, wer weiß? Wenn man aber mal berücksichtigt, dass der Steckenbiller nach seinem mutmaßlich gewaltsamen Tod in der Biogasanlage fast komplett zerstört und anschließend aufs Feld gestreut wurde, dann macht sich schon unweigerlich der Eindruck breit, dass dem ebenfalls mutmaßlichen Täter die Beseitigung der Leiche außerordentlich wichtig war. Was für mich einen sehr entscheidenden Punkt darstellt.

Jetzt aber ist es der Rudi, der mich aus meinen Überlegungen herausreißt.

»Die Spusi ist fertig, Franz«, sagt er, während er sich mit den Zähnen ein Paar Einmalhandschuhe von den Fingern zupft.

»Warum trägst du Einmalhandschuhe?«, muss ich nun fragen, weil mich das tierisch interessiert.

»Warum ich Einmalhandschuhe trage? Das kann ich dir schon sagen. Während du nämlich die letzten zwei Stunden bloß dagehockt bist und dämliche Löcher in die Luft gestarrt hast, da bin ich den Kollegen hier praktisch mit Rat und Tat zur Seite gestanden«, entgegnet er in seiner gewohnt überheblichen Art, dass es mich beinah herwürgt.

»Rudi, zum wievielten Male? Es sind nicht deine Kollegen, und es ist auch nicht deine Aufgabe, ihnen zur Seite zu stehen. Ganz im Gegenteil. Bei einer Gerichtsverhandlung, da können wir sämtliche gesammelten Beweise nämlich in die Tonne treten, sobald rauskommt, dass du hier mitgewurstelt hast.«

»Quatschiquatsch. Wie bitteschön sollte das denn rauskommen? Also ich jedenfalls werde es nicht erzählen, und du ja wohl auch nicht. Apropos erzählen. Ich dachte, ich könnte heute bei dir übernachten. Dann können wir doch den ganzen Abend lang ratschen. Na, was meinst?«

Ich meine, dass ich ihn jetzt mit der bloßen Hand erschlagen könnte. Doch das sag ich ihm nicht. Natürlich nicht. Sonst ist er ja bloß wieder tagelang beleidigt.

»So gern ich auch die ganze Nacht lang mit dir ratschen würde, Rudi«, sag ich stattdessen und schau auf die Uhr. »Aber es geht leider nicht. Nachdem ich ja, wie du weißt, den heutigen Tag lang nur blöd herumgehockt bin und Löcher in die Luft gestarrt habe, muss ich jetzt leider noch ein bisschen was arbeiten.«

»Was, Franz? Was willst du jetzt noch tun? Wir könnten doch zu dir heimfahren und den Fall analysieren. Das wär nun produktiv. So wie ich dich kenne, willst du nun entweder zum Wolfi auf ein Bier oder zum Simmerl auf eine Leberkässemmel, was in beiden Fällen eher kontraproduktiv wäre.«

Auch da bin ich komplett anderer Ansicht, aber auch das behalt ich für mich. Ganz abgesehen davon, dass meine kulinarische Ausbeute für die nächsten Tage so was von gesichert ist.

»Nein, weder Wolfi noch Simmerl, Rudi. Ich muss ein Alibi checken. Genau genommen sogar zwei. Also, habe die Ehre, wir sehen uns notgedrungen«, ruf ich noch über meine Schulter hinweg, und dann bin ich auch schon auf dem Weg zu meiner Karre.

Was dann wohl schon rein grundsätzlich ziemlich gut und vermutlich auch allerhöchste Eisenbahn ist. Denn genau dort, also quasi unmittelbar neben dem Streifenwagen, da stehen die jungen Steckenbillers praktisch wie bestellt und nicht abgeholt Seite an Seite, relativ verunsichert und mit verschränkten Armen und warten offenbar sehnlichst darauf, dass sie wieder in ihre Gemächer dürfen. Stunden zuvor hab ich sie nämlich genau von dort verbannen müssen. Damit halt die Spusi tun kann, was sie tun muss, und das so ungestört wie nur irgendwie möglich.

»Die Jungs sind durch«, sag ich deshalb und schau die beiden ein bisschen aufmunternd an. »Ihr könnt wieder zurück.«

»Danke«, sagt der Simon und greift nach der Hand seiner Gattin.

Die Josefina sagt nichts. Geht nur wortlos und blutleer neben ihm her, dem Wohnhaus entgegen. Bis die Tür hinter ihnen zufällt, schau ich ihnen noch nach. Dann steig ich ein, und keine Ahnung weswegen, aber plötzlich fühl ich mich schlagartig irgendwie müde und hundeelend.

Kapitel 21

Ich bin noch keine fünfhundert Meter weit gefahren, wie mir nun mitten auf der Landstraße die Susi mit ihrem rosafarbenen Elefantenrollschuh entgegenkommt. Sie blendet auf, zweimal, dreimal, schlägt plötzlich scharf links ein und steht somit keinen Wimpernschlag später quer vor mir, sodass ich eine Vollbremsung hinlegen muss, damit ich ihr nicht in die Seite reindonnere. Hat die noch alle Latten am Zaun, oder was? Doch bevor ich mir über ihren geistigen Zustand auch nur einen einzigen weiteren Gedanken machen kann, ist sie längst ausgestiegen und trommelt mir jetzt ans Seitenfenster. Und ich brauch tatsächlich einen kleinen Moment, um zu reagieren und es zu öffnen.

»Bist du noch ganz dicht?«, frag ich dann als Erstes, weil mir grad weiter nix einfällt.

»Wovon du getrost ausgehen kannst«, antwortet sie und klemmt sich eine Haarsträhne hinters Ohr. »Also, pass auf, lieber Franz. Dort in meinem Auto, da sitzt unser Sohn. Also ich meine, dein und mein gemeinsamer.«

»Das weiß ich Susi, dass der Paul dein und mein gemeinsamer Sohn ist. Aber warum …«

»Das ist schön, wenn du das weißt«, unterbricht sie mich prompt, wendet sich ab und geht zu ihrem Wagen zurück. »Dann muss ich ja wohl nichts weiter erklären. Denn nun ist es nämlich so, dass die Kita heute geschlossen ist, die haben ein Läuse-Problem. Die Oma ist wieder mal nicht zuhause, der Papa, der ist bekifft, und ich werde seit Stunden dringend in der Gemeinde erwartet. Und da der Paul eben zur Hälfte auch dein Sohn ist und ich ihn heute schon den halben Tag lang versorgt hab, drum bist jetzt eben du an der Reihe. Das leuchtet doch ein, oder etwa nicht?«

»Wie?«, frag ich ein wenig überfordert mit den ganzen Informationen, die grad durch den Fensterspalt hindurch in mein Ohr dringen.

»So, Paulchen, jetzt fährst mit dem Papa schön ein bisschen spazieren, gell«, kann ich sie nun weiter vernehmen, während sie eine der hinteren Türen aufmacht und den sichtlich verdutzten Paul samt Kindersitz auf meiner Rückbank fixiert.

»Ich kann jetzt nicht schön spazieren fahren, verstehst«, sage ich heckseits. »Ich hab einen Mord an der Backe. Und glaube mir, Susi, das, was ich jetzt tun muss, das ist mit Sicherheit nichts für ein kleines Kind nicht.«

»Ich bin kein kleines Kind«, sagt nun der Paul mit riesigen Augen. »Und wenn du ›kein‹ sagst, dann musst du nicht ›nicht‹ sagen. Sonst ist das ja ein doppeltes ›Nein‹. Und ein doppeltes ›Nein‹ ist dann wieder ein ›Ja‹.«

Himmelherrgott, woher nimmt er das nur?

»Siehst du, wie klug unser Paul ist«, strahlt mich nun die Susi an und schaut mir wieder durchs Fenster. »Wahrscheinlich wird es in der Gemeinde ja auch gar nicht so lange dauern, gell. Und später können wir alle drei prima gemeinsam zu Abend essen.«

Dann ist sie weg. Genauso rasant und unerwartet, wie sie grad eben erschienen ist, verschwindet sie wieder. Löst sich quasi in Luft auf. Und Augenblicke darauf kann ich noch nicht mal mehr die Rücklichter von ihrem Fahrzeug erkennen.

»Papa?«, sagt der Paul irgendwann, womit er mich daran hindert, weiterhin auf die leere Landstraße zu gaffen.

»Ja«, antworte ich eher wortkarg.

»Ein Mord ist, wenn jemand einen anderen Menschen tötet, oder? Also, wenn der andere Mensch stirbt?«

»Exakt.«

»Also wenn du mich tötest, zum Beispiel?«

»Ich würde dich nicht töten, Paul. Nie im Leben.«

»Wen dann?«

»Jede Menge anderer. Aber dich nicht.«

»Die Mama zum Beispiel?«

»Nein, die auch nicht«, antworte ich und muss grinsen.

»Aber der Mensch, der einen anderen tötet, der muss doch verhaftet werden, oder? Du bist ein Polizist. Verhaftest du den?«

»Das war mein Plan.«

»Da bin ich froh. Können wir jetzt losfahren und den verhaften?«

»Ja, dann machen wir das halt«, antworte ich und starte den Motor.

Wenn man den Steckenbiller-Hof rein vom Optischen her noch irgendwie toppen könnte, was ja an und für sich schon ein schieres Ding der Unmöglichkeit ist, dann aber wohl nur mit dem Hof von den Kneißls. Würde man beide miteinander vergleichen, gäbe es dennoch einen gravierenden Unterschied. Und zwar den, dass bei aller Sorgfalt, Ordnung und Sauberkeit, die ich von den Steckenbillers her kenne, dort dennoch eine gewisse Bescheidenheit vorherrscht. Weil alles dort seinen Nutzen hat und mit Sicherheit wohl seit vielen Generationen in Gebrauch und Betrieb ist. Es gibt kein Chichi, keinen Schnickschnack, nichts, was nur zum Schein oder zur Dekoration existiert. Es hat einfach alles einen Sinn und Zweck, und trotzdem hat es in keinster Weise einen ungemütlichen oder gar spartanischen Touch. Ganz im Gegenteil. Völlig anders dagegen verhält es sich nun halt bei den Kneißls. Ich vermute mal, die lassen es wohl krachen, wo sie nur können. Allein, wenn man die Einfahrt reinfährt, ereilt einen prompt das Gefühl, dass man grad auf höchst adeligem Territorium angelangt sei. Die Haustür ist auch keine Haustür als solche, sondern eine Pforte, und die Blumen in den zahllosen Trögen drum herum, die scheinen sich regelrecht um einen Stehplatz zu raufen. Es ist einfach alles viel zu üppig hier, und ohne jeden Zweifel ist halt auch alles vom Feinsten. Selbst die Bäuerin übrigens, die mir dann die Türe öffnet und mich wissen lässt, dass ihr Gatte grad in der Garage weilt.

»Und die ist wo?«, frag ich, und sie deutet über das Kopfsteinpflaster hinweg auf das Gebäude grad visavis.

»Dort drüben«, antwortet sie, wirft einen kurzen Blick auf den Paul, der knapp hinter mir steht, und wendet sich dann auch schon wieder ab. »Schiebst einfach das Tor beiseite, dann kannst ihn schon sehen.«

Und wie ich gleich darauf in der Garage stehe, da kann ich einiges sehen, nur eben leider den Kneißl nicht. So seh ich zum Beispiel, dass es sich hier nicht im Geringsten um so etwas wie eine Garage handelt. Nicht handeln kann. Vielmehr ist es eine riesige Halle, vermutlich so groß wie ein halbes Fußballfeld. Und sie ist von vorne bis in den allerletzten Winkel hinein mit allem bestückt, was in irgendeiner Form Reifen oder Räder hat. Nein, wirklich, gelinde geschätzt würd ich mal sagen, hier stehen mit Sicherheit summa summarum Fahrzeuge im Millionenbereich umeinander. Angefangen bei Traktoren, große, größere und unglaublich große. Alte, neue und obendrein auch sehr, sehr seltene Teile. Doch auch ebenso diverse Automobile, und zwar aus jeder erdenklichen Epoche, und freilich allesamt auf Hochglanz poliert. Und als würde das nicht schon überallhin reichen, stehen zahllose Motorräder rum. Motorräder mit so viel funkelndem Chrom, dass es dir beim bloßen Hinschauen schon ganz schwindelig wird. Apropos hinschauen. Das ist genau das, was ich jetzt tu. Jedes einzelne von diesen Vehikeln muss ich mir nun nämlich ganz genau unter die Lupe nehmen, denn so was findet man sonst allerhöchstens in einem Museum. Und da ja Museum schon rein generell nicht so die allererste Wahl ist, was meine Freizeitbeschäftigungen betrifft, drum also jetzt die Gunst der Stunde nutzen.

»Komm sofort runter da, du kleiner Scheißer«, brüllt plötzlich jemand aus dem Hinterhalt heraus, und gleich denk ich, die Nachricht ist an mich gerichtet. »Weißt du eigentlich nicht, was da alles passieren kann? Himmelherrgott noch mal!«

Nein, weiß ich nicht. Ich mein, ich steh ja hier nur vor einem alten Fendt. Was genau sollte daran groß gefährlich sein?

»Da müssen Sie sich keine Sorgen machen, denn da kann nichts passieren. Das Motorrad fährt doch gar nicht. Also kann mir doch auch gar nichts passieren«, kann ich nun aber meinen Paul vernehmen, und bei einem kurzen Rundumblick kann ich ihn schließlich auf einer Harley entdecken. Ja, der Bub kommt nach mir. Er hat Geschmack.

»Ich mach mir auch nicht die geringsten Sorgen, dass dir etwas passiert, du kleiner Klugscheißer! Sondern viel mehr, dass meiner Maschine was passiert. Hast du vielleicht eine Ahnung, was dieses Teil kostet? Wenn du also jetzt gefälligst deinen Arsch da runterbewegen würdest. Sonst komm ich rüber und bind dir deine Wadeln hinter«, tönt es nun ein weiteres Mal lautstark durch diese riesige Halle hier, und das Echo bricht sich an allen vier Wänden. Es ist der alte Kneißl höchstselbst, der nun trotz Gummistiefeln bis rauf zu den Knien mit riesigen Schritten auf dem Weg zu meinem Sohnemann ist. Und nur ganz nebenbei, auch diese Stiefel sind wie geleckt.

»Wenn du den Buben anfasst, dann hast du ein Ohrläppchen weniger«, kann ich nun grade noch rufen, ehe er ihn zu fassen kriegt. Was den Alten prompt innehalten lässt. Wahrscheinlich zwar eher, weil er durch meine Anwesenheit hier nun generell sehr überrascht ist, als dass er eingeschüchtert wär, doch immerhin. Ein paar Wimpernschläge lang starren wir uns jetzt an, dann aber erscheint auch der Junior auf unserer Bildfläche. Ich vermute mal, dass ihn die Brüllerei hier grad angelockt hat. Offensichtlich kommt er auch nicht alleine, sondern ist im Zweierpack unterwegs. Und bei genauerer Betrachtung kann ich seinen Kompagnon sogar umgehend erkennen. Ist es doch dieser Typ von neulich, der beim Wolfi. Also quasi der, wo sich aufs Beharrlichste geweigert hat, meinen Barhocker eben als den solchen anzuerkennen. Da schau einer an, so klein ist die Welt. Und wie sich nun gleich herausstellen sollte, ist er hier wohl in seiner Funktion als landwirtschaftlicher Mitarbeiter beschäftigt, wie übrigens ein Dutzend anderer auch. Allerdings, so beschleicht mich nun der Verdacht – und das sicher nicht grundlos –, mimt er wohl obendrein eine Art Bodyguard. Jedenfalls steht er dort in seinem Jeanshemd breitbeinig und mit verschränkten Armen genau zwischen den beiden Kneißls und will mir zweifellos sowohl physisch als auch psychisch eine Art Botschaft vermitteln. So was wie: Ein falsches Wort und du gehst hier übern Jordan, Freundchen. Was mich jetzt natürlich unglaublich einschüchtert.

»Also, was treibt dich hierher, Eberhofer?«, unterbricht nun der Alte die Drohgebärden seines Lakaien, der wie auf Kommando seine Beine gleich noch einen Ticken weiter auseinandernehmen muss. Jetzt wird mir gleich der Angstschweiß ausbrechen.

»Ein Alibi treibt mich hierher«, antworte ich und zieh mein Notizheft hervor.

»Respekt! Kommt nun doch langsam Bewegung in das mysteriöse Ableben vom Kollegen Steckenbiller?«, fragt er grinsend und bringt mich damit tatsächlich für einen Moment aus dem Tritt. Mit dieser Reaktion hätt ich nun am allerwenigsten gerechnet.

»Für welchen Zeitraum?«, will nun der Junior wissen, und ich muss überlegen. Schlag mein Notizheft auf und schau nach. Genau, hier steht's. Für den Zeitpunkt des Mordes kommen Pi mal Daumen drei, höchstens vier Tage infrage. Das zumindest hat mich unser Leichenfläddërer wissen lassen, und so geb ich das nun halt auch weiter.

»Vierter bis siebter Dezember sagst du?«, will nun der Junior wieder wissen, und ich nicke. »Sladko, geh, sei so gut und lass die Ablaufpläne aus diesem Zeitraum ausdrucken. Du brauchst sie von wem, Eberhofer? Vom Vater?«

»Nein, ich brauch sie von allen hier lebenden Personen, einschließlich von dir und deinem Busenfreund Sladko«, entgegne ich. Und während der Bodyguard nun dienstbeflissen den Ausgang anpeilt, gesellt sich der Paul zu uns, nachdem er endlich von der Harley geklettert ist.

»Ist das dein Sohnemann, Eberhofer?«, will der Senior daraufhin wissen und deutet mit dem Kinn in Richtung Paul, der inzwischen vor mir Position bezogen hat.

»Ist er«, sag ich knapp und streif meinem Buben über den Kopf.

»Und wieso nimmst du deinen Sohn mit zur Arbeit?«, fragt er weiter.

»Machst du doch auch, wie ich sehe«, antworte ich.

»Musst du jetzt jemanden verhaften, Papa?«, fragt nun das Paulchen und hat sich zu mir umgedreht.

»Mal sehen«, antworte ich.

»Aber du musst doch niemanden erschießen, oder?«, will er nun wissen.

»Nein, zumindest nicht gleich«, sag ich und kann aus den Augenwinkeln heraus sehen, wie der Junior seinen Kopf süffisant schüttelt.

Ein Weilchen sagt dann keiner mehr was. Alles steht und schweigt, könnte man sagen. Ein paar der Anwesenden schauen sich etwas irritiert und ich möchte fast sagen: leicht nervös um. Fast wie bei einem Showdown in einem dieser uralten Western. Eben ganz am Schluss, wo praktisch alle Cowboys mit geschwellter Brust und Tabak spuckend auf dem Marktplatz rumstehen, den Finger am Abzug und nur darauf warten, dass sich das Gegenüber bewegt. Wer als Erster zuckt, der stirbt. Und zwar erbarmungslos und sofort. Hinterher nur noch kurz den Rauch von deinem Revolver pusten, aufs Pferd springen und auf zum nächsten Fall, praktisch zu neuen Abenteuern. Immer schön mit der Kippe im Mundwinkel der auf- oder untergehenden Sonne entgegenreiten. Zumindest tut das derjenige mit der schnelleren Reaktion.

Weil der andere, der liegt ja inzwischen längst in seiner Blutlache und ist im Idealfall ziemlich tot. Und am nächsten Tag, sobald sie dann alle wieder nüchtern sind, werden die anderen Cowboys das, was die Raben davon noch übriggelassen haben, in einer Holzkiste verscharren. That's life, sozusagen.

Aber jetzt bin ich abgeschweift. Und wir sind auch in keinem Western, gell. Das ist ja wohl klar. Zumindest ist mir das klar. Ob es dem Sladko auch klar ist, wage ich zu bezweifeln, so breitbeinig und testosteronlastig, wie der grade retourkommt.

»Hier die Ablaufpläne, Boss«, sagt er, wie er dem alten Kneißl einen Packen Papier überreicht.

»Die Ablaufpläne«, sagt der nun ebenfalls und überreicht mir den Stapel, nachdem er einen kurzen und relativ desinteressierten Blick drauf geworfen hat.

»Brav«, sag ich und klemm mir das Material unter den Arm.

»War's das?«, fragt nun der Junior nach, während er seine Fingernägel ausgiebig und mit großer Konzentration unter die Lupe zu nehmen scheint. Dass ausgerechnet ein Bauer so viel Achtsamkeit auf seine Maniküre legt, verwundert mich tatsächlich etwas. Trotzdem nicke ich.

»Das war's dann erst mal«, entgegne ich. »Wobei mich natürlich schon noch interessieren würde, warum du so hartnäckig die Ehefrau deines Kontrahenten angräbst. Wie zum Beispiel neulich nach der Gemeinderatssitzung.«

»Großer Gott, Muckl«, brummt der Senior aus seinem Kragen hervor und hat einen fast mitleidigen Tonfall, »wann schlägst du dir endlich dieses Weibsstück aus dem Kopf? Die hat doch wirklich schon genug angerichtet.«

»Misch dich da nicht ein«, knurrt der Junior retour.

Ich grinse und dreh mich zum Gehen ab.

»Und jetzt mach dich gefälligst vom Acker, weil hier nämlich nirgendwo Eberhofer draufsteht«, ruft mir das muskulöse Jeanshemd nun noch hinterher. Übrigens völlig überflüssigerweise, weil wir im Grunde ja eh schon weg sind, das Paulchen und ich.

Kapitel 22

Wie ich kurz darauf in der Gemeindeverwaltung aufschlage, um mich ehrlich gesagt in erster Linie meiner väterlichen Pflichten zu entledigen, da bin ich gleich wie vor den Kopf gestoßen. Weil ich nämlich die Susi nicht wie erwartet in einer mordswichtigen Sitzung antreffe. Stattdessen finde ich nur die Jessy vor, die routinemäßig mit ihren Kopfhörern am Schreibtisch sitzt und in die Tasten trommelt.

»Wo ist denn die Susi?«, muss ich geschlagene drei Mal fragen, ehe sie mir überhaupt eine Audienz erteilt.

»Im Heimatwinkel«, antwortet sie gewohnt unfreundlich und ohne ihre Schreiberei zu unterbrechen.

»Und was macht sie da?«

»Vermutlich Wellness, jedenfalls hat sie ihre Badetasche dabei. Ja, es ist schon ein ziemlicher Stress, so als Bürgermeisterin«, entgegnet sie, und ich könnte schwören, da schwingt ein zynischer Unterton mit.

Also wieder zum Wagen, das Paulchen auf die Rückbank zurück und den Motor starten. Wieso ist die Susi im Heimatwinkel? Und wieso hat sie ihre Badetasche dabei? Wo sie mir doch erzählt hat, sie sei heute so rein gemeindetechnisch gesehen praktisch unabkömmlich. Das heißt es nun herauszufinden.

Und ich finde es heraus. Frag nicht! Manchmal, da ist es ja so, dass man Sachen erfährt und die stellen sich dann hinterher als absolut haltlos heraus, und nicht selten liegt die Wahrheit eher genau im Gegenteil. Doch in diesem Fall wurden meine vagen Befürchtungen nach dem Text von der Jessy tatsächlich noch übertroffen. Denn selbst in meinen kühnsten Gedanken bin ich im höchsten Fall davon ausgegangen, dass die arme Susi nun einfach ein bisschen überarbeitet ist und eine kurze Auszeit braucht. Und deswegen halt in dem herrlichen Schwimmbad unseres dorfeigenen Wellnesshotels ein paar Bahnen zieht, um einfach wieder aufzutanken. Was ich vielleicht für ein bisschen übertrieben, aber dennoch für durchaus tolerierbar gehalten hätte.

Doch wo ich sie nun tatsächlich antreffe, das schlägt dem Fass direkt den Boden aus. Weil sie nämlich splitterfasernackt und mit geschlossenen Augen auf einer Massagebank liegt und sich massieren lässt. Und zwar von einem Kerl, der genauso ausschaut wie der Brad Pitt, nur mit ganz vielen Muskeln. Im ersten Moment bin ich so baff, dass ich gleich gar nicht weiß, was ich sagen soll. Steh dort im Türrahmen mit dem Paul an der Hand und kann nur auf die zahllosen Kerzen starren, die da drinnen um die Susi herum alle brennen.

»Entschuldigung, Sie können hier nicht einfach so reinkommen, das ist eine private Wellnessbehandlung. Haben Sie denn das Schild dort draußen nicht gelesen?«, sagt der Pitt jetzt in einem ebenso mahnenden wie doch auch nachsichtigen Ton. Im Umgang mit Menschen scheint er aufs Beste geschult.

»Schnauze«, entgegne ich weniger geschult.

»Franz!«, ruft die Susi, gleich wie sie mich nun entdeckt hat und ihr Köpfchen lüpft. »Was machst du denn hier?«

»Gegenfrage?«, antworte ich.

»Oh, Mann«, knurrt sie jetzt aus ihrer Liege heraus, dreht sich so nackt, wie sie ist, vom Bauch auf den Hintern, wodurch ihre Brüste von einem Moment auf den anderen ziemlich präsent sind. Ich schnapp mir ein Handtuch aus dem Regal neben mir und werf es ihr rüber. Sie verdreht kurz die Augen, hüllt sich aber trotzdem brav ein.

»Entschuldigung, aber ...«, versucht sich der Pitt wieder in Erinnerung zu bringen. Hat der grad den Schuss nicht gehört?

»Abflug«, unterbrech ich ihn prompt. Und nachdem er sich durch einen raschen Augenkontakt die Zustimmung von der Susi eingeholt hat, verlässt er auf seinen Birkenstocks auch relativ lautlos und zügig den Raum.

»Kann ich die Kerzen ausblasen?«, will das Paulchen nun wissen und hat sich schon aus meiner Hand gelöst.

»Logisch«, antworte ich.

»Aber pass auf, dass kein Wachs auf den Boden kommt, Schätzchen. Ganz besonders dort drüben bei diesem Teppich«, fügt die Susi noch hinten dran, während sie nun beginnt, in ihre Klamotten zu schlüpfen.

»Also?«, frag ich jetzt nach.

»Was, also?«

»Susi, du erzählst mir vorher, dass du dringend in der Gemeinde erwartet wirst, und nun liegst du tiefenentspannt hier im Wellnessbereich vom Heimatwinkel und lässt dich von einem Adonis massieren. Bei Kerzenschein. Hab ich da irgendwas verpasst oder gibt's da noch eine Erklärung dafür?«

»Natürlich gibt's da eine Erklärung«, entgegnet sie, während sie mit sehr raschen Fingern ihre Bluse zuknöpft. »Der Heimatwinkel, der hat nämlich einen Antrag gestellt. Und zwar einen Antrag, um eben genau diesen Wellnessbereich hier ausbauen und vergrößern zu können, verstehst. Und um diesem Antrag gegebenenfalls stattzugeben oder eben auch nicht, drum muss das zuvor halt aufs Genaueste hin überprüft werden. Und genau das und nichts anderes habe ich heute getan.«

»Jetzt mach dich nicht lächerlich, Susi. Du lässt dich doch hier nicht splitterfasernackt von diesem ... diesem Spacko massieren, nur um einen Bauantrag genehmigen zu können, das ist nicht dein Ernst, oder?«

»Was zum Teufel ist denn jetzt genau dein Problem, Franz? Lass mich einfach meine Arbeit machen und du machst die deine, okay? Ich mein, ich quatsch dir doch auch nicht in deine Ermittlungen rein, oder?«, zischt sie nun, während sie ihre Badetasche vom Boden aufklaubt.

Der Paul hat inzwischen alle Kerzen hier ausgeblasen und das Wachs gleichmäßig über den ganzen sündteuren Perser verteilt. Ein Jammer. Doch die Susi, die scheint das gar nicht zu merken. Schmeißt die Badetasche über die Schulter, nimmt ihren Sohn an der Hand und verschwindet aus dieser dubiosen Oase, als wär sie niemals hier gewesen. Ich selber dagegen, ich muss noch ein Weilchen verbleiben. Zum einen freilich, weil ich der Susi jetzt auf keinen Fall hinterhertappeln will wie ein kleiner Schoßhund. Zum anderen aber auch, weil mich der Raum an und für sich fasziniert. So orientalisch angehaucht, wie er nun mal ist, mit einem kleinen Touch von Romantik, ohne jedoch irgendwie schwülstig zu wirken. Ganz im Gegenteil. Bei all dieser

Sinnlichkeit hier ist immer noch eine gesunde medizinische Basis sehr deutlich greifbar. Irgendwie eine echt seltsame Kombi. Doch wer auch immer diesen Raum eingerichtet hat, es ist ein Profi gewesen, gar keine Frage.

»Ist alles in Ordnung?«, kann ich plötzlich vernehmen, und ja, es ist dieser Pitt, der mich nun aus meinen Überlegungen reißt. »Kann ich … kann ich vielleicht irgendwas für Sie tun?«

Genau, denk ich mir jetzt prompt. Jawohl, das kann er.

»Da, rechts oben«, antworte ich, während ich mir die Jacke auszieh. »Gleich unterm Hals, also etwa eine Handbreit unter dem Schulterblatt …«

»Ja?«, fragt er hier nach, während ich mein Hemd aufknöpfe. Und keine zehn Sekunden später, da liege ich exakt dort, wo sich grad zuvor die Susi noch hat verwöhnen lassen. Was die kann, das kann ich schon lange.

»Also auf geht's. Rechte Seite anfangen und dann langsam rüber auf die linke. Und vorher bitte die Hände aufwärmen«, sag ich deswegen noch so und schließ dann die Augen.

Eine Stunde später bin ich praktisch wie neu. Der Nacken- und Schulterbereich ist entspannt wie seit Jahren nicht mehr, der gesamte Rücken fühlt sich an, als wär er quasi gar nicht vorhanden, und selbst meine Arschbacken, die sind wie runderneuert. Außerdem hab ich einen nagelneuen Freund. Den Leonardo. Der mir beim Abschied in die Jacke hilft und mir obendrein ein Massageöl mitgibt. Damit, meint er, könnte ich ja die Susi massieren, wenn die Luft wieder rein ist. Mal schauen.

Jedenfalls fühl ich mich relativ schwerelos, wie ich mich anschließend hinters Steuer setze, und genieß das einen Augenblick lang.

So entkrampft und locker, wie mich mein aktueller Busenfreund heut präpariert hat, lieg ich den ganzen Abend lang auf dem Kanapee in meinem Saustall und widme mich diesen Ablaufplänen aus dem Hause Kneißl. Normalerweise ist das ja jetzt nicht unbedingt der Teil meiner Arbeit, bei dem ich laut Hosianna singe. Eher gegenteilig, bin ich doch viel eher der Mann für die Straße und nicht für den Ordner. Aber wie gesagt, heute bin ich so dermaßen tiefenentspannt, dass mir die Durchsicht dieser Unterlagen ja schon beinah eine Freude bereitet. Erst recht, wie ich dann feststellen kann, dass eben diese sogenannten Ablaufpläne so penibel und akribisch durchstrukturiert sind. Jeder Perfektionist würde vor denen auf die Knie fallen und sich eine Scheibe davon abschneiden, jede Wette. Also von den Plänen freilich, nicht von den Knien. So steht dort halt aufs Exakteste, wer mit wem wo und wie lange was gearbeitet hat, und obendrein ist alles noch jeweils mit den entsprechenden Unterschriften versehen und bestätigt. Besser kann man das ja kaum machen. Und lückenloser sowieso nicht. Doch auf den ersten Moment meiner Begeisterung folgt umgehend der zweite, und der stellt sich nicht als annähernd so befriedigend heraus. Weil ich nun leider feststellen muss, dass die Herren Kneißl, also sowohl der Alte als auch dessen Sohnemann, für die infrage kommenden Zeiten ein ziemlich wasserdichtes Alibi haben. Ich meine, natürlich sind da immer mal wieder Lücken von zehn oder maximal fuchzehn Minuten dazwischen, nachts sogar auch mal sechs oder sieben Stunden lang. Doch ob das ausreichen würde, völlig unbemerkt einen Mann aufzusuchen, umzubringen, zu zerstückeln und anschließend in dessen Biogasanlage zu entsorgen, das erscheint mir schon mehr als fraglich. Über all diesen schwerwiegenden Überlegungen muss ich wohl irgendwann eingeschlafen sein. Was aber in Anbetracht der umfangreichen Ermittlungen des heutigen Tages auch weiter kein Wunder ist, gell.

Ausgerechnet das Läuten meines Diensthandys reißt mich aus dem Schlaf, und aus reinem Reflex heraus geh ich dann ran.

»Eberhofer«, dröhnt eine mir völlig unbekannte Stimme an mein noch schlummerndes Ohr, »kurz bevor der Steckenbiller ermordet wurde, gab es noch einen handfesten Streit, und zwar zwischen ihm und einer Frau. Gut möglich, dass es die Schwiegertochter war. Die würd ich mir mal ganz genau vornehmen an deiner Stelle.«

Und noch ehe mein Geist halbwegs wach ist, klickt es in der Leitung und das Gespräch ist beendet. Was auch immer das jetzt war, da kümmer ich mich morgen drum.

Die Susi ist noch nicht einmal beleidigt, dass ich die Nacht drüben im Saustall verbracht habe, und nicht bei ihr im Bett. Doch vermutlich hat sie von gestern her schon noch ein bisschen ein schlechtes Gewissen. Wegen ihres dubiosen Verhaltens in den Wellnessanlagen vom Heimatwinkel. Keine Ahnung. Jedenfalls ist sie ausgesprochen wortkarg, wie wir in aller Herrgottsfrüh im Rathausflur aufeinanderprallen. Unter ihrem kostümierten Ärmel hat sie einen ganzen Stapel Ordner, und damit quetscht sie sich an mir vorbei und lässt einen kargen morgendlichen Gruß vom Stapel. Das war's. Kein Lächeln, kein Schmollmund und noch nicht einmal die winzigste Vorhaltung, warum ich nicht in unserem nagelneuen Schlafzimmer genächtigt habe. Nix.

Dafür ist dann aber die Jessy umso gesprächiger. Und bestens gelaunt ist sie ganz obendrein, was mich gelinde gesagt sehr überrascht. Im Grunde genommen macht es mich sogar ein wenig nervös, weil ich sie so fröhlich kaum kenne. Wahrscheinlich verschütte ich deswegen die halbe Tasse Kaffee, die ich mir grad eingeschenkt hab, und exakt in dem Moment, wo ich mich dann nach einem Lappen umschau, da ist die Jessy schon von ihrem Stuhl aufgesprungen, zum Spülbecken rübergesaust und nun im Begriff, meine Pfütze aufzuwischen.

»Alles in Ordnung, Jessy?«, muss ich nun leicht angespannt wissen, und sie nickt.

»Alles bestens, Eberhofer«, antwortet sie. »Und, hast es auch schon gehört?«

»Nein, nix«, sag ich, weil ich echt keinen blassen Schimmer hab, wovon sie grad spricht.

»Geh, das kann doch nicht sein. Ich mein, alle wissen's doch schon, Franz. Unser Bürgermeister, der kommt wieder zurück. Und zwar Ende der Woche schon. Er kann seine Reha vorzeitig beenden, weil er halt in letzter Zeit einfach so riesige Fortschritte gemacht hat, dass er jetzt seine restlichen Behandlungen sozusagen alle ambulant machen kann. Direkt ums Eck, also praktisch in Landshut drinnen. Das ist doch der Wahnsinn, oder?«

Aha. Daher weht der Wind. Das erklärt dann ja schlagartig, warum die Laune von der Susi im Keller und die von der Jessy so großartig ist. Und wie auf Kommando geht nun die Tür auf und die Susi schaut rein.

»Da … da draußen sind die Steckenbillers, Franz«, sagt sie durch den Spalt hindurch. »Die sagen, sie wollen zu dir.«

Die Steckenbillers? Die kommen ja wie gerufen.

»Ach ja, Franz, ganz vergessen«, sagt nun wieder die Jessy und wirft der Susi den überheblichsten Blick zu, den ich jemals gesehen hab, ehe sie dann auf ihre Armbanduhr schaut. »In deinem Büro, da hockt der Birkenberger Rudi, und zwar schon geschlagene zwanzig Minuten lang. Und er hat gesagt, er hätt jemanden zum Verhör geladen. Ich nehme mal an, das werden die dann wohl sein.«

»Wer?«, frag ich, weil mich so viel an Information jetzt fast ein bisschen überfordert.

»Na, die Steckenbillers. Himmel noch mal«, sagt die Jessy, während die Susi ihren Kopf in den Nacken wirft und genauso verschwindet, wie sie grad erschienen ist. Ich geh mal nach draußen. Und tatsächlich, dort im Flur steht der Steckenbiller Simon im Karohemd und mit den Händen in den Tiefen seiner Latzhose. Schräg hinter ihm, also eigentlich nicht direkt dahinter, aber eben auch nicht daneben, da steht seine Gattin, also die Josefina. Beide tragen Gummistiefel und schauen aus, als wären sie direkt vom Feld hergekommen.

»Einen Moment«, sag ich, während ich an ihnen vorbei in Richtung meiner Bürotüre geh. Dort klopfe ich an, aus welchen Gründen auch immer.

»Herein«, ertönt es genau in der Sekunde, wo ich die Türe aufreiß. »Ah, schön, dass du da bist, Franz. Eigentlich müssten auch gleich die Ersten zum Verhör erscheinen.«

»Sie sind schon da, Rudi«, sag ich. »Wieso lädst du Leute zum Verhör?«

»Weil du es nicht tust, Franz.«

»Hast du dich wieder als mich ausgegeben?«, frag ich, obwohl ich die Antwort längst weiß.

»Natürlich hab ich mich wieder als dich ausgegeben, Franz. Weil ich mich ja schlecht als mich ausgeben kann, seit ich kein Polizist mehr bin, das ist ja wohl klar, oder? Ich versteh dich nicht. Seit Jahren regst du dich darüber auf, und seit Jahren funktioniert es, unser kleines Spielchen. Wo also ist dein Problem? So, damit hätten wir das ja geklärt. Kannst du jetzt bitte die Steckenbillers reinholen, damit wir hier endlich anfangen können?«

Kapitel 23

Nachdem wir uns ein ganzes Weilchen lang nicht darauf haben einigen können, wer nun schließlich wen verhört, knobeln wir es einfach aus, der Rudi und ich. Was dazu führt, dass ich am Ende den Simon abkrieg. Ja, das Leben ist kein Wunschkonzert. Doch bevor wir beide uns trennen, informier ich den Rudi noch kurz über den ominösen Anruf von gestern Nacht.

Um eine relativ entspannte Situation zu erschaffen, hole ich mir vor dem Startschuss noch schnell einen Kaffee und frage den Simon, ob er auch einen möchte. Tut er aber nicht. Stattdessen will er lieber Tee, davon aber auch nur einen Bio. Und Abrakadabra, Simsalabim, ob man's glaubt oder nicht, da haben wir Glück. Einen solchen kann ich nämlich bei der Susi besorgen, weil die eben auch gelegentlich den Hang zum Gesundheitswahn hat. Und kaum sind wir zwei Hübschen dann zumindest kulinarisch versorgt, da kann's auch schon losgehen, mit unserem Verhör sozusagen.

Um es ganz ehrlich zu sagen, da hab ich mich jetzt auf ein nervtötendes stunden- oder möglicherweise sogar tagelang andauerndes Rumgezicke eingestellt, mit allen möglichen dubiosen Erklärungen, nebulösen Alibis und rätselhaften Blablablas. Aber was dann kommt, ist vollkommen anders, und zwar ist es so:

»Simon, wie du deinen Vater zuletzt gesehen hast, war er da noch am Leben oder war er es nicht?«, frag ich als Erstes, während ich mich auf meinen Schreibtisch hock, was meine Sitzposition ihm gegenüber etwas erhöht.

»Ja … nein … ich weiß nicht …«

»Ja? Nein? Ich weiß nicht? Was weißt du nicht? Ob er noch am Leben war?«

»Himmelherrgott noch mal! Es ist doch völlig egal, was ich sage«, unterbricht er mich jetzt relativ laut.

»Ist es nicht, Simon. Die Wahrheit, die wär schon echt sensationell.«

»Die Wahrheit, ha! Welche denn? Seine oder meine?«

»Mei, fang halt einfach mal an. Ich such mir dann schon das Passende raus«, schlag ich noch so vor, nehm einen Schluck Kaffee und harre der Dinge, die da kommen. Und sie kommen. Jetzt wird er nämlich gesprächig, der Simon. Beinah könnte man den Eindruck kriegen, er spricht sich alles von der Seele, was wohl schon längst mal hätte an die frische Luft kommen müssen. Und wenn man ihm jetzt so zuhört, möchte man, ehrlich gesagt, auch nicht mit ihm tauschen.

Eigentlich könnte man ja meinen, ein Mann wie der Steckenbiller Lenz, der es geschafft hat, einer der größten und erfolgreichsten Bauern im ganzen Landkreis zu sein, wäre zumindest zufrieden gewesen. Erst recht, wo doch sein Sohnemann sowie die Schwiegertochter mit größter Begeisterung denselben Weg eingeschlagen haben, was ja nicht zwingend selbstverständlich ist. Dennoch war der Steckenbiller Lenz am Ende offenbar doch alles andere als ein glücklicher Mann. Denn warum sollte er sonst bei jeder sich nur ergebenden Gelegenheit Reißaus nehmen? Und das hat er zweifelsohne seit jeher getan. Immer und immer wieder. Familie hin, Verantwortung her. Immer wieder ist er urplötzlich von der Bildfläche verschwunden, und keiner wusste, wohin oder für wie lange. Früher, da war er ja noch überall auf der Welt unterwegs, praktisch kreuz und quer über den ganzen Globus, könnte man sagen. Die letzten zehn oder zwölf Jahre vielleicht, da hat es ihn aber auf einmal nur noch an einen einzigen Ort hingezogen. Und zwar nach Südafrika. Genauer nach Kapstadt. Noch genauer: zu seiner Zweitfamilie.

Als der Simon nun an dieser Stelle ankommt, da muss er einen Augenblick lang mit den Tränen kämpfen, kriegt sich aber relativ schnell wieder ein. Trotzdem muss ich hier reingrätschen.

»Eine Zweitfamilie?«, frag ich. »Seit zehn oder zwölf Jahren? Wie muss ich mir das vorstellen, Simon? Ich mein, davon muss doch auch deine Mutter etwas mitgekriegt haben, oder nicht? Immerhin ist sie ja erst vor kurzem gestorben. Wie lang ist das jetzt her? Ein Jahr vielleicht?«

»Vierzehn Monate. Vorgestern sind es genau vierzehn Monate gewesen.«

»Also hat sie davon gewusst?«

»Ja, freilich hat die Mama das alles gewusst, und das war echt furchtbar. Und zwar für uns alle. Wie oft sie geweint hat ... Aber auf der anderen Seite, was hätt sie denn tun sollen? Außerdem, und das war ihr wichtig, hat der Vater ja auch immer und immer wieder gesagt, es gibt sowieso nur einen einzigen Erben, und der kriegt den Hof und alles drum herum. Das waren seine Worte.«

»Und damit hat er dich gemeint? Mit dem Erben«, muss ich hier nachfragen, einfach um auf Nummer sicher zu gehen.

»Ja, natürlich hat er mich damit gemeint. Wen denn sonst?«, antwortet der Simon relativ stoisch und starrt dann in den Boden.

»Was ist dann passiert, Simon?«, bohr ich jetzt nach, weil ich ganz genau spür, dass hier noch was kommt.

»Ja, mei, was ist dann schon passiert, gell? Dann haben wir halt irgendwann erfahren, dass die Josefina keine Kinder kriegen kann. Und nie kriegen wird. Das war ... Mein Gott, das war wie ein Schlag ins Gesicht, für uns alle. Der Vater aber, der war außer sich. Hat erst einmal ein paar Tage lang gar nix geredet, mit keinem von uns. Und dann plötzlich hat er verlangt, dass ich diese Frau verlasse. Und zwar sofort. Denn auch nach mir müsse es einen Hoferben geben. Der Hof, der wär seit Generationen in der Hand von unserer Familie, und so müsse es auch bleiben. Ja, genau so hat er das verlangt, der Vater. Ha!«

»Weiter«, sag ich, nachdem er eine längere Pause einlegt.

»Weiter? Ja, mei, wie ist es weitergegangen? Ich hab ihm dann halt freilich gesagt, dass ich einen Teufel tun werde und die Josefina nie im Leben verlassen tät. Und damit, also mit diesem einen Satz, da hat im Grunde alles begonnen. Das war sozusagen der Anfang vom Ende.«

»Was hat begonnen, Simon?«

»Ja, mei, da hat er halt angefangen, das ganze Geld nach Afrika runterzuschaffen. Am Anfang, da hab ich's ja gar nicht gemerkt. Erst wie ich die Unterlagen vom Steuerbüro überprüft hab und plötzlich hier zwanzigtausend Euro gefehlt haben und dort fuchzigtausend. Erst da hab ich's gemerkt und hab ihn dann halt natürlich auch drauf angesprochen, den Vater. Und da hat er dann gesagt, wenn hier keine Zukunft ist für alles, was ihm heilig ist, dann muss sie wohl dort unten sein«, erzählt der Simon mir nun ziemlich stockend und reibt sich am Ende heftig die Augen.

Exakt in dem Moment, wo ich überlege, wie es jetzt weitergehen soll, da läutet mein Telefon und der Rudi ist dran.

»Du kannst hier abbrechen, Franz«, triumphiert er mir in den Hörer.

»Weil?«

»Weil sie nämlich grade ein Geständnis abgelegt hat, die Frau Steckenbiller«, kann ich nun hören. Und ich brauch einen kleinen Moment, um rein vernehmungstechnisch den Faden wieder aufzunehmen.

»Simon«, kratzt es mir dann aus dem Hals. »Deine Josefina ... Also, deine Josefina, die hat wohl grad ein Geständnis abgelegt.«

»Die Josefina? Soll das ein Witz sein? Was wird denn hier gespielt? Bist du noch ganz dicht, oder was?«, schreit er mich nun an und springt auf, dass gleich der Stuhl nach hinten kippt.

»Setz dich wieder nieder, Simon. Sonst knall ich dich ab«, muss ich nun loswerden, weil mir im Laufe der zahllosen Verhöre meines Lebens diese unvermeidbar gefühligen Ausbrüche mehr und mehr auf die Nerven gehen. Ein bisschen bockig oder angepisst oder möglicherweise auch in seiner männlichen Ehre verletzt, hebt er nun den Stuhl vom Boden auf und setzt sich wieder nieder.

»Also?«, versuch ich ihm auf die Sprünge zu helfen und schnauf einmal tief durch.

»Also ... Was, also? Sag mal, Eberhofer, bist du eigentlich ein emotionaler Krüppel, oder was? Ich mein, hier geht es nicht darum, ob jemand bei Rot über die Ampel gefahren ist oder nicht. Sondern um einen Mord. Um den Mord an meinem Vater, um genau zu sein. Und den versuchst du jetzt ausgerechnet der Josefina in die Schuhe zu schieben? Ganz ehrlich, da muss ich wirklich deine Intelligenz infrage stellen.«

»Simon«, sag ich nun und merke deutlich, wie meine Zündschnur kürzer und kürzer wird. »Es interessiert mich ehrlich gesagt einen riesigen Haufen, was du infrage stellst, oder auch nicht. Ich möchte einzig und allein diesen verkackten Mordfall aufklären. Außerdem, und das ist nicht unwesentlich, gibt es einen Hinweis, dass deine Josefina mit deinem Vater einen handfesten Streit hatte. Und zwar ausgerechnet am Mordabend. Und dieser Sache werde ich jetzt nachgehen.«

»Aber die Josefina, die ist doch schon längst im Bett gewesen. Jedenfalls zu dem Zeitpunkt, wie ich den Vater … Also praktisch …«

»Was praktisch, Simon?«

»Ich war's. Ja, ich bin's gewesen. So, jetzt ist es raus. Ich hab den Vater geschubst. Dann ist er … dann ist er gegen die Tür … Oder warte, gegen den Türstock geknallt. Genau mit der Schläfe, voll zack – gegen den Türstock, verstehst. Unten rechts. Er war sofort tot.«

»Er war sofort tot, aha. Und danach, da hast ihn dann in die Biogasanlage gesteckt?«

»Exakt.«

»Gleich wie er tot war?«

»Gleich wie er tot war!«

»Ganz allein?«

»Ja, ganz, ganz allein!«

»Und wann genau war das? Also so uhrzeitmäßig?«

»Das muss … Warte, das weiß ich sogar noch ziemlich genau«, antwortet er und macht dabei den Eindruck, als sei er grad selber erleichtert darüber. »Das war gleich, wie wir vom Romantik-Dinner zurückgekommen sind. Also vom Geburtstag von der Josefina. Ich hab dir ja erzählt, dass ich mit dem Vater davor gestritten hab, das weißt du doch noch, Franz?«

Jetzt wird die Tür aufgerissen, und keinen Wimpernschlag später steht der Birkenberger höchstzufrieden bei mir im Büro, an seiner Seite die Josefina, im Rücken handgeschellt. Hat sie der noch alle?

»Mäuschen!«, stürzt der Simon nun förmlich auf sie zu. »Was machst du denn für Sachen? Ich hab doch …«

»Pst, es ist alles gut, Simon«, unterbricht ihn die Josefina aber prompt, und nun schauen sie sich tief in die Augen. Der Rudi scheint gleich Anstalten zu machen, die zwei hier zu trennen. Doch ein einziger Blick von mir reicht aus, um einen zeitnahen Totschlag anzudrohen. Den seinen.

»Abflug, alle beide«, sag ich, hol meinen Schlüssel hervor und befrei die Josefina von den Achtern.

»Was?«, fragt sie, während sie ihre Knöchel reibt. Ich nicke nur kurz, und schon eilen die beiden Hand in Hand dem Ausgang entgegen.

Der Rudi steht da und glotzt mich an, als sei ich der wiederauferstandene Steckenbiller. Vielleicht ist er jetzt auch einfach nur ein bisschen beleidigt. Steht da und starrt zunächst bockig auf die Handschellen, die dort am Schreibtisch vor ihm liegen. Anschließend starrt er die Tür an, wo die Steckenbillers grad hindurch verschwunden sind. Wie er jetzt aber anfängt, seinen Kopf zu schütteln, bin ich raus. Schlüpf in meine Jacke und mach mich vom Acker. Mehr Drama kann ich heut nicht mehr verkraften.

Kapitel 24

Der Weg vom Rathaus zu mir heim würde zu Fuß wohl nur zehn Minuten dauern. Mit dem Wagen dauert er höchstens anderthalb, mit Blaulicht und Horn schätzungsweise knappe zwanzig Sekunden. Natürlich bin ich nicht zu Fuß unterwegs, warum auch? Doch selbst wenn, dann wären mir jetzt auch die ganzen zehn Minuten viel zu knapp, um all die Eindrücke und Gedanken der letzten Stunden sortieren und beurteilen zu können. Das werde ich allerdings müssen, wenn ich zum finalen Rundumschlag ausholen will. Und das will ich. Allein deswegen beschließe ich nun, Niederkaltenkirchen mit meinem Streifenwagen so weiträumig zu umkreisen, wie es nur geht, ohne jedoch dabei die Landesgrenzen überschreiten zu müssen.

Jetzt kenn ich den Rudi ja schon mein halbes Leben lang, und ich will behaupten, auch ziemlich gut. Und dennoch überrascht er mich immer wieder mal aufs Neue, so wie heute zum Beispiel. Denn mit Sicherheit wär ich keinen Deut verblüffter gewesen, wenn der Rudi heute meinetwegen behauptet hätte, die Josefina, die hätte den Zweiten Weltkrieg ausgelöst. Weil das nämlich ein ebenso großer Unfug wär, als wenn man sie etwa für einen Mord verantwortlich machen tät. Ganz ähnlich verhält es sich ja übrigens auch mit dem Simon. Wobei ich in seinem Fall vielleicht tatsächlich noch einräumen müsste, dass der möglicherweise aus Liebe und größter Loyalität zu seiner Frau, eventuell seinen Vater doch hätte …

Hat er aber nicht.

Es will und will mir einfach nicht in den Schädel, warum der Simon zuerst seinen Vater umbringt, dann gemütlich mit seiner Frau einen romantischen Abend verbringt, um zuletzt den Vater in der Biogasanlage zu entsorgen. Ich glaube, dazu ist kaum jemand fähig, am allerwenigsten aber der Simon. Warum aber dann dieses Geständnis der beiden? Da komm und komm und komm ich einfach nicht drauf. Es ist wirklich zum Kotzen. Erst nachdem ich wirklich alle Eventualitäten in Betracht gezogen und Niederkaltenkirchen gefühlte tausend Mal umkreist habe, erst da bleibt ein einziger logischer Gedanke zurück. Nämlich der, dass ich – allein um die Unschuld der beiden beweisen zu können – eine Antwort auf diese unvermeidbare Frage brauche. Deswegen muss ich eben unbedingt noch einmal kurz mit den Steckenbillers sprechen. Ganz egal, ob ich das möchte oder auch nicht.

So schlag ich also schließlich kurzum den Heimweg ein, und keine halbe Stunde später ist es ausgerechnet die Josefina, die ich dann unweit von ihrem Hof auf dem Traktor antreffe. Ganz routiniert, doch offenbar auch sehr in Gedanken vertieft, zieht sie ihre Bahnen über den Acker, und so, wie's ausschaut, hat sie mich noch nicht mal bemerkt. Ein paar Minuten lang schau ich ihr zu, dann aber schalt ich kurz das Martinshorn ein und steig aus dem Wagen. Nun findet der Bulldog dann auch relativ zügig den Weg zu mir an den Feldrand, und letztendlich kommt er exakt vor mir zum Stehen.

»Ganz kurz noch, Josefina«, sag ich, während sie sich das

Kopftuch zurückschiebt, das sie im Nacken gebunden hat, und ihre Kopfhörer von den Ohren nimmt.

»Was hörst du da?«, will ich jetzt aber erst wissen.

»AC/DC«, sagt sie, und ein winziges Lächeln huscht ihr über die Wangen. »Was sonst?«

»Natürlich, was sonst«, antworte ich und muss mir selbst ein Grinsen verkneifen. »Kannst du mal kurz runterkommen?«

Sie nickt, öffnet die Kabinentür und kraxelt zu mir nach unten. Dann lehnt sie sich an die Front des Traktors, verschränkt die Hände vor der Brust und schaut mich mit ihrem glasklaren Blick auffordernd an. Also gut, dann schießen wir mal los.

»Josefina, ich weiß, dass du mit dem Tod von deinem Schwiegervater nichts zu tun hast. Aber weißt du auch, dass der Simon damit ebenfalls nichts zu tun hat?«

»Jetzt weiß ich es, ja«, sagt sie nickend und blickt nun an mir vorbei, ziellos in die Ferne. »Wochenlang war das aber nicht so. Hab mir ständig nur gedacht, großer Gott, warum nur …?«, sagt sie leise, und dann kippt ihr die Stimme.

»Und der Simon, der hat das Gleiche über dich gedacht?«, mutmaße ich.

»Ja, irgendwie lustig, nicht wahr?«, entgegnet sie, lacht tatsächlich kurz auf und schaut mir direkt ins Gesicht, während sie einen Tabakbeutel aus ihrer Brusttasche zieht und anfängt, sich eine Zigarette zu drehen. Und erst nachdem ihr Feuerzeug klickt und sie einen sehr tiefen Zug genommen hat, fährt sie fort zu erzählen.

Eine halbe Stunde später sind wir beide zum Kettenraucher mutiert, doch wenigstens hab ich nun eine Ahnung davon, wie dieses ganze Unheil seinen Lauf hat nehmen können.

So war es wohl am Nachmittag ihres Geburtstages, wo der Simon und sein Vater wieder einmal aneinandergeraten waren. Sie hatten eine relativ hitzige Diskussion, bei der es eben auch wieder einmal zu keiner Aussprache kam, sondern die Fronten ein weiteres Mal verhärtet blieben. Das Thema war im Großen und Ganzen dasselbe wie immer: nämlich die kinderlose Ehe der jungen Leute und diese Unmengen an Geld, die der alte Steckenbiller ständig nach Südafrika schickte. Verständnis für die jeweilige Gegenseite? Fehlanzeige, könnte man sagen. Das Ende dieses unerfreulichen Gesprächs wurde dann vom Aufbruch in den Heimatwinkel eingeläutet. Doch hier endet die Geschichte von der Josefina auch schon. Zumindest was die Vater-Sohn-Sache betrifft.

Als sie ihren Schwiegervater das nächste Mal nämlich selber gesehen hat, da war er schon tot. Was sozusagen nach ihrem Geburtstagsessen im Heimatwinkel war. So hat sie wohl am späteren Abend nach ihrer Rückkehr, wie jeden Abend, ihre Stallrunde gedreht und dabei den alten Steckenbiller neben der Melkmaschine aufgefunden. Und zwar bäuchlings im Heu, und er hat sich nicht mehr gerührt.

»Eigentlich war ich mir in diesem Moment felsenfest sicher, dass der Simon es getan hat«, erzählt sie abschließend und zieht ein weiteres Mal tief an ihrer Zigarette. »Ständig diese ganzen Streitereien über Dinge, die nicht zu ändern sind. Und kein Ende in Sicht. Immer und immer wieder diese Sticheleien und Hetzereien gegen mich und dass kein Baby kommt. Das hat den Simon fertiggemacht.«

»Wie du ihn aufgefunden hast, den Lenz, was ist dann passiert?«, frag ich, während ich mir die was weiß ich wievielte Kippe drehe.

»Ich hab den Simon gerufen, und dann sind wir beide halt ein Weilchen vor dieser Leiche gestanden. Das war schon seltsam. Im Nachhinein ist es ja fast irgendwie witzig, oder? Weil ich dachte, er ist es gewesen, und er dachte, ich war's. Das nenn ich doch mal kriminelle Energie: ›Bonny und Clyde in Niederkaltenkirchen‹, ha!«, sagt sie, und Tränen laufen ihr über die Wangen.

»Ihr habt die Leiche dann gemeinsam beseitigt?«

Sie nickt und nimmt noch einen letzten, tiefen Zug, ehe sie den glühenden Stummel unter ihren Gummistiefeln zertritt.

»Aber warum in aller Welt habt ihr sein Waschzeug nicht mit vernichtet?«

»Das muss uns wohl in der ganzen Aufregung hinter die Heuballen gerutscht sein.« Sie schaut mich eindringlich an. »Wie geht es denn jetzt weiter?«

»Na ja, eine Leiche zu entsorgen, das ist natürlich eine Straftat, und da wird's auch ein Verfahren gegen euch geben. Aber im Vergleich zu einem Mord ist das freilich Kinderkacke«, sag ich und kann ihr damit zumindest ein winziges Lächeln entlocken.

»Kann ich das Feld hier noch fertigmachen? Es würde keine Stunde dauern.«

»Selbst wenn es Monate dauern würde. Lass dir Zeit, Josefina. Lasst euch Zeit«, sag ich noch so, drück sie einen kleinen Moment an der Schulter und mach mich dann im wahrsten aller Sinne vom Acker.

Kapitel 25

Wie man sich jetzt wohl unschwer vorstellen kann, bin ich rein ermittlungstechnisch für heute ziemlich bedient. Obwohl es kurzzeitig zwei Verdächtige gegeben hat, bin ich jetzt genauso schlau wie am Anfang, weil es immer noch keinen Mörder gibt. Oder eine Mörderin. Denn plötzlich ist mir dieser nächtliche Anruf wieder sehr präsent. Und aus welchen Gründen auch immer, löst er bei mir ein sehr unangenehmes Magengrummeln aus. Weswegen ich auf meinem Heimweg auch eine relativ konkrete Vorstellung davon hab, was meine Feierabendgestaltung betrifft. Inspiriert von soeben, laufen AC/DC auf Höllenlautstärke, das Seitenfenster ist heruntergedreht, der Ellbogen da, wo er hingehört, nämlich draußen, und obendrein weht mir ein lauer Fahrtwind um den kriminalistischen Zinken herum. Wenn die Oma daheim jetzt noch was Schönes gekocht hätt, dann wär mein Abend quasi ziemlich perfekt. Doch es ist nicht nur so, dass die Oma erwartungsgemäß überhaupt nix gekocht hat, sondern es tut sich noch eine weitere herbe Enttäuschung auf, was sich gleich ausmachen lässt, wo ich in den Hof reinfahre. Zum einen mag das an der Anwesenheit vom Leopold liegen, zum anderen aber auch an der vom Rudi, den ich hier in keinster Form weder erwartet noch herbeigesehnt hätte. Und dennoch hockt er nun dort auf dem Bankerl vor unserm Haus, und zwar Arschbacke an Arschbacke mit dem Papa. Und wenn mich nicht alle meine Sinne trügen, dann frönen sie grad gemeinsam den Drogen.

»Herrschaftszeiten, geht's noch«, kann ich den Leopold schon in dem Moment schreien hören, da bin ich noch nicht mal aus dem Wagen gestiegen. »Das Taxi muss jeden Moment da sein und ihr qualmt hier umeinander, was das Zeug hält. Jetzt machts gefälligst diesen Drecksjoint endlich aus, schließlich muss es doch nicht sein, dass die Kinder das mitkriegen!«

»Sobald das Taxi aufkreuzt, machen wir aus«, brummt der Papa aus seiner Latzhose heraus, und der Rudi nickt Beifall.

»Wieso, wer kommt denn?«, muss ich nun fragen, obwohl ich die Antwort längst ahne.

»Ja, wer wird denn wohl kommen? Rate doch mal«, antwortet der Leopold vielleicht ein bisschen überheblich und wirft mir einen ebensolchen Blick entgegen. »Meine Familie kommt halt endlich zurück. Also die Panida mit den Kindern. Wird ja auch langsam Zeit, meinst nicht?«

»Sag bloß? Die kommen echt wieder zurück? Dann muss es aber ohne jeden Zweifel echt unerträglich gewesen sein, dort in diesem Thailand«, muss ich hier loswerden und kann mir ein kleines Grinsen nicht wirklich verkneifen.

»Idiot«, keift er mir noch entgegen und wendet sich dann ab. Versenkt die Hände in den Hosentaschen und latscht dann über den Kies hinweg in Richtung Ausfahrt. Dort bleibt er stehen und scheint auf der angrenzenden Landstraße fieberhaft nach einem Taxi Ausschau zu halten.

Mein eigener Fokus jedoch schweift nun wieder zum Drogenbankerl zurück, und wenn ich mir die zwei Helden dort so anschau, dann dreht sich grad der Teil meines Magens um, den der Leopold aktuell noch verschont hat.

»Dein Rudi, das ist ein Supertyp«, raunt mir der Papa mit halbgeschlossenen Lidern entgegen. »Eine Seele von einem Menschen. Entspannt, weitsichtig, klug. So einen Freund … so einen hast du gar nicht verdient.«

»Ganz genau, hat er nicht verdient«, pflichtet der Birkenberger bei, während er seinen Kopf an die Schulter vom Papa lehnt. Jesus Christus!

Ich muss jetzt hier weg, sonst krieg ich das Kotzen.

»Wo willst du hin?«, kann ich den Rudi noch hören, grad wo ich wieder in den Streifenwagen steigen will.

»Zur Mooshammerin will ich, da hab ich noch was zu erledigen«, ruf ich so eher halbherzig retour, wobei von Wollen keine Rede sein kann. Müssen, ja, das schon eher. Ich bezweifele allerdings ernsthaft, dass in seinem aktuell desolaten Zustand überhaupt irgendeine Form von Information noch irgendwo bei ihm ankommt.

»Den Weg kannst du dir sparen, Franz«, entgegnet er nämlich prompt und macht ein sehr selbstgefälliges Gesicht dazu. So harre ich nun also vor der offenen Fahrertür und schau auf die blöde Gartenbank rüber, wo der Papa genau in diesem Moment einen sehr tiefen Zug nimmt, die Tüte dann an den Rudi weiterreicht, der es ihm weit nach hinten gelehnt gleichtut.

»Birkenberger Rudolf, jetzt red oder scheiß Buchstaben«, schrei ich ihn nun an, während ich aus den Augenwinkeln heraus den Leopold ausmachen kann, der wie ein Tiger im Käfig unsere Ausfahrt auf- und abläuft und auf die dämliche Hauptstraße starrt in froher Erwartung.

»Du musst nicht zur Mooshammerin fahren, Franz …«, wiederholt der Rudi nun noch mal großzügig, begibt sich mit dieser halbinformativen Aussage jedoch sogleich in akute Lebensgefahr.

»Weil?«, muss ich ihn drum erneut anschreien.

»Weil sie, also die Mooshammerin, bei der Oma in unserer Küche drinhockt, und das schon seit Stunden«, antwortet nun der Papa anstelle vom Rudi und rettet ihn damit vermutlich wohl auch vor einem sicheren, sofortigen und gewaltsamen Tod. Ich schnauf noch einmal tief durch, und Sekunden später öffne ich dann die Küchentür. Und tatsächlich, dort hockt sie, die Mooshammer Liesl, auf unserer Eckbank genau visavis von der Oma, und jede von ihnen hat ein dampfendes Haferl Tee vor sich stehen.

»Liesl«, sagt die Oma, gleich wie sie mich sieht, und steht auf. »Jetzt tust dem Franzl alles ganz genau so erzählen, wie du es mir grad erzählt hast, und zwar schön der Reihe nach. Und hinterher, da geht's dir besser. Also auf geht's, alles wird gut, wirst schon sehen.«

Dann drückt sie kurz den Arm ihrer Freundin, nickt mir zu, während sie ihre Tasse nimmt und schließlich die Küche verlässt.

»Liesl?«, sag ich, zieh mir einen Stuhl hervor und setz mich nieder.

»Ja?«, fragt sie retour und nimmt ihren Daumen aus dem Mund, auf dessen Nagel sie gerade noch voll Inbrunst herumgekaut hat. Nägelbeißer finde ich ja generell schon ein seltsames Volk. Aber Frauen, noch dazu in ihrem Alter … Aber wurst.

»Also, was willst mir erzählen?«, versuch ich ihr noch einmal Starthilfe zu geben.

»Nix!«

»Gut, und was sollst mir erzählen?«

»Wie lang kennen wir uns jetzt, Franz?«, fragt sie nach einer Pause zurück und fischt sich ein Tempo aus ihrer Jackentasche.

»Ich kenn dich schon, seitdem ich denken kann, Liesl. Aber spielt das grad irgendwie eine Rolle?«

»Ja, freilich spielt das eine Rolle. Weil du ganz genau weißt, dass ich keiner Fliege was zuleide tun könnte«, behauptet sie nun, und ich frage mich mittlerweile, ob ich das tatsächlich weiß.

»Liesl, pass auf. Jetzt fängst einfach an zu erzählen, okay? Dann hast du es nämlich endlich hinter dir, und ich weiß eh längst, wohin die Reise geht.«

Zuerst schüttelt sie noch einmal heftig den Kopf, schnauft aber schließlich tief durch und beginnt endlich zu erzählen. Anschauen kann sie mich nicht dabei, starrt nur auf ihre Hände runter und man merkt deutlich, wie schwer es ihr fällt.

Und so ist sie wohl nicht nur in ihrer Jugend, sondern ihr ganzes Leben lang verliebt gewesen in den Steckenbiller Lenz. Und unter uns gesagt hätt ich ihr das gar nicht zugetraut. Also so was mit Gefühlen halt, weil ich sie doch immer eher sehr schroff erlebt hab und sehr direkt, als unsere Dorfratschn eben, die mit allen Wassern gewaschen ist und die schärfste Zunge hat im ganzen Gäu. Aber da sieht man's mal wieder, weil man halt einfach nicht reinschauen kann in die Leut, gell. Jedenfalls muss es seinerzeit für die Liesl eine viel herbere Enttäuschung gewesen sein, als sie mir gegenüber zugeben wollte, wie sie mit dem festen Willen nach Niederkaltenkirchen zurückgekehrt ist, um den Antrag vom Lenz schließlich doch anzunehmen und seine Bäuerin zu werden. Denn obwohl sie davor ziemlich lang mit sich gehadert hat, war am Ende die Liebe eben doch größer, als es ihr Gräuel war, eine Landwirtschaft schmeißen zu müssen. Inzwischen aber hatte sich der Lenz nicht nur anderweitig getröstet, sondern auch gleich noch eins draufgesetzt und die neue Liebe geschwängert, wie wir ja schon wissen. Und da ist eine Welt zusammengebrochen für die Liesl. Und wer weiß, womöglich hat sie ja genau aus diesem Erlebnis heraus erst so hart und schroff werden müssen. Das kann schon gut sein.

Doch wie auch immer. Im Laufe der Jahre und Jahrzehnte, da ist sie freilich und unvermeidbarerweise immer und immer wieder mit dem Lenz aufeinandergetroffen. Was sich ja im Grunde bei einem Kaff wie Niederkaltenkirchen schon rein geografisch gesehen gar nicht groß vermeiden lässt. Und so sind eben bei der Liesl die Gefühle nie wirklich abgeflaut, selbst über diese lange Zeit hinweg nicht. Eigentlich eher im Gegenteil.

Und mitten in diese unerhörte, unendliche Liebe der Liesl mit dem Lenz hinein platzt nun plötzlich der Rudi und lässt sich bekifft, wie er halt einmal ist, ebenfalls auf der Eckbank nieder. Schaut mit seinen winzigen Pupillen einige Male zwischen der Liesl und mir hin und her, spricht aber zu seinem eigenen Glück kein einziges Wort. Verschränkt stattdessen die Arme vor der Brust, legt seinen Kopf schief und schließt die Augen. Sekunden später scheint er eingeschlafen zu sein. Himmel, schau runter!

»Weißt, Franz«, fährt die Liesl fort, nachdem ihr Blick vom Rudi zurück auf ihre Hände wandert, und ihre Stimme ist inzwischen kaum noch zu hören. »Wie letztes Jahr … wie letztes Jahr dann die alte Steckenbillerin – Gott hab sie selig – gestorben ist, da war es für mich eigentlich sonnenklar, dass wir … also dass wir jetzt doch noch einmal durchstarten können, der Lenz und ich. Praktisch jetzt, wo das Trauerjahr …«

»Aber genau da hat er nicht mehr mögen, dein Lenz«, fahre ich fort, weil sie keinerlei Anstalten macht, es selber zu tun. »Weil er nämlich längst eine neue Familie gehabt hat. Dort unten in Südafrika.«

Sie nickt kaum merklich, und ich reich ihr ein frisches Tempo über den Tisch, das sie mir dankbar abnimmt.

»Das … das hat er mir einfach … einfach so mitten ins Gesicht gesagt. Stell dir das vor, Franz. Ich hab ihn zur Rede stellen wollen. Lenz, hab ich zu ihm gesagt. Lenz, jetzt können wir doch endlich zusammen sein, nach all den Jahren. Ausgelacht hat er mich da. Einfach ausgelacht«, sagt sie schluchzend. »Ich soll mich doch einmal anschauen, hat er gesagt. Wo ich doch nun so eine alte Kuh bin, da soll ich froh und dankbar sein, wenn ich wenigstens noch mein Reh krieg, alle Jahr.«

»Das hat er dir im Kuhstall erzählt, ist das richtig?«, muss ich nun wissen, und sie nickt.

»Ich … ich war so verletzt und hab so eine Wut gehabt, Franz. So eine unbändige Wut. Ich hab ihn dann einfach geschubst, so mit Anlauf und voller Wucht, und irgendwie hat er da plötzlich das Gleichgewicht verloren und ist gegen die Melkmaschine geknallt. Nie im Leben hätt ich gedacht, dass man so eine Kraft haben kann, Franz. Ich mein, du weißt es doch selber, er ist doch ein Riesenmannsbild gewesen, der Lenz. Den haut doch so schnell nix um, oder?«

»War er denn gleich tot?«, frag ich, und sie zuckt mit den Schultern.

»Ich weiß es nicht, Franz. Ich weiß es beim besten Willen nicht. Ich war doch wie vom Blitz gerührt, hab mich auf dem Absatz umgedreht und bin einfach weggerannt. Ich war ja wie von Sinnen.«

»Verstehe«, sag ich und muss einen kleinen Moment durchschnaufen.

»Weißt du, Franz, das war auch der Grund, warum ich so hartnäckig wollte, dass du ermittelst. Ich wollte einfach wissen, was passiert ist. Ich hätte ihn so nicht liegen lassen dürfen.«

»Nein, Liesl, das hättest du wirklich nicht.«

»Aber er hätte das auch nicht sagen dürfen, Franz. Nicht, wo ich ihn so geliebt hab in all diesen Jahren.«

»Die Liebe ist ein seltsames Spiel«, kommt nun der Rudi zu seinem fragwürdigen Einsatz. Er hat noch immer die Arme verschränkt und die Augen geschlossen, und im Grunde macht er ohnehin viel eher den Eindruck, als würde er schlafwandeln. Zuerst nehm ich ihn ja gar nicht zur Kenntnis. Erst als er fortfährt, dieses dämliche Liedchen zu trällern, da muss ich ihn stoppen.

»Rudi!«, sag ich deswegen, und zwar relativ laut.

»Was heißt denn hier: Rudi?«, entgegnet er und schaut mich nun an. »Warum denn ausgerechnet Rudi? Es könnte doch auch ein Hans sein, oder ein Alfred meinetwegen. Denn es betrifft uns doch alle. Immerhin gehört die Liebe nicht einem Einzelnen. Nicht einem Rudi, zum Beispiel. Die Liebe ist doch universal, eine einzige große Gemeinschaft. Jeder liebt jeden. Ja, Hans liebt. Und Alfred liebt auch. Vielleicht liebt ja Hans Alfred und Alfred liebt Rudi. Was aber völlig egal ist, weil auch Rudi Hans liebt, verstehst du?«

»Kannst du ihm bitte den Stecker ziehen?«, fragt nun die Liesl und schaut mich eindringlich an.

»Rudi«, versuch ich, doch er ignoriert mich komplett.

»Warum seid ihr so unentspannt? Liesl, schau dich um, die Welt ist voller Liebe. Du hast es doch selber erlebt. Love is all around, quasi. Überall ist Liebe, auch in Südafrika …«

»Rudi!«, sag ich ein weiteres Mal und werfe tödliche Blicke über den Tisch. »Mach dich vom Acker, sonst knall ich dich ab.«

»Aber genau das ist doch der Punkt, Franz. Gewalt ist keine Lösung. Das hast du doch selber gerade erleben können, oder? Nur Liebe ist eine Lösung. Liebe ist sowieso die einzig wahre Lösung für alle unsere Probleme«, schwallt mich der Rudi mit seinen rotunterlaufenen Augen voll.

»Nein, das seh ich anders. Gewalt ist durchaus auch eine Lösung«, zischt nun die Liesl über den Tisch, und so zugekifft wie der Birkenberger auch sein mag, aber diese Warnung versteht selbst er ganz offensichtlich. Er schweigt. Und ich muss grinsen. Irgendwie schön, dass die alte Mooshammerin doch irgendwie noch so durchblitzt in all ihrem Herzschmerz.

»Verhaftest mich jetzt?«, will sie ein paar lange Atemzüge später wissen.

»Ja, Liesl. Das muss ich leider«, sag ich und hol mein Notizheft hervor, wo ich seit jeher sämtliche relevanten Adressen und Nummern notiert hab, und eine der wichtigsten davon geb ich nun an sie weiter. »Pass auf, ruf diesen Anwalt hier an, das ist einer der Besten. Heut wirst den nicht mehr erreichen, aber mach das gleich morgen früh. Doch das Wesentliche, Liesl. Das Wesentliche ist, der Lenz, der hat noch gelebt, wie du aus dem Kuhstall raus bist. Hast du mich verstanden?«

»Der Lenz … der Lenz, der hat noch gelebt«, wiederholt sie und starrt auf den Zettel in ihrer Hand. Dann nickt sie, steht auf und folgt mir ohne ein weiteres Wort zum Streifenwagen raus.

Kapitel 26

Ein paar Tage später kehrt unser werter Herr Bürgermeister aus seinem sanatorischen Exil zurück, und die Jessy hat es sich nicht nehmen lassen, dafür ein echtes Fass aufzumachen. Ob aus reiner Wiedersehensfreude heraus oder einfach, weil sie der Susi zu gerne ans Bein pissen mag, das sei dahingestellt. Jedenfalls gibt es Schnittchen, Bier und Prosecco, Luftballons und Kuchen. Und die Erstklässler legen sich mit ihren Blockflöten ins Zeug und spielen ›Hänschen klein …‹, weil es das einzige Lied ist, das sie bis dato gelernt haben. Und das eher schlecht als recht. Doch wen juckt das schon bei all der rührseligen Wiedersehensfreude und kostenlosen Verpflegung, gell. Die Jessy serviert fleißig und scheint ohnehin mit unserem ziemlich ergriffenen Dorfoberhaupt um die Wette zu strahlen, wobei sie in ihrem gestreiften Minikleid obendrein einfach ganz umwerfend ausschaut. Während die Susi im orangefarbenen Hosenanzug vergleichsweise eher ein bisschen abstinkt und grad wirkt wie ein Clown, der seinen Sketch vergeigt hat. Und wer sie kennt, so wie ich es halt tu, der weiß haargenau, dass sie innerlich tobt, gleich ihren Kopf in den Nacken werfen und davonrauschen wird.

»Meine Güte, was ist das für ein Empfang«, trällert der Bürgermeister reichlich entzückt, klatscht in die Hände, dass gleich eine seiner Krücken auf den Fußboden knallt, und ist ganz beseelt von all dem Happening hier. »Da weiß man doch plötzlich gleich wieder, warum man sich das antut, Jahr für Jahr und immer wieder aufs Neue, gell.«

»Ja, dann in diesem Sinne und auf die nächste Bürgermeisterwahl«, sagt nun die Jessy, für meine Begriffe ausgesprochen laut und ebenso deutlich in Richtung Susi. Und während die nun ihren Kopf in den Nacken wirft und sich erwartungsgemäß auf ihrem Absatz abdreht, hebt die Jessy in bester Partystimmung ihr Sektglas und prostet unserem Ortsvorstand aufs Übermütigste und augenzwinkernd zu.

Ein bisschen später, wie nämlich alle Bier- und Prosecco-Vorräte hier weggesoffen sind, da verlagert sich die Party dann zum Wolfi rüber. Und da kann ich dann auch die Susi wiederfinden. Die hockt nämlich dort am Tresen, trägt von ihrem Hosenanzug inzwischen nur noch den Blazer, der jedoch kaum zugeknöpft ist, sodass man ihren BH sehen kann.

»Was macht die blöde Schlampe hier?«, ist das Erste, was sie von mir wissen will, da bin ich grad mal zur Tür drin, und ihr Blick ist hinter mich gerichtet, wo grad die Jessy zur Tür hereinkommt.

Der Kerl, der neben der Susi hockt, kommt mir irgendwie bekannt vor, doch im ersten Moment weiß ich gar nicht recht, wo ich ihn hintun soll. Dann aber wird's mir schlagartig klar, es ist der Flötzinger. Zu meiner Ehrrettung muss man vielleicht sagen, dass ich den ja schon seit Ewigkeiten nicht mehr gesehen hab und ihn hier momentan auch gar nicht erwartet hätt. Erschwerend kommt noch dazu, dass er heute völlig anders aussieht, als ich ihn zuletzt in Erinnerung hatte. Trägt er doch weder seinen schmierigen Blaumann noch irgendwelche seltsamen Klamotten, die an Peinlichkeit kaum zu übertreffen sind, sondern einfach ein T-Shirt und eine ganz normale Jeans. Obendrein ist er auch gar nicht betrunken. Zumindest nicht sehr. Oder anders gesagt, jedenfalls nicht in dem Ausmaß, wie er es sonst immer ist, wenn er für gewöhnlich so abhängt beim Wolfi.

»Flötzinger, alte Wursthaut«, sag ich dann erst mal und hau ihm auf die Schulter. »Seit wann bist du denn wieder zurück von deinem England? Wir haben ja schon gar nicht mehr gerechnet mit dir.«

»Ja, da schaust, gell. Frisch geschieden, Franz. Heute Mittag angekommen. Straight ahead aus London quasi. Und jetzt … jetzt bin ich ein freier Mann. Vogelfrei, verstehst. Gut, der Unterhalt, der wird mich mit Sicherheit umbringen, aber scheiß drauf«, antwortet er relativ fröhlich, hebt sein Bierglas und nimmt einen ausgiebigen Schluck. Und wie auf Kommando erscheint der Wolfi und reicht auch mir eine Halbe über den Tresen, wodurch wir nun anstoßen können, mein lange verschollener Kumpel und ich. Er nimmt einen weiteren und wirklich sehr großen Schluck, und wenn er so weitermacht, dann dürfte sein üblicher Pegel vermutlich zügig erreicht sein. Jetzt quetscht sich die Jessy zwischen uns beide, wirft abartige Blicke in Richtung Susi und trällert dem Wolfi eine Prosecco-Bestellung entgegen. Wobei man schon jetzt glasklar ausmachen kann, dass offenbar auch ihr Alkoholpegel heute bereits einen relativen Höchststand erreicht hat.

Hinten vom Ecktisch der Kartler heraus ist lautes Stimmengewirr zu vernehmen. Allerdings handelt es sich um eine ganz andere Truppe, die sich heut hier eingefunden hat. Weil es nämlich gar nicht die Kartenspieler sind, sondern vielmehr die Mitbewohner von der Liesl ihrer dubiosen WG. Unter ihnen übrigens auch die Oma, was mich jedoch jetzt relativ wenig verwundert. Und genau sie ist es auch, die mich nun mit rudernden Armen zu ihrem Tisch rüberwinkt, und so geh ich halt einfach mal hin. Thema der illustren Runde ist freilich – und wie könnte es auch anders sein – die gegenwärtige Inhaftierung der schmerzlich vermissten Gefährtin und ihre möglichst schnelle Rückführung und Resozialisierung. So jedenfalls formuliert es unser Buengo, übrigens nicht ohne Leidenschaft. Was in der Kombination mit seinem fürchterlich englischen Bayrisch der ganzen Sache bei aller Tragik dennoch auch einen sehr komischen Aspekt verleiht. Ich muss grinsen und nehm einen Schluck Bier. Aus den Augenwinkeln heraus kann ich nun sehen, dass auch der Leopold anwesend ist. Er hockt mir schräg gegenüber, wirkt relativ einsam und starrt in sein Bierglas. Weiß der Teufel weswegen, aber irgendwie tut er mir jetzt schon ein wenig leid. Drum geh ich halt hin.

»Und, Bruderherz, alles klar bei dir?«, frag ich so und stoß mit meinem Glas gegen das seine. Er nickt.

»Ja, mei. Schon eigentlich«, antwortet er, ohne mich anzusehen.

»Aber?«

»Nix aber. Es braucht halt wahrscheinlich einfach seine Zeit, bis der Alltag wieder funktioniert, gell. So als Familie, mein ich. Immerhin waren wir ja jetzt monatelang getrennt und haben uns ja auch gar nicht gesehen. Da ist es sicherlich völlig normal, wenn die Situation irgendwie komisch ist, oder?«

»Wieso, was ist los?«

»Mei, die sind halt alle gleich ins Bett. Die Kinder, die waren müde. Und die Panida … Na ja. Wir haben ja kaum was geredet. Sind bloß angekommen und waren einfach alle nur müde. Keine Ahnung, warum. Dabei hab ich mich so auf sie gefreut und hab sogar einen Kuchen gebacken. Aber nix, keinen einzigen Bissen haben sie davon probiert. Und ich … ich hab mir so eine Mühe gemacht.«

»Jetlag wahrscheinlich«, versuch ich seinen Frust ein bisschen zu dimmen.

»Wahrscheinlich«, überlegt er so in sein schal werdendes Bier hinein.

»Was für einen Kuchen hast denn gebacken?«, will ich jetzt wissen.

»Apfel-Zwetschgen-Streusel.«

»Und der ist noch jungfräulich, sagst du?«

»Isser. Vorausgesetzt, der Papa hat ihn nicht entdeckt«, antwortet er, schaut mich dabei sogar an, und ein winziges Lächeln huscht ihm übers Gesicht.

»Also, worauf warten wir dann?«, sag ich und exe mein Bier. Der Leopold lässt seines stehen, übernimmt dafür aber die komplette Zeche. Also auch meine. Nobel, muss ich schon sagen.

Beim Rausgehen sammeln wir die Oma und die Susi noch ein, müssen draußen auf dem Parkplatz dann aber noch Zeuge werden, wie der Flötzinger, über eine Kühlerhaube und die Jessy gebeugt, Bewegungen der ziemlich eindeutigsten Sorte macht.

»Sag ich doch, Schlampe!«, murmelt die Susi noch knapp beim Vorbeigehen.

Doch keine zehn Minuten später sind wir auch schon daheim angekommen und müssen feststellen, dass der Papa den Kuchen sehr wohl schon entdeckt hat. Immerhin aber hat er ihn nicht restlos verspeist. Und so sitzen wir gleich darauf gemeinsam um den Küchentisch, verzehren brüderlich das restliche Backwerk und sind ratzfatz am Ratschen und Lachen. Und offenbar tun wir das so laut, dass kurz darauf nicht nur der Papa zu unserer nächtlichen Runde stößt, sondern auch die Panida. Die nämlich steht plötzlich augenreibend und in ihrem Nachthemd im Türrahmen und sorgt damit prompt für kollektives Schweigen.

»Na, was ist? Komm rein, Schatz«, sagt der Leopold irgendwann in die Stille hinein. »Magst ein Stück Kuchen? Apfel-Zwetschgen-Streusel?«

»Das … das ist doch mein Lieblingskuchen!«, entgegnet sie, kommt an den Tisch, hält einen Augenblick inne und setzt sich dem Leopold auf den Schoß.

»Ich weiß«, sagt der und streift ihr eine dunkle Haarsträhne aus dem Gesicht. Sie lächelt ihn an, nimmt eine Gabel voll Kuchen und schiebt sie sich in den Mund.

Glossar

Ausgeschämt	Frech, unverschämt.
Dand	Wenn ich dich dand erwische, dann erwisch ich dich quasi komplett ohne Blaulicht und Tatütata. Also ohne jede Vorwarnung praktisch.
Dumpa	Dunkel, finster, oder es wird halt Nacht.
Gfrett (ein Gfrett haben)	Könnte man übersetzen mit: Schwierigkeiten haben. Wie gesagt, könnte man. Generell kann man es aber dann doch nicht. Weil ein Gfrett um ein Vielfaches schlimmer ist als jede Art von Schwierigkeiten.
Grindig	Ziemlich ekelhaft, widerlich oder auch gerne versifft.
Gschaftelhuber	Wichtigtuer.
Gschlampert	Unordentlich, chaotisch.
Jemanden ausrichten	Jemanden ausrichten bedeutet, dass man eben redet über ihn. In den meisten aller Fälle nix besonders Gutes.

Sich schicken Sich beeilen, hurtig sein. Zackzack eben.

Unterbumpeln Unterhosen

Wadeln hinterbinden Einem Zeitgenossen die Waden hinterzubinden bedeutet, dass man ihm auf nicht sehr zimperliche Weise die Meinung geigt oder ihn auf den rechten Weg zurückführt.

Rezepte

Rehragout

1 bis 1,5 kg Rehfleisch (Schulter oder Keule)
Beize (Buttermilch, Rotwein, Weinessig, Wurzelgemüse, Gewürze)
2 Zwiebeln
2 gelbe Rüben
250 Gramm Sellerie
500 Gramm Schwammerl (Reherl oder Egerlinge)
1,5 l Wildfond
0,5 l Rotwein
50 ml Portwein
1 frischen Rosmarinzweig
frischer Koriander
frische, glatte Petersilie
1 EL Wacholderbeeren
Pimentkörner
schwarze Pfefferkörner
2 Lorbeerblätter
Muskat
2 Knoblauchzehen
2 Scheiben Ingwer
Salz, Pfeffer
100 Gramm Butter
3 bis 4 kleingehackte Chilis
2 EL Tomatenmark

2 EL braunen Zucker
50 Gramm Wildpreiselbeeren
20 Gramm Zartbitterschokolade
abgeriebene Schale von 1 Orange

Das Fleisch in kleine Stücke schneiden und für 24 Stunden in der Beize einlegen. Danach abbrausen und in Öl anbraten. Zucker karamellisieren und das Gemüse und die Zwiebeln (geschnitten) dazugeben. Tomatenmark unterrühren und mit dem (Port-)Wein einköcheln. Den Wildfond zugeben und 4 Stunden bei Niedrigtemperatur garen lassen. Dabei die Reduktion immer wieder mit Portwein auffüllen. Nach etwa 1 Stunde die Gewürze zugeben. Erst kurz vor dem Gar-Ende Knoblauch, Ingwer, Orangenschale und Schokolade zugeben. Schwammerl in Butter andünsten und beimengen. Alles mit Salz und Pfeffer abschmecken. Dazu passen hervorragend Makkaroni, ein kleiner Salat und als Weinempfehlung ein ausgewählter Amarone.

Dieses Rezept stammt von Dr. Ulrich Edler von Weidenbach, der Tierarzt, Jäger, Maler und ein Freund von Rita ist. Herzlichen Dank dafür, lieber Uli! Es war wirklich vorzüglich!

Kalbsschnitzel

4 Schnitzel werden gewaschen, trocken getupft und gleichmäßig dünn geklopft. Anschließend mit Salz und Pfeffer würzen und von beiden Seiten in Mehl wenden. 2 Eier mit einem Spritzer Mineralwasser mischen und in einen Teller geben. Die Schnitzel werden nun durch die Eimasse gezogen und anschließend in einem weiteren Teller in Semmelbröseln gewälzt. Achtung: Die Panade sollte überall haften, also auch am Rand. Nun die Schnitzel in einer Pfanne mit Schmalz bei gelegentlichem Wenden goldbraun herausbraten. Die Schnitzel werden möglichst heiß serviert und man reicht am besten einen feinen Kartoffelsalat dazu.

Heiß mit Kartoffelsalat ist schon ziemlich prima. Besonders, wenn auf dem Teller die letzten Schmalztropfen noch für einen kurzen Moment so vor sich hin brutzeln, ehe sie dann für immer schweigen. Kalt ist so ein Schnitzel aber auch ziemlich klasse. In einer Semmel mit ordentlich Ketchup und Majo. Also am nächsten Tag so als Frühstück vielleicht. Leider haben bislang aus bekannten Gründen heraus die wenigsten unserer Schnitzel den Sonnenaufgang am nächsten Morgen erlebt. Was ein Jammer ist. Wirklich.

Spitzbuben

450 Gramm Mehl sieben und mit 170 Gramm Puderzucker und 1 Päckchen Vanillezucker vermischen. 300 Gramm in Würfel geschnittene, weiche Butter, 3 Eidotter und etwas Zitronenabrieb dazugeben und alles schnell zu einem Teig verkneten. Anschließend am besten über Nacht kühl stellen.

Den Teig mit einem Nudelholz ausrollen und mit den Backformen Plätzchen ausstechen. Für das Oberteil benötigen wir die gleiche Anzahl, jedoch mit einem Loch in der Mitte. Nun die Teilstücke auf ein mit Backpapier ausgelegtes Backblech legen und bei Ober-/Unterhitze bei 170 °C für ca. 8 Minuten sehr hellbraun backen.

Ausgekühlt wird die untere Hälfte mit Johannisbeermarmelade bestrichen, mit dem Oberteil zusammengesetzt und anschließend mit (Puder-)Zucker bestreut. In Dosen verpackt werden sie jeden Tag besser.

Spitzbuben sind auch ein sehr beliebtes Weihnachtsgebäck bei Alt und Jung.

Also bei mir persönlich sind sie nur zu Weihnachten beliebt. Allein schon, wenn der Duft durchs ganze Haus geht, gemeinsam mit dem Duft der anderen Dutzend Plätzchensorten, wo die Oma jedes Jahr backt. Oder gebacken hat. Das Leben ist ein Trauerspiel …

Schinkennudeln

500 Gramm Nudeln (z. B. Spirelli) nach Anweisung kochen und abgießen. 1 große Zwiebel schälen, klein hacken und in Schmalz anbraten. 300 Gramm gekochten und gewürfelten Schinken zugeben und kurz mitbraten. Dann auch die Nudeln zugeben und untermengen. 3 Eier mit einem Spritzer Sahne mischen und über das Ganze geben. Mit Salz, Pfeffer und ggfl. Paprika edelsüß würzen und abschmecken. Wer mag, der kann noch einen Spritzer Ketchup zugeben. Alles wird heiß und mit geriebenem Käse serviert. Ein grüner Salat passt am besten dazu.

Glücklicherweise kann die Susi mit Nudeln auch ganz gut. Sonst ist sie ja nicht die begnadete Köchin, aber Nudeln hat sie im Griff. Was zumindest unser Überleben sichert, wenn die Oma nicht bald zur Vernunft kommt.

Apfel-Zwetschgen-Streusel

250 Gramm weiche Butter auf höchster Stufe geschmeidig rühren und nach und nach mit 200 Gramm Zucker, jeweils 1 Päckchen Vanillezucker und Backpulver, 1 Ei, sowie einer Prise Salz vermengen. 500 Gramm Mehl sieben und ebenfalls einrühren. Das sollte jedoch in zwei Schritten geschehen, wobei die zweite Ration mit dem Knethaken zu einem krümeligen Teig verarbeitet wird.

1 kg Äpfel schälen, vierteln, entkernen und in kleine Stücke schneiden.

1 kg Zwetschgen halbieren und entkernen.

2/3 des Teiges auf ein mit Backpapier ausgelegtes Backblech drücken und das Obst darauf verteilen. Den restlichen Teig mit 70 Gramm Zucker verrühren und über das Obst krümeln.

Bei 180 bis 200 Grad für 35 bis 45 Minuten backen. Dazu kann man einen Schlagrahm reichen.

Natürlich kann man dazu einen Schlagrahm reichen, macht die Oma auch meistens. Oder hat sie gemacht, aber lassen wir das ...

Doch was noch viel besser reinhaut als Schlagrahm, das ist ein Vanilleeis. Erst recht, wenn der Kuchen noch frisch und ganz warm ist.

An den Tagen darauf, da brauchst dann eh keinerlei Bei-

lagen mehr. Weil da ist der Streuselkuchen so dermaßen gut durchgezogen, dass er sozusagen ganz von allein wirken sollte. Was bei uns, wie man sich wohl denken kann, eher selten passiert.

Schlusswort

Das letzte Jahr war mit Abstand das schlimmste meines Lebens. Und Ihr dürft mir glauben, die Corona-Krise hat dabei kaum eine Rolle gespielt.

Im Sommer 2020 ist mein Mann Robert gestorben. Aber mit ihm hab ich nicht nur meinen Gatten, sondern auch meinen besten Kumpel, den Papa unserer großartigen Jungs, meinen Berater, Manager, Komplizen und Chauffeur verloren. Mein ganzes Leben war quasi weg. Zumindest das, was ich bis dato hatte. Vom Zeitpunkt der Diagnose bis zu unserem Abschied blieb uns ein ganzes halbes Jahr, und das war gut so. Es war lange genug, um diese letzten Schritte gemeinsam zu gehen, doch nicht so lange, dass es quälend gewesen wäre. Ja, Robert war gutes Zeitmanagement stets unglaublich wichtig. Und das wohl bis zuletzt.

In den uns verbleibenden Wochen und Monaten sind wir als Familie noch einmal enger zusammen gewachsen, was eigentlich kaum vorstellbar ist, weil ja schon davor kein Blatt dazwischen gepasst hat. Was ich keineswegs als selbstverständlich erachte, sondern vielmehr als großes Geschenk. Dafür bedanke ich mich auch regelmäßig und ausgiebig.

Was übrigens auch auf meinen Freundeskreis zutrifft. Die Hilfsangebote waren sowohl während Roberts Krankheit als auch danach unfassbar, und selbst beim besten Willen hätten wir sie nicht alle annehmen können. Doch für uns war es ein Segen, einfach zu wissen, dass wir so viel Unterstützung bekommen hätten. Ich kann hier nicht alle namentlich nennen, das würde wahrlich den Rahmen sprengen. Doch stellvertretend für ALLE, bedanke ich mich von Herzen bei Danielle, Jenna, Ester, Thomas und Martin.

Liebe Eberhofer-Familie,

Ihr haltet mir seit über zehn Jahren frenetisch die Treue und habt nun so lange auf dieses Buch warten müssen ... Und genau deswegen habt ihr das Recht auf diese offenen und ehrlichen Worte, die tief aus meiner Seele kommen. Gebt gut aufeinander acht, es kann so schnell vorbei sein!

Mir geht es inzwischen wieder richtig gut. Robert ist stolz auf mich und passt auf, dass ich keine Dummheiten mache. Zumindest keine allzu großen ...

Eure Rita

Leseprobe

Erscheint im November 2023

ISBN der gedruckten Ausgabe 978-3-423-26377-1
eBook ISBN 978-3-423-44343-2

Kapitel 1

Es gibt denkbar wenige Dinge, die mich auf die Palme bringen. Unser Golfplatz aber ist auf dem besten Weg, mich in den Wahnsinn zu treiben. Von Anfang an war das so. Seit es ihn praktisch gibt. Im Grunde genommen auch schon davor. Also noch vor der Grundsteinlegung, könnte man sagen. Da war nämlich Niederkaltenkirchen schon quasi im Ausnahmezustand und gespalten wie ein Holzscheit. Weil halt die eine Hälfte unserer Eingeborenen hier aus finanziellem oder auch sportlichem Interesse für den Bau dieses dämlichen Golfplatzes war und die anderen waren dagegen. Und zwar vehement. Die waren viel mehr für den Umbau und die Erweiterung unseres dorfeigenen Kindergartens, der erstens an allen Ecken und Kanten schon dem Ruin entgegenschrammt und obendrein längst aus sämtlichen Nähten platzt. Ganz offensichtlich scheint unser Neubaugebiet auf ausgesprochen fruchtbarem Boden zu stehen. Für beide Projekte hat schlicht und ergreifend ganz einfach der Etat gefehlt. Aber Wurst.

Jedenfalls sind halt letztendlich die Würfel doch für die Golffraktion gefallen und somit hatten wir den Scheißdreck. Was bedeutet, dass sich seit der rauschenden Eröffnungsfeier im Frühjahr sämtliche Schickimickiarschlöcher aus dem gesamten Landkreis nun hier bei uns im Dorf einfinden und mit ihren fetten Porsches und SUVs unsere ganzen Straßen verstopfen und die Luft verpesten, nur um mit ihren depperten Eisen irgendwelche depperten Kugeln von einem depperten Loch zum nächsten zu befördern. Und das über Stunden, Tage und Wochen. Geht's eigentlich noch? Haben die wirklich nichts Besseres zu tun? Gehen die keiner geregelten Arbeit nach, oder was? Das muss man sich ja auch erst mal leisten können. Erschwerend kommt noch hinzu, dass meine zwei ältesten – ich nenn sie jetzt einfach mal lapidar Freunde –, dass die inzwischen ebenfalls diesem fragwürdigen Vergnügen nachhecheln, und zwar – meiner unwesentlichen Meinung nach – aus reiner Berechnung heraus. Weil halt der Simmerl tagtäglich und mit schneeweißer Schürze das frische Fleisch liefert für das hiesige Clublokal. Alles bio und regional, versteht sich, und dementsprechend teuer. Und Verräter Nummer zwei, der Flötzinger, seines Zeichens Gas-, Wasser- und Heizungspfuscher in dritter Generation, auch einen recht fetten Fisch dabei abgekriegt hat. Weil er denen den gesamten SPA ausgebaut hat und alles Sanitäre für den Küchenbereich noch dazu. Unser Bürgermeister hat ihm dabei ein bisschen unter die Arme gegriffen und, im Gegenzug sozusagen, da hat ihm der Flötzinger hinterher praktisch aus reiner Dankbarkeit heraus sein Gästeklo für komplett umsonst nagelneu gemacht. Eine Hand wäscht ja bekanntlich die andere. Und wenn man es mal ganz genau nimmt, dann konnte der Flötz diesen Auftrag auch ganz gut vertragen. Weil er halt für seine geschiedene Frau, die Mary, und die drei Kinder den Unterhalt aufbringen muss, da kann man schon eine Schnappatmung kriegen. Rein aus finanziellen Aspekten heraus. Und wenn er die mal sehen will, dann muss er ja gleich bis nach England rüber, weil sie dort nämlich allesamt wohnen. Irgendwann hat nämlich die Mary einfach die Schnauze voll gehabt von den Eskapaden ihres Gatten, hat den Ignatz-Fynn, die Clara-Jane und die kleine Amy-Gertrud eingepackt und sozusagen ihren ganz persönlichen Brexit gemacht. Ja.

Nein, was ich eigentlich damit sagen wollte, dass ich da schon ziemlich angepisst bin. Denn anstatt dass wir gemeinsam am Stammtisch hocken und über diese neue Parallelwelt herziehen, da hängen die zwei Pharisäer in den sonderbarsten Klamotten und dämlichen Käppis nur noch am Golfplatz rum. Und wenn ich sie dann tatsächlich doch endlich mal zu Gesicht bekomm, dann haben sie kein anderes Thema mehr, als über ihr neues Hobby zu reden. Dabei fallen Ausdrücke, die hab ich im ganzen Leben noch nicht gehört, und wenn die beiden Koreanisch sprechen würden, dann tät ich in etwa das Gleiche verstehen.

Und als ob das nicht alles schon Strafe genug wär, soll jetzt auch noch ein Toter ausgerechnet in einer der Duschkabinen im dortigen SPA-Bereich liegen. So zumindest hat mir das grad ein ziemlich aufgeregter Anrufer mitgeteilt und gesagt, ich möge doch bitte potzblitz erscheinen. Mir bleibt auch wirklich nichts erspart. Doch weil das, wie ich befürchte, ein relativ eindeutiger Fall für mein Aufgabengebiet ist, drum muss ich notgedrungen mein Kaffeehaferl exen, die Haxen vom Schreibtisch nehmen und mich auf den Weg zum Streifenwagen machen.

Lieber Gott, sei gnädig und lass es einfach einen simplen Herzinfarkt sein! Oder einen Gehirnschlag. Oder ein multiples Organversagen meinetwegen. Aber keinen Mord! Nicht auf dem beschissenen Golfplatz! Und nicht ausgerechnet heute. Heut geht's mir nämlich irgendwie gar nicht gut. Keine Ahnung weswegen. Bin einfach nicht fit und schlecht ist mir auch noch, und zwar sogar ziemlich.

Und da käm halt jetzt so ein unnatürlicher Todesfall gar nicht so günstig.

Gut, vielleicht hätt ich gestern Nacht oder besser heut Früh nicht gleich bis Viertel nach vier Uhr beim Wolfi rumhängen sollen … Das hätt's wahrscheinlich nicht gebraucht. Aber immerhin hat eben der blöde Wirt auch nur einmal im Jahr Geburtstag und somit seine Spendierhosen an. Und wenn man ihm schon das liebe lange Jahr hinweg einen ganzen Haufen Geld in sein schäbiges Wirtshaus trägt, da langt man schließlich auch hin, wenn's dann endlich einmal was für umsonst gibt, oder etwa nicht?

Grad wie ich die Einfahrt zum Golfplatz passiere, da läutet mein Telefon und reißt mich somit aus meinen Gedanken heraus. Es ist die Susi, die anruft, und jede Wette, gleich wird sie mir einen Einlauf verpassen, weil ich so tierisch spät heimgekommen bin.

Aber nix. Stattdessen trällert sie mir in den Hörer.

»Guten Morgen, lieber Franz«, kann ich sie vernehmen.

Jetzt aber Obacht! Nachtigall, ich hör dir trapsen …

»Guten Morgen, liebe Susi«, antworte ich, während ich mich rein mental schon mal für den Gegenangriff wappne.

»Und, gut geschlafen?«, kommt es retour.

»So lala.«

»Na ja, zumindest nicht besonders lange«, kichert sie jetzt übertrieben lustig und dürfte somit zum Schlag ausholen. »Aber geschnarcht hast du, mein lieber Oschi. Ganze Wälder hast du abgesägt, Franz. Das kannst du mir glauben.«

»Allerhand«, murmle ich so in die Muschel.

»Aber was anderes, Franz. Könntest du … könntest du

vielleicht heute Nachmittag den Paul zum … zum Ballettunterricht bringen?«, sagt sie, und der Klang ihrer Stimme verrät prompt, wie schwer ihr dieser Satz über den hübschen Schmollmund kommt.

»Nein«, sag ich wahrheitsgemäß, während ich nun den Wagen einparke.

»Weil?«, fragt sie völlig überflüssigerweise, mittlerweile in einem schärferen Ton, und müsste meine Antwort doch längstens schon kennen. Schließlich ist es nicht das erste Mal, dass ich ihr diese Story erzähle.

»Weil ich, wie du inzwischen ja wissen dürftest, unseren Paul gerne zum Fußballtraining fahre. Oder zum Karate. Oder zum Kugelstoßen. Meinetwegen auch zum Schafkopfen oder Bungeejumping. Aber ich fahr ihn nicht zum Ballett. Definitiv nicht. Nur über meine Leiche.«

»Kannst du mir vielleicht endlich mal deine blöde Macho-Scheiße ersparen, Franz? Immerhin ist es nicht auf meinem Mist gewachsen, die Sache mit dem Ballett, sondern der Paul wollte das so. Und schließlich und endlich ist es ja auch dein Sohn, der sich das ausgesucht hat.«

»Was ein DNA-Test vermutlich widerlegen würde.«

»Haha, sehr witzig. Übrigens …«

»Apropos übrigens«, muss ich sie hier unterbrechen. »Du, bei mir ist nämlich übrigens auch grad was los, liebe Susi. Weil ich sozusagen tierisch am Arbeiten bin. Vermutlich hab ich gleich einen Mord aufzuklären.« Aus den Augenwinkeln heraus kann ich nun einen Kerl wahrnehmen, der einen Blaumann trägt und vom Clubhaus her schnurgerad auf mich zueilt.

»Du hast einen … was? Ha, dir ist wohl gar nichts heilig, Franz. Und nichts, rein gar nichts, keine einzige Ausrede ist dir dabei zu schäbig … Es ist doch nur Ballett, Franz.

Nur Ballett. Du bist … du bist eine aussterbende Spezies Mann, weißt du das eigentlich?«

»Das kann schon gut sein, aber ich werd die Stellung halten«, sag ich exakt in dem Moment, wo der Blaumann ein paar Schritte vor mir eintrifft. Wir nicken uns kurz zu.

»Ach, du ja bist wirklich das Letzte. Fahr einfach zur Hölle. Ich fass es einfach nicht. Und den Sex kannst du knicken, mein Freund. Für Wochen!«, zischt jetzt die Susi durch die Muschel und entlockt mir final noch einen Grinser, ehe sie einhängt.

Lieber Gott, sei gnädig, und lass es einen Mord sein!

»Wir haben gerade telefoniert, oder? Ich … äh, also ich bin der Hauswart hier. Bufka. Marek Bufka«, sagt der Blaumann nun, während er die letzten paar Meter herantritt, und scheint vollkommen außer Atem zu sein.

»Bond. James Bond«, entgegne ich immer noch grinsend, was er offenbar nicht ganz so witzig findet. Also ich persönlich, ich könnt mich ja grad wegschmeißen. Aber wer weiß, vielleicht bin ich auch noch ein bisschen besoffen.

»Herr Eberhofer? Kommissar Eberhofer«, fragt er mich anschließend mit schiefem Kopf, wobei er tatsächlich ein bisschen verwirrt wirkt. »Sie sind doch Polizist, oder?«

»Wonach sieht's denn aus?«, frag ich retour und deute mit dem Kinn auf den Streifenwagen.

»Dann war das nur ein Spaß. Das mit dem Bond. James Bond«, mutmaßt er so vor sich hin und schüttelt das kahle Haupt. »Wissen Sie, mit Spaß, da kann ich grad gar nix anfangen. Da liegt ein … ein Toter oben in den Duschen.«

»Richtig. Deswegen bin ich ja hier. Also, auf geht's. Dann schauen wir uns den halt einmal an.«

»Ich hab ihn ja schon angeschaut, Herr Kommissar.

Sonst hätt ich Sie ja gar nicht erst angerufen«, sagt er, während wir in Richtung Eingang wandern.

Mein lieber Herr Gesangsverein, was ist denn mit dem los? Geht's eigentlich noch komplizierter?

Wir schweigen, während wir Seite an Seite durch den imposanten Empfangsbereich laufen, rechts der Eingang zum Lokal und zur linken ein weiterer, der zu einem Golfshop führt. Beide Türen sind noch geschlossen, weil der passionierte Golfspieler an sich offenbar nicht dazu neigt, vor zehn Uhr morgens shoppen oder essen zu gehen. Und es ist grad mal halb neun. Herrgott, bin ich müd. Am Ende der kleinen Halle ist das Treppenhaus, das uns nach oben führt. Und dort müssen wir hin, weil sich da sämtliche sanitären Heiligtümer befinden. Ich kenn diese Örtlichkeiten ja bereits, da der Flötzinger hier wie gesagt sein fachmännisches Unwesen getrieben hat. Weswegen er abschließend freilich zu einer ziemlich imposanten Eröffnungsfeier eingeladen war und eine Begleitperson hat mitnehmen dürfen. Und dieses fragwürdige Vergnügen hab dann ausgerechnet ich abgekriegt. Normalerweise hätten mich ja keine zehn Pferde dort hingebracht, lieber hätt ich im Strahl gekotzt. Aber ehrlich gesagt war es schon ein kleines bisschen die Neugier, die mich dort hingetrieben hat. Und zweitens hat's auch noch alles aufs Haus gegeben. Essen und Getränke quasi bis zum Abwinken und zwar vom Allerfeinsten. Die Oma, die hat mir zuvor sogar noch zwei Tupperschüsseln in die Hand gedrückt. Zwei von den mittelgroßen, man muss es ja nicht gleich übertreiben, gell?

Grad wie wir nun die sanitäre Dreifaltigkeit, also den Sauna-, Dusch- und Relaxbereich, betreten wollen, da bleibt der Bufka plötzlich ganz abrupt vor mir im Türrahmen stehen.

»Ich glaube, dass er umgebracht wurde, Herr Kommissar«, sagt er mit zittriger Flüsterstimme und wischt sich mit dem Ärmel vom Blaumann über die Stirn. »Es ist kein schöner Anblick. Machen Sie sich auf einiges gefasst.«

Also mach ich mich auf einiges gefasst. Wir müssen noch den Raum mit den Spinds durchqueren, ehe wir letztendlich den Nassbereich erreichen. Und da kann ich ihn auch schon sehen, unseren Toten. Er ist splitterfasernackt, was in Anbetracht des Fundorts durchaus im Bereich des Möglichen ist. Und er liegt auf dem Bauch, die Beine gespreizt und in den Raum gestreckt, das Gesicht nach unten, der Kopf stößt an die Fliesenwand. Schöne Kacheln, das muss man schon sagen und 1 a verlegt. Tipptopp, wirklich. Ich trete mal näher und geh in die Hocke. Kein Tropfen Blut ist zu sehen. Dafür aber ist der Boden tropfnass.

»Ist die Dusche gelaufen?«, muss ich jetzt wissen.

»Ja«, nickt der Marek mit einem sehr käsigen Zinken. »Ich hab sie abgestellt, als ich … als ich ihn eben vorher aufgefunden hab. Zuerst dachte ich ja, er sei nur gestürzt. Ausgerutscht und gestürzt oder so. Aber wie ich ihn dann angefasst hab, da war er schon kalt. Er muss …«

»Er muss was?«, frag ich, nachdem sich die rhetorische Pause etwas in die Länge zieht.

»Na ja, er muss wohl die ganze Nacht hier gelegen haben«, entgegnet er schließlich unglaublich leise.

»Weil?«, frag ich weiter, obwohl sich die Hautbeschaffenheit des Toten durchaus mit Mareks Aussage deckt.

»Also, das … das ist mir jetzt unangenehm, Herr Kommissar. Ich muss … also ich sollte abends immer eine Runde durch alle Räume drehen, bevor ich unten absperre. Jeden Abend, verstehen Sie? Einfach, damit man halt sicher sein kann, dass alles leer ist und niemand versehentlich über Nacht eingesperrt wird. Aber gestern ...«

»Gestern haben Sie Ihre Runde nicht gedreht?«, mutmaße ich so und leg meinen Fokus jetzt auf den Kopf unserer Leiche. Man muss kein Hellseher sein, um einen Herzinfarkt auszuschließen. Oder einen Gehirnschlag. Auch multiples Organversagen dürfte komplett durchs Raster fallen. Ebenso wie ein möglicher Unfall, dass er meinetwegen ausgerutscht wär und sich dabei den Schädel an den Armaturen verletzt hätte. Da hätte er nämlich drei- oder viermal hintereinander gegen die Wand knallen müssen. So viele Wunden sind ganz eindeutig schon auf den allerersten Blick zu erkennen. Nein, hier liegt ein Gewaltverbrechen vor. Gar keine Frage.

»Kennen Sie ihn?«, frag ich und versuche, den Leichnam auf den Rücken zu drehen. Der Bufka zuckt mit den Schultern. »Fassen Sie mal mit an.«

»Das ist der Paulus. Der Sebastian Paulus«, sagt er, kaum dass wir das Gesicht sehen können. »Ich hatte es ja schon befürchtet, anhand seiner Statur.«

»Ich kenn ihn auch«, muss ich jetzt feststellen. »Allerdings nicht persönlich.«

»Ja, ja, er ist ja auch ständig in der Presse gewesen. Gott hab ihn selig«, entgegnet der Bufka und bekreuzigt sich dann. »Das wird einen Wirbel geben, herrjemine!«

Ja, das wird es. Und das riecht nach Arbeit. Der Golfplatz muss abgesperrt werden und die Spusi muss her und zwar relativ zeitnah und möglichst diskret. Wenn man es genau nehmen will, dann riecht es sogar nach verdammt viel Arbeit. Mir ist schlecht und mir platzt gleich der Schädel und rein kulinarisch bin ich grad schwer unterzuckert. Ich schnauf einmal tief durch, werf einen Blick auf den käsigen Bufka, hol mal mein Telefon hervor und wähl eine Nummer.

»Rudi«, sag ich, gleich wie abgenommen wird, und bemüh mich um einen lockeren Tonfall. »Und was treibst du grad so?«

»Falk ist der aktuelle Star des Genres.« HÖRZU

ALLE LIEFERBAREN TITEL, INFORMATIONEN UND SPECIALS
FINDEN SIE ONLINE

Auch als eBook

www.dtv.de dtv